CONTENTS

Dream World

프롤로그

"나는 결코 너희들에게 패한 것이 아니다. 간악한 신에게 속았을 뿐이지, 결코 너희에게 패배한 것이 아니란 말이다! 우매하고 어리석은 드래곤들이여. 언젠가 너희들도 신의 진면목을 알게 될 것이다. 그때가 되면 신에게 꼬리를 흔든 것을 두고두고 후회하게 될 것이다. 네 말을 똑똑히 기억해 둬라, 어리석은 신의 애완견들아!"

마왕 델 브락샤의 독설에 드래곤들이 발끈하고 나섰다.

"명색이 마계의 지배자라는 자가 우리 드래곤에게 패하고 한다는 말이 겨우 그딴 헛소리냐? 너는 신이 아닌 우리에게 패했다. 그리고 우리는 절대 신의 애완견이 아니다!"

"크크크, 너희야 그렇게 생각하고 싶겠지. 하지만 너희는 신의 말 잘 듣는 충견일 뿐이다. 신이 주는 뼈다귀에 군침을 흘리며 신이 짖으라고 하면 짖는, 신의 영원한 애완견이란 말이다. 너희가 아무리 부정한다고 해도, 그 사실은 영원히 바뀌지 않는다. 그리고 언제고 나처럼 신에게 당하는 날이 꼭! 올 것이다. 그때가 되면 내가 제일 먼저 나서서 너희들의 어리석음을 비웃어 주마. 드래곤이여, 아니, 신의 애완견이여, 언제고 다가올 그날을 학수고대하고 있으마. 너희들이 어리석음의 대가를 치를 그날을 말이다."

이 말을 끝으로 마계의 지배자 마왕 델 브락샤는 중간계에서 사라졌다.

하지만 남겨진 드래곤들은 씻을 수 없는 모욕을 당했다는 생각에 좀처럼 분이 풀리지 않았다.

그중에서도 이제 막 3천 살이 된 혈기왕성한 아르카이엔의 분노가 가장 컸다.

"로드! 더 이상 참을 수 없습니다. 당장 마계로 건너가 저 빌어먹을 마왕 놈이 더 이상 헛소리를 지껄이지 못하게 완전히 박살을 내 놓읍시다!"

"그건 안 된다. '중간계의 존재는 중간계에, 마계의 존재는 마계에, 그 어떤 존재도 자신이 살던 세계를 벗어나서는 안 된다.'라고 하신 신의 말씀을 벌써 잊었단 말이냐? 신의 말씀은 어떠한 경우에도 절대 거역해서는 안 된다."

"하지만……."

아르카이엔은 무척이나 답답했다.

마왕 델 브락샤에게 그런 모욕적인 말을 듣고도 여전히 신의 말씀을 따르려는 로드가 무척이나 못마땅했다.

아르카이엔이 보기에 로드가 저러는 것은 마왕의 말을 인정하는 것이나 다름이 없었다.

생각 같아서는 혼자서라도 마계로 쳐들어가 마왕을 갈기갈기 찢어 놓고 싶었지만 혼자서 마계로 쳐들어간다는 것은 현실적으로 불가능했다.

"끄응—"

신이 드래곤보다 높은 존재라는 것은 인정하지만 그렇다고 신의 애완견이니 하는 소리를 들을 정도는 아니었다.

오만한 드래곤 중에서도 특히나 오만하다고 칭해지고 있는 아르카이엔은 이것을 이대로 넘길 수가 없었다.

'어떻게 하면 드래곤이 신의 애완견이 아니라는 것을 증명할 수 있을까?' 하고 고민하던 찰나, 얼마 전에 신이 직접 말했던 것이 떠올랐다.

'차원 이동.'

분명 신이 말하기를 차원 이동만큼은 신인 자신도 불가능하다고 했었다.

이걸 바꿔 말하면 차원 이동만 성공하면 하면 신과 대등, 아니, 신보다 더 우월한 존재라는 것을 증명하는 것이 되는 것이다.

그렇게만 되면 드래곤을 신의 애완견이라고 모욕했던 마왕 델 브락샤도 더 이상 찍소리도 못할 것이다.

아울러 로드를 비롯한 다른 드래곤들도 자신을 신보다 더 우러러볼 것이다.

"크크크, 바로 그거야! 신도 불가능하다고? 그렇다면 내가 성공시켜 주지. 그리하여 드래곤의 위대함을, 아니, 나 아르카이엔의 위대함을 만천하에 떨쳐 주마. 그때가 되면 로드는 물론 싸가지 없는 마왕 델 브락샤와 잘난 척하던 신 조차도 나의 위대함을 칭송하며 경배하겠지? 크크크크, 차 원 이동? 내가 기필코 성공시켜 주마!"

아르카이엔으 그렇게 망상에 빠져들었다. 그리고 그렇게 4천 년이 지났다.

"으하하하! 드디어, 드디어! 완성했다! 신도 할 수 없다 는 차원 이동 마법진을 내가! 이 아르카이엔 님이 완성했단 말이다! 으하하하하!"

아르카이엔은 무려 4천 년을 세상과 완전히 단절한 채 자 신의 레어에만 틀어박혀 차원 이동 연구에 몰두했다.

초기에는 다른 드래곤들이 찾아와 쓸데없는 일에 힘 낭비 하지 말라고 포기를 종용하기도 했다. 그럴 때면 아르카이 엔은 더욱 오기를 부렸다.

그렇게 포기를 모르고 연구에 연구를 거듭한 끝에 드디 어, 꿈에 그리던 차원 이동 마법진을 완선하게 된 것이 다.

"좋아. 이제 마법진이 실제로 작동되는지만 확인해 보면 되는 거야."

크게 심호흡을 하며 마음을 가라앉힌 아르카이엔이 차원 이동 마법진을 발동시켰다.

"차원과 차원을 가로막는 차원의 벽이여! 내게 그 모습을 드러내라!"

아르카이엔의 주문이 끝나기가 무섭게 공간이 일그러지면서 투명한 막 같은 것이 나타났다.

그것은 오직 아르카이엔에게만 보이는 차원과 차원 사이를 가로막고 있는 차원의 벽이었다.

"나와라! 존재하는 모든 것을 파괴하는 절대 파괴의 창이여! 그 무한한 파괴의 힘으로 존재하되 존재하지 않는 차원의 벽을 파괴해라!"

아르카이엔의 주문이 끝나자 그를 중심으로 엄청난 양의 빛들이 모여들었다. 그리고 그 빛들은 순식간에 거대한 창의 형상을 이루었다.

그렇게 빛으로 만들어진 창은 아르카이엔의 명령을 알아들었다는 듯, 투명한 차원의 벽을 향해서 돌진해 갔다.

쾨아아아앙!!

아르카이엔이 4천 년이라는 시간을 들여 만든 모든 것을 파괴하는 절대 파괴의 창과 신의 힘으로도 절대 파괴되지 않는다고 알려진 차원의 벽이 부딪혔다.

그리고 세상이 무너지는 듯한 굉음과 함께 엄청난 빛의 소용돌이가 생성되었다.

"되었다. 되었어. 성공이다. 성공이야! 드디어 차원과 차원 사이에 작은 균열을 만들었다. 좋아. 이제 이 균열들을 이용하여 타 차원에 연결점만 만들면 차원 이동이 진짜 성공을 거두는 것이다. 으하하하… 커억! 이, 이게 무슨……"

한참 좋아하다가 갑자기 가슴을 부여잡는 아르카이엔.

차원 이동 마법진을 완성하기 위해서는 엄청난 마나가 필요했다.

그래서 아르카이엔은 오랜 연구 끝에 인공적으로 마나스톤을 생성하는 방법을 만들어 냈다.

이것은 다른 드래곤도 모르는 일이다.

그동안 아르카이엔이 만든 마나스톤은 드래곤 중에서 가장 마나를 많이 가지고 있다는 드래곤 로드의 3배에 해당하는 어마어마한 양이었다.

아르카이엔의 계산으로는 그 정도면 충분했다.

그런데 그 계산이 틀린 것이다.

차원의 벽은 자가 복구 능력이 있다.

그래서 조금이라도 파괴된 부분이 있으며 주변의 마나를 흡수하여 그 파괴된 부분을 복구한다.

아르카이엔은 지금까지 만든 마나스톤이면 차원의 벽을 파괴하고 타 차원에 연결점을 만들 때까지 충분한 시간을 벌어 줄 것이라고 계산했다.

한데, 차원의 벽의 자가 복구 능력이 아르카이엔의 계산을 벗어나 엄청난 속도로 주변 마나를 흡수하고 있었던 것이다.

아르카이엔은 뒤늦게 이것을 알게 되었다.

"커억. 너무, 너무 빠르다. 설마, 이렇게 빨리 마나스톤의 마나를 흡수하고, 이제는 나의 마나까지 끌어갈 줄이야. 시간이 없다. 차원의 벽이 완전히 막혀 버리기 전에 연결점을 만들어야 한다. 일단 연결점만 만들고 나면, 그다음부터는 차원의 벽이 막혀 있다고 해도 상관없다. 어서, 어서 연결점을……."

쿵!

몸 안의 마나가 바닥을 보일 정도로 마나를 빼앗긴 아르카이엔은 그렇게 정신을 잃었다.

Chapter 1.
행운과 불운은 언제나 한 끗 차이

"A—C BAL! ??ø œŋ ₸‰∀!"

　거침없이 쏟아지는 육두문자에 길을 걷던 시민들의 발걸음이 멈추었다.

　시민들은 하나같이 미간을 찌푸리며 욕설을 토해 내고 있는 혁수를 곱지 않은 시선으로 바라보았다.

　사람들이 웅성웅성거리며 '부모가 대체 뭐하는 사람이냐는 둥' '도대체 가정교육을 어떻게 했냐는 둥' 말들이 많았지만 당사자인 혁수의 귀에는 전혀 들어오지 않았다.

　짜증이 나다못해 폭발할 지경이던 혁수는 자신의 입에서 욕설이 뿜어져 나오고 있다는 것도 인식하지 못하고 있었다.

　혁수는 주변 사람들이 뭐라고 하던 전혀 신경 쓰지 않고 씩씩거리며 집으로 향했다.

　콰앙!

문이 부서져라 거칠게 닫으며 자신의 방으로 들어온 혁수.

그런 혁수의 손에 꾸깃꾸깃 접혀 있는 종이 하나.

─수능 성적표─

그것이 그 종이의 이름이었다.

"A─C BAL!!"

혁수는 구겨질 대로 구겨진 수능 성적표를 방바닥을 향해서 거칠게 집어 던졌다.

그럼에도 분한 마음이 가라앉지 않았는지, 계속해서 씩씩거렸다.

사실 혁수가 이러는 것에는 그 나름의 이유가 있었다.

혁수는 불과 몇 달 전까지만 해도 [집⟹ 학교⟹ 학원⟹ 집]만이 세상의 전부라는 듯 미친 듯이 공부에만 열중해 왔다.

부모님은 물론 선생님의 말씀을 인생의 진리라도 되는 듯 절대적으로 따르며 전형적인 모범생의 길을 걸어왔다.

혁수는 자신의 이러한 노력이 수능이라는 시험을 통해서 보상받을 거라고 믿어 의심치 않았다.

그리고 혁수가 그토록 고대하던 수능 날이 다가왔다.

누구보다 자신감에 충만해 있던 혁수는 보무당당하게 집을 나섰다.

한데, 시험장에 도착한 순간부터 묘한 위압감이 느껴졌다.

처음에는 수능시험에 대한 약간의 긴장감(?) 때문이라고 생각했다.

한데, 1교시가 끝날 때쯤부터 그것이 아니라는 것을 절실하게 알게 되었다.

갑작스럽게 느껴지는 지독하리만큼 고통스러운 복통에 도무지 정신을 차릴 수가 없었던 것이다.

어떻게든 수능시험만큼은 치러야 한다는 생각에 최대한 참아 보려고 했지만 복통은 이미 한계를 넘어선 상태였다.

결국 혁수는 2교시가 끝나는 종소리와 함께 식은땀을 폭포수처럼 쏟아 내며 그 자리에 그대로 쓰러지고 말았다.

깜짝 놀란 감독관이 혁수를 급히 양호실로 옮겼지만 상태가 너무 위중해 가까운 병원으로 이송하게 되었다.

그리고 이어지는 담당 의사의 말.

"이지경이 될 때까지 참다니 정말 대단하네요. 조금만 늦었어도 큰일 날 뻔했습니다. 이만하길 정말 천만다행입니다."

알고 보니 맹장이 터진 것이었다.

의사는 위급한 상황을 넘겨 다행이라고 했지만 병실에 누워 있는 혁수는 전혀 그렇지가 못했다.

"제장! 왜 하필 그때 맹장이 터진 거야? 왜? 왜?! 왜!!"

혁수가 절망과 분노에 몸부림치고 있을 때, 담임 선생님과 급우들이 병문안을 왔다.

그중에서 가장 인상 깊었던 사람이 바로 같은 반 급우인 박동수였다.

동수는 공부와는 완전히 담을 쌓은 듯 보였다.

수업 시간에는 언제나 잠만 자고 있었다. 그리고 눈을 뜨고 있을 때는 침을 튀겨가며 게임에 관한 이야기만 줄창 해댔다.

언제나 공부밖에 모르던 혁수와는 많은 차이가 있었다.

그래서일까?

말만 같은 반 급우지, 실질적으로는 같은 반이 된 지 1년이 지나가지만 이제껏 이야기다운 이야기도 나눈 적이 없었다.

그런 동수가 병문안을 오다니, 상당히 의외였다.

"괜찮냐?"

"어, 그래."

처음에는 다소 어색한 안부 인사말이 오갔다.

약간의 시간이 흘러 그 어색함이 조금 수그러들었다 싶을 때쯤, 동수의 말문이 트이기 시작했다.

"야, 근데 그거 아냐?"

"어? 뭐?"

"너도 알다시피 내가 공부하고는 담을 쌓지 않았냐?"

'알긴 아는구나?'

"그나마 잘하는 게 게임이라서 프로 게이머나 될까 하고 생각하고 있었는데, 우리 아버지가 어찌나 수능을 보라고 닦달을 하는지. 어차피 망칠 수능 그거 볼 시간에 게임을 해서 레벨 올리는 게 훨씬 더 이득인데 말이야. 하여튼 수능 안 보면 컴퓨터를 압수한다고 해서 억지로 수능을 보기는 했거든."

"어. 그래."

'뭐야? 도대체 무슨 이야기를 하려고?'

"근데, 내가 아는 게 있어야지. 검은 건 글이요, 하얀 건 종이라는 것밖에 모르겠더라고. 그래도 백지를 내는 건 쪽 팔려서 이래저래 연필을 굴려서 다 찍어서 냈거든. 근데, 근데 말이야. 집에 가서 가채점을 하니까. 점수가!"

결론은 지가 찍기를 잘해서 수능을 잘 봤다는 이야기였다.

참나, 맹장 때문에 수능 망친 사람 앞에서 이게 할 소리인가?

혁수는 순간 욱하고 무언가가 치솟아 오르는 느낌이 들었지만 극도의 인내심을 발휘하여 꾹 눌러 참았다.

혁수는 동수의 자랑질이 거기서 끝나기를 기대했는데, 동수는 그런 혁수의 기대감을 보란 듯이 깨트려 버렸다.

"야, 이런 말 들어 봤냐? '안 되는 날은 뭘 해도 안 되지만, 되는 날은 뭘 해도 된다.'는 말. 뭐? 안 들어 봤다고? 하여튼 그런 말이 있어. 어라? 근데 내가 뭘 말하려고 했지? 아! 그래. 내가 가채점한 걸 우리 아버지한테 보여 드리니까, 우리 아버지가 어찌나 놀라시던지. 하여튼, 그 덕에 게임을 다시 하게 됐거든. 수능 본다고 못한 거 보충하려고 잠도 안 자고 다음 날 아침까지 죽어라 했거든. 근데 정말 하늘이 도왔는지, 그렇게 구하기 어렵다는 세트 아이템을 모두 구했다는 거 아니냐. 그것도 지금 만렙인 50레벨짜리 세트 아이템 전부를 말이야. 내가 알기로는 전 서버를 다 뒤져도 세트 아이템을 다 갖춘 사람이 10명도 안 되거든. 그런 걸 내가 다 구한 거야. 어때? 정말 대단하지?"

'겨우 게임 이야기냐? 그래 너 잘났다. 잘났어. 그놈의 세트 아이템 구해서 좋기도 하겠다.'

"그리고 이게 끝이 아니야."

'뭐뭐뭐? 또 뭐?!'

계속되는 동수의 자랑에 인내심이 결국 바닥나고 말았다. 이제는 게임의 '게' 만 들어도 짜증이 났다.

"방금 전에 내가 그랬잖아. '안 되는 날은 뭘 해도 안 되지만, 되는 날은 정말 뭘 해도 된다고.' 온라인 게임의 백미가 뭐냐? 강화 아니냐, 강화! 이번에는 지름신의 도움을 받아서 세트 아이템에 가지고 있던 강화석을 다 발랐지. 그랬더니 아 글쎄. 푸하하하, 놀라지 마시라! 세트 아이템 올 7강화! 7강화에 성공했다는 거 아니냐. 뭐, 최고 단계인 9강화도 시도해 볼까 했지만 7강화 이후부터는 손이 너무 떨려서 말이야. 그래도, 세트 아이템 올 7강화 한 사람은 아직 없을걸. 이게 얼마나 대단한 거냐면, 강화한 세트 아이템을 현으로 팔면……."

'아니 이 새끼가 지금 병문안을 온 거야? 누구 염장을 지르려고 온 거야?!'

끝없이 펼쳐지는 동수의 자랑질에 혁수가 드디어 폭발하고 말았다.

"나 줘!"

"뭐?"

"그 세트 아이템. 나 달라고!"

"뭐? 아니, 넌 게임도 안 하잖아?"

"네가 그렇게 재미있다고 하는 그 게임이 이제부터 할 거니까. 그 세트 아이템 나 줘!"

"아니, 그래도 이게 현으로 치면 돈이 얼만데……."

"그러니까, 나 달라고. 너 50레벨 만드는데 2달 걸렸다면서? 그럼, 내가 그 세트 아이템 사용하려면 최소한 그 정도는 걸린다는 말이잖아? 아니, 나는 이제껏 게임을 해 본 적이 없으니까, 더 걸리겠지. 그동안은 네가 세트 아이템 쓰고 나중에 나 주면 되잖아? 왜? 친구 사이에 이 정도도 못해 줘? 이렇게 아픈 친구가 부탁하는데?"

"아니, 그게 현으로 팔면 돈이……."

"아! 배가… 배가……."

혁수가 수술 부위를 잡고 오만상을 쓰자 동수는 어쩔 줄을 몰랐다.

동수와 함께 병문안 온 친구들 역시 동수의 자랑질에 짜증이 났는지 동수에게 무언의 압박을 가했다.

결국 동수는 살얼음판 같은 주변의 기세를 이기지 못하고 항복할 수밖에 없었다.

"아, 알았어. 우리 사이에 그 정도도 못해 줄까. 네가 원하는 대로 다 줄 테니까. 너는 얼른 낫기나 해라."

동수의 말이 떨어지기가 무섭게 혁수는 언제 그랬냐는 듯 평온한 표정을 지었다.

"와, 신기하게도 하나도 안 아프네? 정말 신기하다 그치?

아참, 그리고 세트 아이템 말고도 게임에 필요한 것들을 다 지원해 줘. 알겠지?"

"으. 아, 알았어."

동수 녀석의 일그러진 얼굴을 보니 왜 그렇게 기분이 좋은지, 십 년 묵은 체증이 확 내려가는 것 같았다.

원래 계획은 퇴원을 하자마자 재수 준비를 하는 것이었다.

하지만 왠지 전처럼 공부에 손이 가지 않았다. 그러다가 문득 동수가 말했던 온라인 게임 '드림 월드'가 떠올랐다.

정말로 동수에게서 세트 아이템이나 기타 다른 것들을 빼앗을 생각은 없었다. 동수가 하도 얄밉게 이야기를 하기에, 동수를 혼내 주려고 그렇게 말만 한 것이었다.

한데, 문득 동수가 침을 튀겨 가며 열창을 하던 '드림 월드'라는 온라인 게임이 그렇게 재미있나? 하는 호기심이 들었다.

달리 할 것도 없어서 심심하던 차였다.

가볍게 맛만 보자는 생각으로 접속을 해 보았다.

"에이, 생각보다 그렇게 재미있지는 않네."

동수가 왜 그렇게 열광하는지 이해가 되지 않았다. 대략 20여 분 플레이 해 보고 바로 로그아웃을 했다. 분명 느낌상으로는 20분 정도였다.

한데 컴퓨터 옆에 놓여 있는 탁상시계를 보니, 어느덧 4시간이 훌쩍 지나 있었다.

"헉! 이게 뭐야? 시계가 고장 났나?"

똑딱— 똑딱—

시계는 아무 이상 없이 잘 돌아가고 있었다.

혹시나 해서 컴퓨터 시계로 확인해 보니, 정말로 4시간이 지난 것이었다.

분명 느낌상으로는 20분이었다. 그런데 실제로는 4시간이 지났다니⋯⋯.

도저히 믿기지가 않았다.

"아냐, 아냐. 내가 게임을 처음 해 봐서 뭔가 착각을 한 걸 거야. 그래, 그런 거야. 이제 게임은 그만하자."

그렇게 게임에 대한 생각을 떨쳐 내고 다른 것에 집중하려고 했다.

한데, 그러면 그럴수록 '드림 월드'에 대한 생각이 새록새록 샘솟아 올랐다.

"헉! 이게 뭐냐?"

정신을 차리고 컴퓨터 모니터를 바라보니, 모니터에 '드림 월드' 정보 사이트가 펼쳐져 있었다.

어느새 손가락이 자동으로 자판을 두드리며 포털 사이트에서 '드림 월드'에 대한 정보를 검색하고 있었던 것이다.

마치 뭔가에 홀린 듯한 기분이었다.

"에이, 이왕 이렇게 된 거, 조금만 더 해 보자."

결국 본능을 이기지 못한 혁수는 그날부터 '드림 월드'에 무섭게 빠져들기 시작했다.

성적표를 받으러 오라는 담임의 전화를 받고 정신을 차렸을 때에는 동수 못지않은 지독한 게임 폐인이 되어 있었다.

"아악! 이건 날 폐인의 세계로 끌어들이려는 동수의 지능적인 음모였어!!"

뭐든 안 좋은 것은 전부 동수 탓이었다.

수능 성적표를 받으러 오라는 담임의 전화를 받고 굳이 가야 되나 하는 생각이 들었다.

어차피 망친 시험 성적표를 받아서 무엇 하겠는가?

처음에는 가지 않으려고 했다.

이번뿐만이 아니라, 졸업식에도 참석하지 않을 생각이었다.

한데, 졸업하면 어쩌면 영영 못 볼지도 모르니, 졸업하기 전에 한 번이라도 더 친구들 얼굴을 봐 두는 것이 어떻겠냐는 담임의 말이 귓가를 계속해서 맴돌았다.

담임이 부모님께도 전화를 했는지, 퇴근하시고 돌아오신 부모님께서도 친구들 얼굴 보러 한 번 가 보라고 하셨다.

혁수는 '드림 월드'에 빠지기 시작하면서 외출을 거의 하지 않았다.

친구들과의 연락도 뜸해지면서 자연스럽게 멀어지게 되었다.

단 동수와는 정반대였다.

그전까지만 해도 그저 같은 반 급우라고만 여겼는데, '드림 월드'를 하게 되면서 만남이 잦아지게 되었다. 물론 이 만남은 게임 안에서의 만남이다.

현실에서는 동수와도 직접적으로 만난 적은 거의 없었다.

담임의 전화와 부모님의 말씀을 듣고 보니, 그동안 너무 방 안에만 틀어박혀 있었다는 생각이 들었다.

바람도 쐴 겸, 오랜만에 친구들의 얼굴을 보는 것도 좋을 거라고 생각하고 학교로 가기로 했다.

학교에 도착해서 오랜만에 친구들을 만나니 너무나도 반가웠다.

심지어 동수조차 반가웠다.

동수가 입을 열기 전까지는 말이다.

"야, 너 벌써 49레벨이라면서? 나보다 더 심하게 하는 거 아냐? 재수 준비도 해야 된다면서?"

"그건 내가 알아서 할 테니까. 넌 어서 빨리 세트 아이템이나 넘겨."

"알았어. 집에 가자마자 '특급 우편'으로 바로 보내 줄게. 아, 그리고 보내 주는 김에 돈이랑 다른 잡템도 좀 보내 줄게."

'드림 월드'에는 우편으로 아이템을 보내는 기능이 있다.

이 우편 기능은 '일반 우편'과 '특급 우편'으로 나뉜다. 일반 우편은 마을에 있는 우체통을 통해서 유저들 간에 아이템과 게임 머니를 주고받게 해 주는 기능이다.

특급 우편은 우체통이 없는 곳에서도 상대 유저가 보낸 우편물을 받을 수 있게 해 주는 기능이다. 당연한 말이겠지만, 두 우편 기능에는 많은 요금의 차이가 있다.

'아니, 이 자식이 웬일이야? 평소에는 귓말로 도배를 해야지, 그때서야 마지못해서 찔끔 찔끔 보내 주던 녀석이 웬

일로 먼저 보내 준다는 말을 하지? 혹시 내가 모르는 또 다른 음모가 있나?'

"아참, 그리고 며칠 동안 연락 안 될 테니까. 그렇게 알고 있어."

"뭐? 아! 연락 다 끊고 죽어라고 레벨 올리려고? 하긴, 이제 슬슬 70만렙 나올 때가 되었지?"

한때 50레벨이 만렙이었던 '드림 월드'의 만렙은 이제 70레벨로 상향 조종되었다.

그리고 아직까지 만렙을 찍은 사람은 한 명도 없었다.

이때까지만 해도 동수가 다른 사람이 만렙을 찍기 전에 먼저 만렙을 찍으려고 잠수를 타려고 한다고 생각했다.

"아니 그게 아니라. 우리 아버지가 수능 성적표 가지고 오면 일본 여행시켜 준다고 했거든. 그것 때문에 이것저것 준비할 게 많아서 그래."

'아, 이 새끼가 진짜! 그럼, 그렇지. 네가 자랑질을 안 하면 박동수가 아니라 박똥수지 박똥수!'

"그리고 게임 좀 적당히 해라. 학교도 졸업하는 마당에 언제까지 그렇게 게임만 하고 있을래? 너희 부모님께서 네 걱정을 많이 하시던데. 너도 이제 정신 차려야지?"

'커억! 그게 박똥수 네 입에서 나올 말이냐?!'

다른 사람도 아닌 평소 공부와 담을 쌓았던 동수의 입에서 저런 말이 나오자 더욱 화가 났다.

생각 같아서는 저 꼴 보기 싫은 동수의 면상에 주먹을 쑤셔 넣고 싶었지만 극도의 인내심을 발휘에 꾹 눌러 참았다.

꽈악!

'이게 다 그놈의 맹장 때문이야! 그날 맹장만 안 터졌어도, 내가 똥수 녀석한테서 저런 헛소리는 듣지 않았을 텐데! 아악! 박똥수! 두고 보자!'

그렇게 동수로 인해 뚜껑이 열린 혁수는 집으로 오는 내내 육두문자를 남발했다.

사실 혁수가 그렇게 화가 났던 것은 동수 때문만은 아니었다.

평소 친구라고 생각했던(공부 잘하던 시절 어울리던 친구들) 급우들이 자신을 무시하며 따돌리는 느낌을 받았다. 그러고 보니, 퇴원하고 나서부터는 그 친구들로부터 연락이 뜸해졌다.

물론 혁수도 게임에 빠져들면서 연락을 하지 않았지만, 지금 돌이켜 보니, 그래도 한두 번쯤은 그들이 먼저 연락해 줄만도 했다는 생각이 들었다.

혁수가 집에 오는 내내 화가 났던 진짜 이유는 그동안 친구라고 생각했던 친구들이 사실은 진짜 친구가 아닌 공부를 위해서 어울려 다니던 사이라는 것을 깨닫게 되었기 때문이다.

"죽어! 죽어! 죽어! 꼴 보기 싫은 것들, 다 죽어 버려!!"
"쿠엑!"
"쿠엑!"

역시나 이렇게 짜증이 날 때는 뭐니 뭐니 해도 게임이 최고였다.

혁수는 평소보다 더 거칠게 마우스를 클릭하여 몬스터들을 학살해 나갔다.

이제 얼마 남지 않았다.

동수에게서 빼앗은 50레벨의 7강화 마법사 세트 아이템을 착용할 시간이.

50레벨까지 남은 경험치는 0.07퍼센트.

49레벨짜리 몬스터 3마리만 잡으면 되었다.

그리고 드디어.

―띠링! 레벨이 올랐습니다. 5스텟과 1스킬 포인트가 보너스로 지급됩니다.

"앗싸!"

혁수는 이 순간만큼은 세상을 다 가진 것 같은 기분을 느꼈다.

"그럼, 이제 세트 아이템을 착용해 볼까?"

비록 70레벨로 만렙이 상향되었다고 해도 여전히 50레벨 세트 아이템은 고가에 거래되고 있었다.

세트 아이템은 낱개로 있을 때는 레어 아이템보다 성능이 조금 떨어졌지만 세트를 모두 갖추었을 때는 60레벨의 레어 아이템에 거의 근접했다.

거기에 7강화까지 한 세트 아이템이라 70레벨의 노말 아이템과 거의 비슷한 성능을 발휘했다.

"흐흐흐, 이것만 착용하면……."

생각만 해도 하늘을 날 것만 같았다.

보통 레벨 업을 하게 되면 스탯을 분배하고 스킬에 포인트를 투자하는 것이 먼저였다.

하지만 지금 이 순간만큼은 세트 아이템을 착용하는 것이 먼저였다.

꿀꺽.

자신도 모르게 마른침을 삼킨 혁수가 조심스럽게 세트 아이템으로 마우스 커서를 가져갔다.

그리고 장비 교체를 위해서 마우스를 클릭하려는 순간.

"어? 이, 이게 뭐지?"

그 순간 놀라운 일이 벌어졌다.

컴퓨터 모니터와 혁수 사이에 공간 일그러짐 현상이 발생한 것이다.

"헉! 이게 뭐야?!"

깜짝 놀란 혁수는 기겁을 하며 자리에서 일어나려고 했다.

한데 몸이 얼어붙기라도 했는지, 꼼짝을 하지 않았다.

"이, 이거 왜 이래?"

두려움에 휩싸인 혁수는 목이 터져라 외쳤다.

"누, 누구 없어요? 누가 좀 살려 주세요! 제발! 제발 살려 주세요!"

지금 시각 오후 4시 30분.

맞벌이 부부인 부모님이 퇴근해서 돌아 오시기에는 아직 이른 시간이다.

공간 일그러짐 현상은 공포에 휩싸여 있는 혁수를 무시한 채 그 영향 범위를 서서히 넓혀 갔다.

처음에는 고요한 연못에 파문이 일어, 물결이 점점 넓게 퍼져 가듯이 보이던 공간 일그러짐 현상이 어느 순간부터는 정반대의 움직임을 보이기 시작했다.

흡사 블랙홀이라도 된 듯 주변의 모든 것을 빨아들이기 시작한 것이다.

"으아악! 이게 뭐야?"

가뜩이나 무서워 죽겠는데, 공간 일그러짐 현상의 움직임이 급격한 변화를 보이자 혁수는 더욱 공포에 질려 갔다.

그리고 어느 순간, 공간 일그러짐 현상이 사라지는가 싶더니.

꽈아앙!!

엄청난 굉음과 함께, 거대한 충격파가 혁수의 몸을 강타했다.

퍼억!

충격파에 의해서 벽으로 튕겨 나간 혁수는 그 충격으로 정신을 완전히 잃고 말았다.

"으으… 으……."

얼마의 시간이 지났을까?

혁수가 신음 소리를 내며 서서히 정신을 차렸다.

도저히 이해할 수 없는 괴현상과 마치 뼈라도 부서진 듯한 지독한 통증(다행히 실제로 뼈가 부서지거나 금인 간 것은 아니었다)에, 생각이라는 것 자체를 할 수 없던 혁수는 정신을 온전히 찾기도 전에 눈앞에 펼쳐진 암담하고도 참담한 광경에 눈이 뒤집히고 말았다.

"이런 개 우라질!!"

머릿속을 맴돌던 괴현상이나 지독한 통증 따위는 안드로메다 저 너머로 사라진 지 오래였다.

"아악! 내 컴퓨터! 내 분신 같은 컴퓨터가……."

그랬다.

충격파에 의해서 피해를 입은 것은 혁수만이 아니었다.

혁수가 세상 그 어떤 것보다 끔찍이 아끼던 컴퓨터가 박살이 난 것이다.

'세계 평화와 네 컴퓨터를 바꾸지 않을래?' 라고 물으면 당연히 '세계 평화 따위 개나 줘 버려.' 라고 말하며 절대 바꾸지 않을 만큼 아끼고 또 아끼던 컴퓨터가 박살이 나 있자 혁수는 게거품을 물 수밖에 없었다.

혁수는 머리카락 끝까지 치솟아 오른 분노에 온몸을 부르르 떨어 댔다.

"아악! 어떤 새끼가 내 귀중한 컴퓨터를 이렇게 만든 거야?!!"

으드득!

"잡히기만 해 봐라! 내 맹세코 그놈을 통째로 갈아 마시고 말 테니까!!! 어떤 놈이 이렇게 한 건지 모르겠지만 몸조심 하는 게 좋을 거다!!!"

혁수는 성난 짐승처럼 더 거칠고 광포하게 포효했다.

풍문에 따르면 이날 혁수가 토해 낸 광기 어린 외침에 옆

집의 베테랑 백수가 낮잠을 자다가 벌떡 일어났다고 한다.

그리고는 자신이 아는 신이란 신의 이름은 모두 외쳐 부르며 제발 살려 달라고 무릎 꿇고 싹싹 빌었다고 한다.

그리고 10일 후, 이번에는 그 베테랑 백수의 어머니가 자기 아들이 그랬던 것처럼 신이란 신의 이름은 다 말하며 손에 지문이 사라지도록 싹싹 빌었다고 한다.

왜?

백수 아들, 정신 차리게 해 줘서 고맙다고.

"아우 진짜, 난 왜 이렇게 되는 일이 없냐?"

현금 지급기 앞에선 혁수는 한숨을 푹푹 내쉬었다.

그도 그럴 것이 천재지변(?)으로 인해 생각지도 못한 지출을 하게 되었기 때문이다.

아르바이트는 한 번도 해 본 적이 없지만 수능시험 전까지는 다른 곳에 전혀 한눈팔지 않고 공부에만 열중해 왔다. 그 덕에 용돈을 쓸 일이 거의 없었다.

그동안 모아 둔 돈이면 새 컴퓨터를 사는데 충분했지만 그래도 쓰지 않아도 될 돈이 뜻하지 않는 사고(?)로 인해 나간다고 생각하니 무척이나 속이 쓰렸다.

"그래, 컴퓨터하면 용산이지."

용산에 가면 싸고 좋은 물건이 많다는 이야기를 어디선가 주워들은 혁수는 재빨리 용산으로 향했다.

"우와!"

이래저래 듣기는 했지만 설마 이렇게 많은 컴퓨터 상가가 있을 줄은 꿈에도 생각하지 못했다.

여기도 컴퓨터, 저기도 컴퓨터. 용산은 흡사 컴퓨터 천국 같았다.

불과 몇 달 전까지만 해도 모범생으로 집, 학교, 그리고 학원밖에 몰랐던 혁수로서는 용산 전자 상가는 그야말로 새로운 세상이었다.

그렇게 혁수가 넋을 놓고 있을 때, 어디선가 굵은 목소리가 들려왔다.

"어이, 학생. 뭐 찾아?"

"예? 아, 저요?"

처음에는 자신을 부르는지도 모르고 있다가 뒤늦게 그 굵은 목소리가 자신을 부른 것이라는 것을 깨달은 혁수는 그 목소리가 들려온 방향으로 고개를 돌렸다.

"거기서 그러지 말고 들어와서 구경해. 우리 집이 용산에서 품질 좋고 싸기로 유명한 집이야. 일단 들어와서 구경 한번 해 봐. 어서 들어와."

"아, 그래요?"

순진한 혁수는 그 말을 그대로 믿고, 사내가 손짓하는 가게 안으로 순순히 들어갔다.

혁수가 가게 안으로 들어오자마자 그 사내는 기다렸다는 듯, 이런저런 물건들을 보여 주며 이래저래 설명을 늘어놓았다.

처음에는 그저 멍했다.

무슨 방식이 어떻고, 버스가 어떻고 하면서 도무지 알아들을 수 없는 언어를 구사하는 사내의 말에 순간 대한민국

이 아닌 외국에 나와 있는 것이 아닌가 하는 생각이 들었다.

"…그래서 이걸 추천하는데. 이게 요즘 제일 잘나가는 물건이야. 최신 게임은 물론 인터넷도 초고속으로 하게 해 주지. 학생이라 돈도 얼마 없을 것 같은데, 내 특별히 싸게 줄 테니까. 이거 가져가."

"아… 예."

얼떨결에 사내가 권해 주는 컴퓨터 부품들을 건네받은 혁수는 지갑에서 돈을 꺼내려다가 조금 이상하다는 생각이 들었다.

처음에는 사내가 하는 말이 한국말이 아닌 외계어처럼 들려서 도무지 정신을 차릴 수가 없었다. 희한하게도 사내의 말을 못 알아들으면 못 알아들을수록 왠지 더 그럴싸하게 들렸다.

그만큼 혁수는 게임 말고는 컴퓨터에 대해서 아는 것이 없었다.

그나마 '드림 월드'를 시작하면서 온라인 게임을 하기 위해서는 컴퓨터가 최소 사양이 되어야지만 온라인 게임을 할 수 있다는 것을 아는 수준이었다.

그래서 처음 '드림 월드'를 시작하려고 할 때 자신의 컴퓨터 사양이 어떻게 되는지 인터넷과 동수를 통해서 확인해 보았다.

그 덕에 지금은 불운의 사고(?)로 완파된 이전 컴퓨터의 사양에 대해서 알고 있었다.

한데, 사내가 최신 제품이라고 권해 주는 제품들이 이전에 자신이 사용하던 것과 얼추 비슷하다는 것을 알게 되었다.

'뭐야 이거? '드림 월드'는 할 수 있겠지만 최신 제품은 아니잖아?'

그제야 사내가 구형 제품을 신형 제품처럼 속여서 팔아넘기려고 한다는 것을 깨달았다.

사내가 용산에서 가게를 연 지 어언 10년.

처음에는 사람을 상대하는 장사가 무척이나 어렵게 여겨졌지만 이제는 아니었다.

10년이라는 내공이 쌓이다 보니, 이제는 한눈에 누가 호구인지, 아닌지 알 정도였다.

호구들은 어려운 말을 '쏼라쏼라' 해 주면 그게 무슨 말인지도 모르면서 무작정 고개를 끄덕였다.

그리고 곧바로 지갑을 열었다.

눈앞의 어리바리한 놈도 마찬가지였다.

가뜩이나 자리만 차지하고 나가지도 않는 물건들을 이번 기회에 정리하게 된 것이다.

사내는 터져 나오려는 웃음을 억지로 참고 있었다.

혁수가 지갑에서 돈을 꺼내려는 순간 사내는 턱밑까지 치솟아 오른 웃음보를 참느라 미칠 것만 같았다.

'어서, 어서 넘겨. 어서!'

한데, 이상했다.

금방이라도 퍼런 배춧잎 다발을 넘겨줄 것 같던 혁수가 머뭇거리는 것이 아닌가.

사내는 결국 참지 못하고 거칠게 외쳤다.

"얼른 돈 줘!"

"예?"

"이거 받고 얼른 돈 달라고! 한국사람 아니야? 왜 한국말을 못 알아들어? 귓구멍에 말뚝을 처박았냐? 왜 그렇게 말귀를 못 알아 처먹어? 바쁘니까, 어서 돈 주고 나가!"

"아니, 이게 무슨?"

방금 전까지만 해도 간이고 콩팥이고 다 내줄 듯하던 사내가 한순간에 인상을 바꾸자 혁수는 어이가 없었다.

모름지기 손님은 왕이다.

미소 짓는 얼굴로 친절하게 대해도 만족을 할지 안 할지 모를 손님에게 윽박을 지르며 돈을 달라는 사내의 모습은 흡사 칼만 안 들었지, 강도나 다름이 없었다.

"에이, 진짜 학생 놈의 새끼가 느려 터져 가지곤."

혁수가 하도 기가 차서 가만히 있자, 사내는 혁수의 지갑을 제 지갑인 양 낚아채려고 했다.

"이봐요 아저씨! 이게 무슨 짓이에요?"

혁수가 사내의 손을 뿌리치려고 했지만 사내는 한번 물은 먹잇감을 결코 놓치지 않겠다는 듯 집요하게 혁수의 지갑을 공략해 왔다.

"에이 진짜!"

이에 흥분한 혁수가 팔을 크게 휘두르며 사내를 밀쳐 냈다.

그러자.

부웅~

쿵!

사내가 끈 끊어진 연처럼 허공에 부웅— 하고 날아오르더니 가게 구석으로 처박히는 것이 아닌가.

"에?"

순간적으로 너무 놀란 혁수는 자신의 팔과 가게 구석에 쓰러져 신음하고 있는 사내를 번갈아 쳐다보았다.

도무지 지금의 상황이 이해가 되지 않았다.

혁수 딴에는 힘주어 팔을 휘두른다고 했지만 그렇다고 사람이 날아갈 정도는 아니었다.

이제껏 공부만 죽어라고 한 혁수였기에 키만 멀대같이 크지 몸은 그리 좋지가 않았다.

그런데 무슨 만화처럼 사내가 공중을 부웅— 하고 날아가니 어안이 벙벙할 수밖에 없었다.

"으으……."

"헛!"

사내의 신음 소리에 화들짝 정신을 차린 혁수는 너무나도 겁이 났다.

이제껏 맞은 적은 있어도(그래 봤자, 초등학교 때 친구와의 말다툼 끝에 친구한테 몇 번 맞은 것이 전부였다) 사람을 팬 적은 없기에 어찌할 바를 몰랐다.

일단 이 자리를 피하고 보자는 생각이 들었다.

아무래도 지금으로서는 그게 제일 좋은 방법인 것 같았다.

후다닥.

그렇게 가게를 나온 혁수는 뒤도 돌아보지 않은 채 죽어라고 달리기 시작했다.

"휴~ 도대체 이게 무슨 일이야?"

생각해 보면 이상한 일의 연속이었다.

도무지 정체를 알 수 없는 공간 일그러짐 현상부터 해서, 자신의 보물 1호인 컴퓨터가 박살이 나지를 않나, 이제는 자기보다 덩치도 더 큰 어른을 만화처럼 부웅— 하고 날려 버리다니.

"아냐, 아냐, 그동안 내가 너무 게임만 해서 잠깐 헛것을 본 거야. 그래, 맞아. 그런 거야. 컴퓨터가 그렇게 된 것은 너무 오래해 컴퓨터가 과열돼서 그런 거야. 그래, 그런 거야. 가만, 그럼 그 가게 아저씨는… 아! 맞다. 일부러 쇼한 거야. 쇼! 그래, 맞아. 구형을 신제품처럼 속여서 팔려고 할 때부터 알아봤어야 해. 내가 안 속아 넘어가니까, 그런 쇼를 해서라도 물건을 강매하려고 했던 거야. 맞아, 그런 거야. 그런 얕은수에 내가 속아 넘어갈 줄 알고? 흥이다. 흥!"

이렇게 생각하니 미친년 널뛰듯 난리 블루스를 추던 가슴이 어느 정도 진정이 되는 것 같았다.

"아, 근데 컴퓨터는 진짜 있어야 하는데… 아! 그렇지 인터넷으로 주문하면 되지. 아, 왜 진작 그걸 생각 못했지?"

인터넷으로도 컴퓨터를 구매할 수 있다는 것을 떠올린 혁수는 가까운 PC방으로 향했다.

"어디가 괜찮나?"

혁수는 네티즌이 추천한 컴퓨터 구매 사이트를 30여 분 뒤적여서 온라인으로 주문을 마쳤다.

인터넷을 이용하니 다른 사람의 좋은 충고와 제품 간의 비교를 곧바로 할 수가 있었다.

그 덕에 정말로 싸고 좋은 신제품을 고를 수가 있었는데, 운 좋게 통장에 남아 있는 돈으로 주문할 수가 있었다.

그렇게 컴퓨터 구매를 마친 혁수는 곧이어 습관처럼 '드림 월드'에 로그인 했다.

한데…….

"헉! 이게 뭐냐?! 내 캐릭터 어디 갔어?!!"

'드림 월드' 접속 화면에 당연히 있어야 할 '오르페'가 보이지 않았다.

혁수는 지금 있는 곳이 자신의 방이 아닌 PC방이라는 것도 잊은 채 고래고래 고함을 질러 댔다.

깜짝 놀란 손님들이 저마다 불평을 쏟아 내며 혁수를 노려보았다.

"아……."

주변의 따가운 시선을 느낀 혁수는 얼른 자리에 앉았다.

하지만 황당하고 분한 마음은 여전히 가실 줄을 몰랐다.

"도대체 이게 어떻게 된 거야? 아까 전까지만 해도 있던 캐릭터가 왜 지금은 없는 거야?"

혹시 서버를 착각하고 원래 서버가 아닌 다른 서버로 들어왔나 싶어서 다시 천천히 확인하며 재접속을 해 보았다.

하지만 결과는 마찬가지였다.

아니, 모든 서버를 다 뒤져 보았지만 혁수의 게임 캐릭터인 '오르페'는 그 어디에도 없었다.

그 순간 혁수의 머리에는.

'헉! 해, 해킹이다!'

"어떤 개호로 자식이 내 캐릭터를 해킹한 거야?!"

극도로 흥분한 혁수는 당장에 고객센터로 전화를 걸었다.

그리고 안내원이 전화를 받자마자 전후사정은 모두 무시한 채 '내 오르페 뱉어 내!'라고 고함을 질렀다.

안내원은 이런 일에 제법 익숙한지 차분하고도 낭랑한 목소리로 확인 작업에는 며칠이 소요되기에 그동안만 참고 기다려 달라고 혁수를 달래었다.

혁수는 빠른 시일 내에 자신의 '오르페' 캐릭터를 돌려 달라는 말과 함께 해킹범을 꼭 엄벌에 처벌해 달라고 몇 번이고 부탁했다.

그리고 홈페이지에 있는 고객신고 란에 또 한 번 해킹에 관한 글을 남기기도 했다.

"에이, 진짜 오늘 왜 이래? 컴퓨터가 박살이 나지를 않나, 이상한 아저씨를 만나지를 않나, 이제는 해킹까지… 어휴, 정말 동수 녀석 말처럼 '뭘 해도 안 되는 날'은 정말 뭘 해도 안 되는가 보다. 쯧, 할 것도 없는데 그냥 집에나 가야겠다."

거짓말한 피노키오의 코처럼 입이 댓발 나온 혁수는 구시렁구시렁거리며 카운터에서 계산을 마쳤다.

PC방을 나와 집으로 향하던 혁수는 왠지 모를 꺼림칙한 기분을 느꼈다.

　마치 누군가가 자신을 몰래 미행하고 있는 듯한 느낌이라고 할까?

　처음에는 이러저런 일을 한꺼번에 겪어 자신의 신경이 예민해져서 그런 거라고 생각했다.

　한데, 집으로 가는 지름길인 골목으로 들어서던 찰나, 그것이 단순히 기분 탓만은 아니었다는 것을 알게 되었다.

　"어이, 거기!"

　어디선가 들려오는 신경 거슬리는 껄렁한 목소리.

　혁수는 그게 자신을 부르는 소리라고는 생각하지 못했다.

　"어쭈, 저게 말을 씹네? 야! 거기 얼굴 허여멀건 놈! 죽고 싶냐?"

　더욱 거칠어진 목소리에 혁수는 반사적으로 고개를 돌렸다.

　"그래, 너 말이야! 이 형님들이 부르시면 재깍재깍 돌아볼 것이지. 어디 안 들리는 척 쌩을 까는 거야? 복날 개 패듯이 쥐어 터져 봐야 정신을 차리겠냐?"

　"저, 저요?"

　"저, 저요? 말하는 꼬락서니하고는, 누가 범생이 아니랄까 봐. 얌마, 그럼 여기 너 말고 또 누가 있는데?"

　"왜… 왜 그러시는데요?"

　"왜… 왜 그러시는데요? 범생이 새끼, 말하는 것하고는."

　혁수는 싸움에 '싸' 자도 몰랐다.

　혁수가 다닌 중학교와 고등학교는 소위 말하는 전국에서

알아주는 명문학교로 일진이나 그 비슷한 양아치들도 없었다.

아니, 엄밀히 말하면 일진이 있기는 했다. 하지만 다른 학교의 일진들에 비하면 애교 수준이었다.

진학에 목숨을 거는 명문학교이다 보니 다른 학생들, 특히 혁수같이 전교에서 노는 우등생에게 조금이라도 방해를 한다 싶으면, 엄중한 교칙을 적용하여 바로 퇴학을 시켰다. 그래서 학교 내에서는 혁수를 건드리는 사람은 단 한 명도 없었다.

학교가 끝나고 나면 학원 승합차가 정문에서 혁수를 기다리고 있었다.

학원이 끝나면 학원 승합차로 집 앞까지 데려다 주었기에 혁수는 그동안 일진이나 동네 양아치들을 볼 일이 없었다. 당연히 삥을 뜯기거나 빵 셔틀을 당한 적도 없었다.

"야, 좋은 말 할 때, 지갑에 든 거 가져와."

"예?"

"허, 저 범생이 새끼, 또 못들은 척하네. 좋은 말로 할 때, 네 지갑을 무겁게 하는 종이 뭉치들을 가져오라고! 그리고 한 번만 더 못들은 척하면 그땐 진~짜 가만 안 둔다!"

"아, 안 돼요."

"안 되긴 뭐가 안 돼!"

"하, 참, 이래서 나는 범생이들이 싫다니까. 어떻게 된 게, 범생이 새끼들은 하나같이 분위기 파악을 못하냐? 이래 봬도 우리가 젠틀한 형님들이다 이거야. 그래서 웬만하면

말로 해결을 하려고 하거든? 근데, 너처럼 말을 해도 말귀를 못 알아 처먹으면 이 젠틀한 형님들도, 더 이상 젠틀해질 수 없다 이 말이야. 내 말 무슨 말인지 알겠냐?"

"그, 그래도 이건 못 줘요."

"아, 저 새끼가 진짜! 사람 뚜껑 열리게 만드네. PC방에서도 제집인 양 시끄럽게 떠들어서 사람 성질을 돋우더니, 여기서도 그러네."

짝— 짝—

어느새 혁수 바로 코앞까지 다가온 양아치가 혁수의 뺨을 때렸다.

"야이, X만한 새끼야. 학교 선생들 말은 X나게 잘 처 들으면서. 이 형님들 말씀은 왜 이렇게 안 들어 처먹어? 뭐야? 이 형님들이 고등학교 중퇴했다고 무시하는 거냐? 그런 거야?"

툭, 툭, 툭.

뺨 때리는 것을 멈춘 양아치가 이번에는 혁수의 정강이를 차기 시작했다.

처음에는 가볍게 툭툭 건드리는 수준이었는데, 점점 발길질의 정도가 심해져 갔다.

두려움에 휩싸인 혁수는 어쩔 줄을 몰랐다.

눈앞의 양아치들이 너무 무서워서 그런지 누가 좀 도와달라는 말도 쉽사리 나오지가 않았다.

"말로 할 때 한 번에 알아들으면 너도 좋고, 나도 이런 수고할 필요 없어서 얼마나 좋아? 안 그래?"

양아치가 혁수의 주머니를 자신의 주머니인 양 뒤져서 혁수의 지갑을 제 지갑처럼 빼 들었다.

"앗! 안 돼요!"

이제껏 겁에 질려 아무런 반항도 하지 못했던 혁수는 양아치의 손에 들린 자신의 지갑을 보고는 반사적으로 양아치를 향해서 팔을 내뻗었다.

그러자 그 누구도 생각하지 못한 일이 벌어졌다.

부웅—

쿵!

"억!"

용산 전자 상가의 사내처럼 양아치가 부웅— 하고 하늘에 뜨더니 골목 끝에 처박힌 것이다.

너무나도 황당한 일에 혁수를 둘러싸고 있던 다른 양아치들은 그저 멍한 표정으로 입만 벌린 채 아무 말도 하지 못했다.

놀라기는 혁수도 마찬가지였다.

설마, 이런 일이 또 벌어지다니.

혁수는 뭐가 어떻게 된 것인지 도무지 이해가 되지 않았다.

"으으, 이 새끼들아 뭐해! 내가 저 범생이 새끼한테 당했는데 보고만 있을 거야? 저 새끼 밟아!"

욱신거리는 등과 허리의 통증보다 보잘것없는 범생인 혁수에게 당했다는 것이 몹시도 화가 난 양아치가 고래고래 고함을 질러 댔다.

그제야 정신을 차린 다른 양아치들이 혁수에게 덤벼들었다.

혁수는 겨우 지갑을 지켜 내기는 했지만 자신을 둘러싸고 있는 양아치들을 어떻게 해야 될지 몰랐다.

뒤늦게 도망을 쳐야 한다고 생각이 들기는 했지만 양아치들의 포위망을 뚫을 용기가 나지 않았다.

"범생이 주제에 운동 좀 했나 본데? 그래 봤자, 우리한테는 안 돼. 야! 한꺼번에 밟자."

이제껏 제대로 된 주먹질을 전혀 해 본 적이 없던 혁수는 양아치들의 파상공격에 어찌할 바를 몰랐다.

분한 마음에 주먹을 불끈 쥐기는 했지만, 선뜻 주먹을 내지를 용기가 나지 않았다.

그렇다고 마냥 맞고만 있을 수도 없었다.

이렇게 맞는 것도 억울한데, 다 맞고 나면 돈도 뺏어 갈 것이 아닌가.

가뜩이나 이상한 일들만 계속 꼬여서 심사가 뒤틀릴 대로 뒤틀려 있던 혁수는 더 이상 참지 못하고 이윽고 주먹을 휘두르기 시작했다.

하나 영화나 드라마처럼 그렇게 멋있지는 않았다.

두 눈을 질끈 감은 채 마구잡이로 주먹을 휘두르는 모습은 무척이나 볼썽사나웠다.

하지만 어쩌겠는가.

지금의 혁수로서는 이것이 최선인 것을.

"허, 이 새끼 봐라?"

"이거 뭐야? 지금 장난쳐?"

"참나, 뭐 이딴 새끼가 다 있어. 야! 그냥 다구리 쳐!"

혁수의 반격에 공격을 멈추었던 양아치들이 혁수를 비웃으며 다시금 공격에 나섰다.

저런 애들 장난 같은 주먹질에 맞을 자신들이 아니었다.

설사, 저런 주먹에 맞았다고 해도 아프기는커녕 간지럽지도 않을 것 같았다.

한데, 양아치들은 물론 혁수도 미처 생각지 못한 것이 있었다.

혁수가 죽을힘을 다해서 휘두르는 주먹질이 점점 빨라지고 있다는 것이었다.

후웅— 후웅—

마치 바람을 가르는 듯한 혁수의 주먹.

아니, 정말로 바람을 가르고 있었다.

퍼억 퍽퍽.

"커억!"

무심결에 혁수의 주먹을 맞은 양아치가 외마디 비명과 함께 입에서 피를 토해 냈다.

비단 그만이 아니었다.

혁수를 다구리 치려던 다른 양아치들도 혁수의 주먹에 신음을 토하며 쓰러졌다.

"야야. 니들 왜 그래? 지금… 장난치는 거지?"

당연히 혁수를 무참하게 짓밟아 줄 것이라고 생각했던 동료 양아치들이 거짓말처럼 픽픽— 쓰러지자, 제일 먼저 나가뜰어졌던 양아치가 놀라움과 두려움이 섞인 표정으로 동료들과 혁수를 번갈아 쳐다보았다.

'가만, 그러고 보니 나도 가볍게 툭하고 건드리기만 했는데, 여기까지 날아왔잖아? 뭐, 뭐야? 그럼, 저 어리바리한 겉모습은 위장이고, 사실은 엄청난 고수? 그렇구나. 어리바리한 모습과 말도 안 되는 저 엉성한 공격 자세로 우리의 방심을 유도한 거구나. 우린 그것도 모르고……'

그렇게 자기 마음대로 결론을 내린 그 양아치는 이제는 눈에 보이지 않을 정도 무시무시하게 주먹을 휘두르는 혁수의 모습이 더 이상 어리바리하게 보이지 않았다.

범생이의 가죽을 뒤집어쓴 가증스러운 괴물로 보였다.

하긴 사람을 부웅— 하고 날리는 것은 물론 주먹 한 방에 피를 토하게 만드는데 그게 괴물이 아니면 뭐란 말인가?

"아아아아악!"

욱신욱신 쑤셔 오는 고통도 어느새 잊어버린 양아치는 '걸음아 나 살려라.' 하고 그렇게 줄행랑을 쳤다.

아, 양아치 특유의 본성답게 여전히 신음을 토하고 있는 동료들은 그냥 내버려 둔 채로 말이다.

"어라? 뭐지?"

양아치의 고함에 감고 있던 눈을 뜬 혁수는 길바닥에 너저분하게 쓰러져 있는 양아치들을 보며 고개를 갸웃거렸다.

"설마, 내가… 이런 건가?"

주변을 둘러보니 여전히 다른 사람은 보이지 않았다.

"와, 내가 이렇게 싸움을 잘했었나?"

이제껏 제대로 싸워 본 적이 없기에 자신이 어느 정도의 실력을 가지고 있는지 알지 못했다.

뭐, 그건 둘째 치고라도 오늘처럼 재수 없는 날, 이렇게 무사히 지갑을 지켜 냈다는 것만으로도 기분이 좋았다.

이때까지도 혁수는 자신의 몸에 어떤 일이 일어났는지 전혀 상상하지 못하고 있었다.

그저 오늘은 이상한 일이 너무 많이 일어난 날이라고만 생각했다.

그렇게 혁수는 늦은 저녁이 되어서야 집에 돌아갈 수가 있었다.

Chapter 2.

18앙아치와 혁수

그로부터 며칠 후.

게임사로부터 연락이 왔다.

그리고 그 연락을 받은 혁수는 하마터면 뒷목을 잡고 쓰러질 뻔했다.

게임사 왈. 아무리 조사를 해도 '오르페' 라는 캐릭터가 불법적으로 삭제가 되었다는 흔적이 보이지 않는다는 것이다.

즉, 해당 유저(혁수가) '오르페' 라는 캐릭터를 삭제하지 않았다고 주장해도 이것을 뒷받침할 만한 명확한 근거가 없기에 게임 회사는 이 문제에 대해서 그 어떤 것도 해 줄 수가 없다고 말했다.

"뭐, 이런 개 같은!"

혁수는 씩씩대며 게임 회사에 항의 전화를 걸었지만 역시나 돌아오는 대답은 한결같았다.

언제나 그렇듯 안내원은 친절한 목소리로 불법적인 요소가 확인되지 않는 이상 복구는 물론 다른 어떤 보상도 해 줄 수 없다고 말했다.

"아아아악!! 너희들이 이렇게 나오고도 잘되는지 어디 두고 보자!!!"

'드림 월드' 안티의 탄생이었다.

열 받을 때로 열 받은 혁수는 복구를 해 주지 않는 회사의 부당함을 알리기 위해 '드림 월드' 자유게시판을 도배하며 자신의 억울함을 하소연했다.

하지만 돌아온 것은 도배에 대한 경고와 함께 15일간의 계정 블럭이었다.

"캐릭터 삭제된 것도 억울해 죽겠는데 15일 동안 계정 블럭을 시켜? A—C, 내 더러워서 이 게임 안 한다. 세상에 '드림 월드' 말고 게임이 없냐? 퉤퉤퉤! 더럽고 아니 꼬아서, 더 이상 안 한다. 안 해! 어디 너희들이 이렇게 하고도 얼마나 잘되는지 두고 보자."

그렇게 혁수는 '드림 월드'로의 발길을 끊었다.

한데, 막상 다른 온라인 게임을 하려고 하니 할 만한 것이 없었다.

올해 최고의 게임으로 평가받는 '드림 월드'였다.

온라인 게임 경력이 10년 넘어가는 베테랑(?)들도 '드림 월드'를 한 번 하고 나면 다른 게임은 눈에 들어오지 않는다고 할 정도로 정말로 재미있는 게임이다.

태어나서 처음으로 한 온라인 게임이 이런 대작 게임이다보니, 자연스럽게 눈이 높아져 웬만한 다른 게임은 눈에 들어오지도 않았다.

"쩝, 그렇다고 막상 재수 준비를 하자니, 그건 또 싫고……."

한 번 공부에 대한 흥미를 잃고 나니, 더 이상 공부를 하고 싶다는 마음이 생기지 않았다.

"아! 그렇지. 이번 참에 운동이나 해 볼까?"

얼마 전에 있었던 양아치들과의 싸움이 생각났다.

그러면서 혹시 자신이 원래 운동에 소질이 있었던 것은 아닌가 하는 생각이 들었다.

"그래, 요즘 격투기가 인기라고 하잖아? 혹시 알아? 내가 세계적인 격투기 선수가 될지?"

당장에라도 격투기에 입문하면 챔피언이 될 것 같은 착각에 빠져든 혁수.

"그래. 그러면 가까운 도장에서 기본적인 것부터 배워 볼까? 그럼 뭐가 좋을까? 태권도? 공수도? 쿵푸? 아! 그러고 보니, 얼마 전에 이 근처에 권투도장이 생겼다고 전단지를 돌리던데. 거기부터 가 볼까?"

격투기 쪽으로 아무것도 모르는 혁수는 우선 주변의 가까운 도장들을 돌아다니며 자신에게 맞는 것이 어떤 것인지 알아보기로 했다.

"어서 오세요. 어떻게 오셨습니까? 혹시, 등록하시려고?"

40대 중반으로 보이는 사내가 생글거리는 얼굴로 혁수에게 다가왔다.

"저기 등록하기 전에 한번 둘러봐도… 되죠?"

"아, 물론이죠. 근데 고등학… 생?"

"예. 이번에 졸업해요."

"아……."

사내는 '그럼 그렇지' 하는 표정으로 고개를 끄덕였다.

혁수는 전형전인 범생이 스타일로 누가 보더라도 운동과는 거리가 멀어 보였다.

지금 혁수 앞에 있는 사내는 이 권투도장의 관장인 이태곤이라는 사람이다.

관장인 이태곤이 알기로는 혁수처럼 수능 전까지는 죽어라고 공부만 하다가 수능이 끝나면서 이렇게 체육관 같은 곳에서 운동을 하는 학생들이 더러 있었다.

이태곤 관장은 혁수 역시 그런 학생 중에 한 명일 거라고 지레 짐작했다.

"그럼, 일단 이 샌드백 한번 쳐 볼까?"

권투도장하면 으레 떠오른 것이 바로 샌드백이었다.

혁수 역시 언제고 샌드백을 한번 쳐 보고 싶었다.

"우선, 다리를 어깨넓이 정도로 벌리고… 그렇지. 너무 넓게도 말고 그렇다고 너무 좁게도 말고. 자네가 생각하기에 자연스럽다고 여겨질 정도로 벌리면 돼. 옳지, 그렇게. 잘하네."

이태곤 관장은 혁수의 자세를 살짝 잡아 주었다.

"그리고 시선은 자네가 치고자 하는 곳을 바라보면서, 주먹을 내뻗는 거야. 아직 샌드백을 치지는 말고 우선 주먹을 가볍게 말아 쥐고… 옳지, 그렇게. 진짜 잘하는데? 그리고 주먹을 가볍게 뻗어 보는 거야."

혁수는 이태곤 관장의 말대로 가볍게 말아 쥔 주먹을 샌드백을 향해서 뻗어 보았다.

"오, 벌써 자세가 나오는데? 근데 거기서 말이야, 무작정 주먹을 뻗지만 말고 몸을 약간 뒤로 뒤튼다는 느낌으로 허리를 살짝만 뒤로 틀어서. 옳지, 그렇지. 정말 잘하네."

혁수는 이태곤 관장이 시키는 대로 허리를 살짝 틀었다.

"그래, 거기서 허리를 앞으로 튕긴다는 느낌으로, 허리를 앞으로 미는 동시에 주먹에 힘을 실어서 샌드백을 치는 거야."

칭찬은 고래도 춤추게 한다는 말이 있다.

이태곤 관장이 말끝마다 잘한다고 칭찬을 하자, 혁수는 정말로 자신이 잘하고 있다고 생각하고 우쭐거리게 되었다.

혁수는 이태곤 관장이 시키는 대로 샌드백을 향해서 주먹을 강하게 날렸다.

하지만 이를 지켜보는 이태곤 관장의 속내는 그의 얼굴과는 전혀 달랐다.

'쯧쯧쯧, 이놈도 가망이 없군.'

이태곤 관장의 눈에 비친 혁수는 영락없는 몸치였다.

그런데도 잘한다고 계속해서 칭찬을 하는 것은 거짓된 사탕발림으로 혁수를 도장에 등록시키려는 이태곤 관장의 얄

팍한 술수였다.

'그래, 이런 어리바리한 애들한테 걷는 회비로 진정한 복서를 키우는 거야.'

한때는 전 국민이 권투에 열광하던 시대가 있었다.

이태곤 관장은 자신의 손으로 동양 챔피언, 아니, 세계 챔피언을 길러 내어 다시 한 번 권투 부흥기를 이끌어 내는 것이 필생의 꿈이었다.

그 꿈을 이루기 위해서는 무엇보다 돈이 필요했다.

뭐든 돈이 없으면 하기 힘든 세상이다.

지금 데리고 있는 프로 선수들을 제대로 먹이고 가르치려면 혁수 같은 어리바리한 학생들을 어떻게든 많이 등록시켜야 했다.

이태곤 관장은 필생의 꿈을 위해서라면 못할 것이 없었다.

혁수가 샌드백을 향해서 주먹을 내뻗는 순간, 이태곤 관장은 혁수가 눈치채지 못하게 '안 봐도 뻔하다.'는 표정을 지으며 고개를 살며시 저었다.

한데……

쾅!!

갑자기 화약이 터지는 듯한 요란한 소리와 함께 샌드백이 쿵! 하고 떨어지는 것이 아닌가.

"헉!"

'이, 이게 어떻게 된 거야? 저, 저게 왜 떨어져? 설마, 낡아서?'

이태곤 관장은 이내 고개를 저었다.

현재 도장 안에 있는 모든 시설은 튼튼한 새것이었다.

당연히 샌드백을 잡고 있던 천장의 고리도 모두 새것으로 천장이 무너지지 않는 한 끊어지지 않을 정도로 튼튼했다.

이것은 이태곤 관장이 직접 확인한 사실이었다.

그런 샌드백이 바닥에 떨어진 것이다.

게다가 그것만이 아니었다.

어찌 된 일인지 샌드백의 중앙이 움푹 들어가 있는 것이 아닌가?

이것 도저히 있을 수 없는 일이었다.

추~ 하아아—

곧이어 샌드백 뒤쪽의 천이 찢어지면서 샌드백 안의 모래들이 쏟아져 나왔다.

"어떻게 이런 일이?"

이태곤 관장은 경악을 금치 못했다.

이건 절대 샌드백이 불량품이라서 그런 것도 아니고 우연도 아니었다.

엄청난 핵 펀치로 인한 것이었다.

그렇다면 이 무시무시한 핵 펀치의 주인공…….

이태곤 관장은 고개를 획 돌려 혁수를 쳐다보았다.

"이, 이건 제 잘못이 절대 아니에요."

이태곤 관장과 눈이 마주친 혁수는 어쩔 줄을 몰랐다.

지금 혁수의 머릿속에는 자신의 주먹이 샌드백을 저렇게 만들었다는 생각이 아닌, 못쓰게 된 샌드백을 자신이 물어

쥐야 한다는 생각밖에 들지 않았다.

"너… 너!"

이태곤 관장의 떨리는 목소리를 듣고서, 그가 얼마나 흥분한 상태인지 금방 파악한 혁수는 속으로 '난 이제 진짜 죽었구나.' 하고 생각했다.

그리고 살려면 여기서 무조건 도망가야 한다는 생각이 머릿속에서 번쩍하고 떠오르자, 뒤도 돌아보지 않고 냅다 달리기 시작했다.

'이거 진짜 물건이다! 이 정도면 동양 챔피언은 물론 세계 챔피언도 문제없어! 이 녀석이다! 이 녀석이 바로 내 꿈을 이루어 줄 녀석이야. 무조건 이 녀석을 잡아야 돼!'

드디어 세계 챔피언의 재목을 발견했다는 벅찬 감동에 빠져 있던 이태곤 관장은 후다닥 도망치는 혁수의 모습에 순간 어이가 없었다.

"야! 야! 너 어디가?! 야! 인마! 너희들 뭐하는 거야? 저놈 잡아! 어서 잡으라고!"

도장 안에는 이태곤 관장과 혁수만 있던 것이 아니었다.

체육관 소속의 프로 복서들도 몇몇 있었다.

그들은 혁수가 도장에 발을 드리자, '오늘도 관장님이 호구하나 낚는구나.' 하고 생각했다.

이런 날이면 어김없이 회식을 했기에 다들 기분 좋게 자기들만의 운동에 빠져들었다.

한데, 도장을 울리는 엄청난 굉음과 함께 자신들이 그렇게 죽어라고 쳐도 꿈쩍도 하지 않던 샌드백이 '나 죽었소.'

하고 바닥에 쓰러져 있는 것을 보고는 혹시 자신들이 헛것을 보고 있는 것이 아닌가 하고 몇 번이고 눈을 비벼서 확인해 보았다.

그러다가 후다닥 달려 나가는 혁수와 함께 이태곤 관장의 외침을 듣고서야 정신이 번쩍 들었다.

그리고 이태곤 관장처럼 어떻게든 혁수를 잡아야 한다는 생각이 뇌리 속에 파고들었다.

누가 봐도 저 정도면 최소한 동양 챔피언 감이었다.

챔피언이 있는 도장과 그렇지 않은 도장은 엄청난 차이가 있다.

챔피언이 있는 도장에는 스폰서들이 달려든다.

이 말인즉, 같은 도장 소속인 자신들 역시 보다 좋은 환경에서 운동을 할 수 있게 된다는 뜻이었다.

그리고 운 좋으면 스폰서들의 눈에 띌 수도 있었다.

그렇게 되면 자신들도 이태곤 관장처럼 자신만의 도장을 차릴 날이 올 것이다.

이런 계산이 머릿속에서 빠릿빠릿하게 이루어지자, 선수들은 황급히 혁수의 뒤를 쫓았다.

하지만 혁수는 이미 어디론가 사라진 후였다.

그렇다고 그냥 돌아갔다가는 이태곤 관장에게 지독하게 한소리 들을 것 같아서 도장 근방을 한참 동안 살피고 다녔다.

그런데도 혁수를 찾을 길이 없자, 선수들은 결국 모든 것을 체념하고 털레털레 도장으로 들어갈 수밖에 없었다.

아니나 다를까, 혁수를 데려가지 못하자 이태곤 관장이 목의 핏대가 터지라고 고래고래 고함을 질러 댔다.

세계 챔피언 감을 눈앞에서 놓친 이태곤 관장은 끓어오르는 화를 도저히 식힐 수가 없었다.

그래서 선수들에게 그 화를 풀었다.

이태곤 관장은 선수들에게 평소보다 몇 배나 강도 높은 트레이닝을 시켰다.

선수들은 결국 불똥이 자신들에게 튀자 불만이 가득한 얼굴로 훈련에 임했다.

그러던 와중에 한 선수가 도저히 이해할 수 없다는 표정으로 말했다.

"근데, 그놈 왜 도망간 거야?"

그 말을 들은 이태곤 관장과 다른 선수들도 혁수가 왜 도망을 갔는지 도무지 이해가 되지 않았다.

이날 이후부터 이태곤 관장은 도장을 찾아오는 사람이면 누구나 이름과 전화번호, 그리고 집 주소부터 먼저 작성하게 했다.

도장을 빠져나온 혁수는 처음에는 무작정 집으로 도망치려고 했다.

그러다가 혹시 뒤를 밟힐까 싶어서 집과 반대 방향으로 달렸다.

그렇게 얼마나 달렸을까?

더 이상 쫓아오는 사람이 없다는 것을 확인하고서야 안도의 한숨을 내쉬며 걸음을 멈출 수가 있었다.

"휴우~ 도대체 이게 무슨 일이래? 신규 오픈 권투도장이라고 하더니, 시설은 다 낡아 빠졌잖아!"

혁수는 샌드백이 처음부터 낡아서 그렇게 된 거라고 생각했다.

"그래, 분명 나 같은 사람이 견학하러 오면 일부러 낡은 운동기구를 사용하게 해서, 뒤집어씌우려고 그러는 거야. 그래, 그렇게 해서 강제로 회원 가입을 시키려고 그러는 걸 거야. 그래, 분명 그런 거야."

절대 자신의 잘못이 아니라고 중얼거리는 혁수.

하지만 그런 생각도 잠시 잠깐.

혁수는 샌드백을 그렇게 만든 자신의 오른손을 내려다보았다.

당시에는 너무 놀라서 잘 몰랐지만 지금 돌이켜 보니, 왠지 모를 묘한 쾌감이 주먹을 타고 느껴지는 것 같았다.

샌드백과 주먹이 충돌하는 순간 느껴졌던 그 짜릿짜릿한 느낌.

그것이 바로 소위 일진이라고 불리는 불량 청소년들이 입버릇처럼 말하는 손맛일 것이다.

"어라? 저 녀석은?"

혁수가 샌드백을 쳤을 때의 기분을 다시금 곱씹고 있을 때, 누군가가 그런 혁수를 노려보고 있었다.

권투도장 사람은 아니었다.

일전에 골목에서 혼내 주었던 동네 양아치들이었다.

"야야, 저 녀석 그때 그 녀석 맞지?"

"뭐? 누구? 어라, 진짜네."

그때의 양아치들이 혁수를 가리키며 지들끼리 뭐라고 수 군거리자, 다른 양아치들이 무슨 일이냐며 물었다.

그러자 양아치들은 조금의 머뭇거림도 없이 일전에 있었 던 일들을 말해 주었다.

양아치들은 자기들끼리만 있었다면 일전의 일도 있고 해 서 모른 척, 아니, 알아서 먼저 피하려고 했다.

하지만 지금은 그때와 상황이 조금 달랐다.

이곳에는 자신들을 포함해서 무려 18명의 양아치들이 모 여 있다.

사실 이곳은 동네 양아치들이 자주 모이는 장소로 동네 사람들은 얼씬도 하지 않는 곳이다.

한데, 그런 곳을 혁수가 홀로 온 것이다.

양아치들은 이것을 자신들에 대한 도전으로 받아들였다.

골목에서 있었던 그 일은 일종의 탐색전이었다고 생각했 다.

"야, 야, 너!"

한 양아치가 혁수를 불렀지만 자기만의 생각에 빠져 있던 혁수는 그 소리를 듣지 못했다.

그렇지 않아도 혁수가 마음에 들지 않던 양아치는 그가 자신을 무시한다고 생각하고 더욱 열을 냈다.

"아 놔, 저 범생이 새끼가 간땡이가 부어 터졌나? 감히 내 말을 씹어? 저게 죽을라고. 야! 이 새끼야! 내말 안 들 려?!!"

뚜껑이 제대로 열린 양아치는 동네가 떠나가라 쩌렁쩌렁
하고 목소리를 높였다.

"응?"

그제야 혁수는 정신을 차리고 주변을 둘러보았다.

"헉!"

뒤늦게 위압적인 모습의 양아치 무리를 발견한 혁수가 기
겁을 하며 놀랬다.

위이잉— 위이잉—

매너 모드로 설정된 주머니 속의 핸드폰이 계속해서 울어
댔지만 지금 혁수는 그런 것은 전혀 느끼지 못할 정도로 긴
장한 상태였다.

아니, 전화가 온 것을 알았다고 해도 지금은 전화를 받을
상황이 아니었다.

"너 이 새끼, 나 알지?"

일전에 혁수에게 한 방 맞고 날아갔던 양아치가 씩씩대며
나섰다.

"아!"

혁수의 반응에 양아치가 어이없다는 듯 말했다.

"아? 이게 지금 장난하나? 너 어쩔 거야?"

"에? 뭘……."

"뭘? 이 자식이 진짜! 야 인마, 사람을 쳤으면 돈을 내야
할 것 아냐! 그때, 전치 몇 주가 나왔는지 알아?"

양아치의 위압적인 모습에 자신도 모르게 고개를 숙이는
혁수.

"죄, 죄송합니다."

"허, 죄송? 야, 이 새끼야! 말로만 죄송하다고 하면 다되는 줄 알아? 그럼, 경찰은 왜 있고 법은 왜 있는데! 다른 말 할 것 없고, 육체적, 정신적 피해 보상비 내놔! 어서!"

양아치의 입에서 경찰과 법이라는 말이 나오자 순간 어이가 없었다.

"예? 어, 얼마나……."

"못해도 2백은 내놔야지."

"예? 그렇게나 많이……."

"많긴 이것도 많이 봐준 거야. 아, 그리고 이건 한 사람당 2백이라는 말이야. 그때 당한 사람이 4명이야, 그러니다 합해서 8백 내놔."

"헉!"

2백도 어떻게 구해야 할지 깜깜한 마당에 8백이라니…….

그것도 시비를 먼저 건 것은 저쪽이 아니던가.

무척이나 억울한 상황이었다. 하지만, 한두 명도 아닌 18명이나 되는 인상 험악한 양아치들을 마주하다 보니, 선뜻 용기가 나지 않았다. 그러지 않으려고 해도 자꾸만 위축이 되었다.

머릿속이 하얗게 변한 혁수가 끝내 힘없이 고개를 떨어뜨리고 말았다.

골목에서 혁수와 한차례 만남(?)을 가졌던 양아치들은 솔직히 혁수를 대하는 것이 조금 무서웠었다. 한데, 그때보다 훨씬 많은 동료들과 저자세로 나오는 혁수의 행동에 기세가 점점 오르기 시작했다.

'그럼, 그렇지. 제아무리 날고뛰는 놈이라도 이 정도 쪽수에는 어쩔 도리가 없지.'

골목에서 가장 먼저 도망을 갔던 양아치가 혁수의 어깨에 팔을 걸쳤다.

동료들에게 자신이 혁수를 무서워하지 않는다는 것을 보여 주기 위해서였다.

양아치가 혁수에게 말했다.

"저번에도 말했지? 이 형님이 얼마나 젠틀한 분인지? 좋게 말로 할 때, 돈 가져와. 그리고 오늘 있었던 일을 다른 사람들한테 말하면 어떻게 될지도 잘 알지?"

양아치는 혁수를 더욱 위협하기 위해서 자신의 주먹에 힘을 가했다.

그러자 주먹에서 '우두둑' 하는 소리가 났다.

혁수가 아무 말도 하지 못하고 힘없이 고개를 숙이고 있을수록 양아치는 더욱 득의양양해졌다.

혁수는 그저 멍했다.

아무 생각도 나지 않았다.

그저 이 순간을 어떻게든 벗어나고 싶다는 것 말고는 다른 생각이 하나도 나지 않았다.

자신을 노려보는 양아치의 눈이 너무나도 무섭고 두렵게 여겨졌다.

흡사 뱀 앞의 개구리가 된 듯한 착각에 빠져들며 그 어떤 것도 할 수가 없었다.

그렇게 힘없이 고개를 떨어뜨리고 있던 순간, 묘한 여운이 남아 있는 오른손 주먹이 눈에 들어왔다.

신기하게도 그 오른손 주먹을 보고 있자니, 마음이 차분해지면서 머릿속을 가득 채우고 있던 하얀 안개 같은 것이 사라지며 머릿속이 한결 맑아지는 듯한 기분이 들었다.

그리고 가슴 저 깊은 곳에서 무언가가 약동하는 듯한 느낌이 들었다.

이제껏 양아치들의 기세에 눌려 찍소리도 하지 못하던 혁수가 뭐라고 중얼거렸다.

"……."

"뭐? 뭐라는 거야? 얌마! 크게 말해! 사내새끼가 말하는 거 하고는."

혁수의 중얼거림이 잘 들리지 않자 어깨에 팔을 걸치고 있던 양아치가 짜증을 냈다.

양아치가 더욱 위압을 가했지만 혁수는 그것에 굴하지 않고 더욱 크게 말했다.

"못 주겠다고!"

"뭐?"

지금껏 순한 양처럼 행동하던 혁수의 갑작스런 돌변에 양아치가 깜짝 놀랐다.

일전에 골목에서 있었던 일이 생각나면서 살짝 위축이 되었지만 17명이나 되는 동료들이 있기에 애써 무덤덤한 듯 반응했다.

아니, 자신이 순간적으로 겁을 먹었다는 것을 동료들에게 들키지 않기 위해서 더욱 윽박을 질렀다.

"뭐? 뭐라고?! 이 새끼가 쳐 돌았나?! 죽고 싶어? 엉? 죽고 싶냐고?!"

다소 흥분한 듯한 양아치가 혁수의 뺨을 때리려고 오른손 바닥을 쳐 들었다.

빡—

요란한 소리가 공터에 울려 퍼졌다.

"어?"

어설픈 스트레이트 자세를 취하고 있는 혁수와 그것을 어이없다는 듯 바라보고 있는 양아치.

설마하니 지금 상황에서 혁수가 주먹을 뻗을 거라고는 전혀 생각하지 못했던 것이다.

무려 18대 1이다.

아무리 싸움을 잘한다고 해도 이 정도의 숫자를 상대로 이기는 것은 불가능하다.

최대한 몸 성히 돌아가려면 알아서 기는 것이 최선이었다.

혁수 역시 그 사실을 잘 알고 있기에 저자세로 나온다고 생각했는데, 갑자기 이렇게 공격을 하다니…….

"어라?"

양아치가 자신의 윗 앞니를 살짝 건드렸다.

그러자 윗 앞니가 '툭' 하고 떨어지는 것이 아닌가.

"이 씨!"

자신의 앞니를 주워 들며 몸을 바르르 떠는 양아치.

앞니가 부러지면서 생긴 고통보다, 앞니가 부러졌다는 것에 대한 분노가 더 컸다.

양아치가 목에 핏대를 세우며 고함쳤다.

"이 히바노미! 내 아니르! 노느 이제 주거 써. 야! 즈 새끼. 바르바!!"

휘이이잉~

양아치의 바람과 발리 공터에는 바람만 불뿐, 그 어떤 소란도 일어나지 않았다.

양아치를 때린 혁수나 나머지 17인의 양아치들도 앞니가 부러진 양아치를 멍하니 쳐다볼 뿐이었다.

"느그드. 뭐하느 거야? 왜 머하니 이써?"

"야, 쟤 뭐라는 거야?"

"몰라. 뭐라고 하는 것 같기는 한데……."

앞니가 부러지면서 발음이 새자, 동료 양아치들이 무슨 말인지 알아듣지 못하고 있었던 것이다.

뒤늦게 이것을 알아챈 앞니가 부러진 양아치가 오른손 검지로 앞니를 막으며 말했다.

"너희들 지금 뭐하는 거야? 내가 맞았잖아! 그냥 그렇게 서 있을 거야? 저 새끼 저거, 밟으라고!!"

"아, 그 말이었어? 난 또 뭐라고."

"네가 말하지 않아도 저 새끼 저거, 그냥 얌전히 보낼 생각은 없었어."

말은 그렇게 하면서도 선뜻 앞으로 나서는 양아치는 없

었다.

18대 1, 아니, 이제는 17대 1이다.

아무리 혁수가 싸움을 잘한다고 해도 혁수에게 진다는 생각은 들지 않았다.

문제는 혁수가 쉬운 상대가 아니다 보니, 몇 명은 크게 다칠지도 모른다는 것이었다.

자신의 몸이 누구보다 소중했던 양아치들은 주변의 다른 양아치들의 눈치를 살피며 섣불리 나서지 않고 있었다.

"에이. 비켜 봐!"

성질 급한 한 양아치가 앞으로 나섰다. 그 양아치의 손에는 각목이 들려 있었다. 양아치가 모여 있는 공터는 건설 현장으로, 건설 회사의 자금 사정이 나빠지면서 건설이 취소가 된 곳이었다.

이 탓에 각목같이 무기가 될 법한 것들이 제법 많이 널부러져 있었다.

꿀꺽.

각목을 들고 있는 양아치를 본 혁수가 자신도 모르게 침을 삼켰다.

용기를 내어 어설픈 스트레이트를 날리기는 했지만 여전히 많은 수의 양아치들이 부담스러웠다.

거기에 한 양아치가 각목까지 들고 설치자 다시금 주눅이 들면서 이제 막 꽃을 피우려고 했던 용기가 다시금 사그라지기 시작했다.

"이 X만한 새끼가 감히 형님들께 엉겨?!"

빠악—

양아치가 혁수의 머리에 각목을 내리쳤다. 그것도 어찌나 강하게 내려쳤던지 각목이 부러졌다.

각목을 맞는 순간 아찔해진 혁수가 충격을 이기지 못하고 몸을 비틀거렸다.

"지금이다!"

"밟아!"

혁수가 틈을 보이자 양아치들이 피 맛을 본 상어 떼처럼 득달같이 달려들었다.

어느새 저마다의 손에 각목을 주워 든 양아치들이 혁수의 몸을 샌드백처럼 생각하며 강하게 내리쳤다.

빠악— 빡— 빡—

"죽어! 죽어 이 새끼야!"

"뒈져 버려!"

빠각—

양아치들은 각목이 모두 부러지자 그때부터는 주먹과 다리를 이용해 무차별 구타를 시작했다.

혁수는 그렇게 손가락 하나 까닥하지 못하고 양아치들의 구타를 고스란히 받을 수밖에 없었다.

그렇게 얼마의 시간이 지났을까?

양아치들은 흥분이 가라앉으면서 조금씩 걱정이 되기 시작했다.

자신들이 보기에는 이번에는 정도가 조금 심했다.

자칫하면 사람이 죽을 수도 있었다.

아무리 인생 막사는 양아치들이라고 해도 이렇게 사람을 죽이고 감옥에 가고 싶지는 않았다.

다행히 혁수의 몸이 튼튼해서 그런지, 그렇게 맞고도 죽을 정도는 아닌 것 같았다.

"야 야. 이 정도면 본때를 확실하게 보여 준 것 같지 않냐?"

"그렇지? 나도 그렇게 생각하는데…….."

"그래, 이 정도면 된 것 같다. 괜히, 일 더 크게 만들 필요 없잖아?"

"그, 그럼 이쯤에서 끝낼까?"

"그러자. 이 정도면 이놈도 충분히 말귀 알아들었겠지."

"그럼, 여기서 끝내자."

양아치들은 서로 간에 그렇게 합의를 끝냈다.

혁수를 병원에 데리고 갈 생각이 없던 양아치들은 혁수를 공터에 남겨둔 채, 서둘러 자리를 떠나려고 했다.

그렇게 양아치들이 우르르 자리를 뜨려고 할 때.

"누가 여기서 끝이래?!"

라는 목소리가 들려왔다.

순간 17인의 양아치들의 시선이 앞니가 부러진 양아치에게 쏠렸다.

놀란 그 양아치가 손사래를 치며 말했다.

"나, 아느야. 나 아느라고."

"야! 나야 나!"

목소리의 주인공은 이제껏 샌드백처럼 맞기만 하며 금방

이라도 쓰러질 것 같던 혁수였다.

순간 양아치들은 어이가 없다 못해 헛웃음이 나올 지경이었다.

"허— 저 새끼 저거, 진짜 미친 거 아냐?"

"제 놈 몸 생각해서 이 정도에서 그만뒀더니, 그것도 모르고 뭐가 어쩌고 어째?"

양아치들의 말에 혁수가 피식— 하고 웃으며 같잖다는 듯 말했다.

"지랄한다."

"커억! 뭐, 뭐가 어쩌고 어째? 지라아알? 지랄?! 너 방금 이 형님들께, 지랄이라고 했냐?"

"그래, 지랄이라고 했다. 그랬다. 어쩔래?"

"아우, 저게 진짜! 일 치르고 학교(감옥)가기 싫어서 이쯤에서 봐주려고 했더니, 저게 형님들의 깊으신 속도 모르고, 뭐? 지랄? 저게 진짜 죽고 싶어서 환장을 했나? 어디서 '지랄'이라고 지랄을 하는 거야!"

"그래, 인생이 하도 고달파서 죽고 싶어서 환장을 했다. 어쩔래?"

"뭐? 아오, 저게 진짜!"

"진짜 뭐? 야 이, 양아치 새끼들아! 너희들 마음대로 먼저 사람을 패 놓고 이제 와서 그만두겠다고? 웃기고 있네. 시작은 너희들이 먼저 했을지 몰라도 끝을 내는 건 바로 나야!"

혁수가 말을 끝냄과 동시에 양아치들을 향해서 달려들며

또다시 어설픈 스트레이트 펀치를 발사했다.

빠아악—

공터를 울리는 둔탁한 굉음.

그리고 쓰러지는 양아치 한 명.

혁수의 펀치를 턱에 맞은 양아치는 단발마의 비명도 지르지 못한 채, 완전히 돌아간 턱에 게거품을 물고 그대로 고꾸라졌다.

"뭐, 뭐야?"

양아치들은 순간 자신들의 눈을 의심했다. 혁수는 조금 전까지 죽기 일보직전까지 맞은 놈이다.

그런 혁수가 지금과 같은 빠른 움직임과 파워를 발휘하다니, 도저히 믿기지가 않았다.

하지만 이것은 화려한 서막의 시작일 뿐이었다.

혁수의 움직임은 거기서 멈추지 않았다.

혁수는 브레이크가 고장 난 폭주하는 기관차처럼 쉼 없이 움직이며 양아치들에게 확실한 한 방을 선사해 주었다.

얼굴, 혹은 배에 혁수의 무시무시한 스트레이트를 맞은 양아치들은 저마다 입에서 게거품을 물거나 혹은 속에 있던 모든 것을 게워 내며 눈을 하얗게 뒤집었다.

"커억!"

"우엑!"

그렇게 동료들이 두 방도 아닌 한 방에 쓰러지는 것을 본 나머지 양아치들은 두려움에 떨면서도 머릿속에 맴도는 한 가지 의문을 좀처럼 지울 수가 없었다.

"저, 저런 실력을 가진 놈이 이제껏 왜 맞고만 있었던 거야?"

"그러게? 진짜, 왜 그런 거야?"

일전에 골목에서 당했던 또 다른 양아치가 두려움에 부들부들 떨면서 말했다.

"내, 내가 그랬잖아. 그게 저 녀석 수법이라고. 처음에는 엉성한 모습으로 우리의 방심을 유도해서 지금처럼 저렇게 한 방에 상황을 정리한다고 했잖아! 저게 저놈의 본모습이야! 우리 지금까지 녀석의 속임수에 속았던 거야!"

"그, 그게 말이 돼? 어떤 골빈 놈이 처음에 그렇게 맞고만 있는데? 그것도 각목이 부러질 정도로 맞았단 말이야!"

"호, 혹시 그건가?"

"뭐? 뭔데?"

"그 왜 있잖아, 마조히스튼가 뭔가 하는 거."

"마, 마조? 그게 뭔데?"

"맞으면 쾌감을 느끼는 변태 새끼 말이야."

"커억. 그런 변태 새끼도 있나?"

"그래, 있어. 아마도 저놈은 분명 그 마조히스트일 거야. 그렇지 않고서야 저런 실력을 가진 놈이 왜 그렇게 맞고만 있었겠냐?"

"분명, 저 무시무시한 맷집도 하도 많이 맞아서 저렇게 단련이 된 걸 거야."

"오오, 듣고 보니 그런 것도 같다."

"이야, 역시 사람은 배워야 한다니까. 역시 고2때 퇴학당한 놈은 뭐가 달라도 다르네. 그런 것도 다 알고."

"그래, 저놈이 또 짤리기 전까지 전교에서 5등 하던 놈이 잖아. 역시 우리보다 아는 게 많다니까."

(참고로 양아치들은 등수를 앞에서가 아닌 뒤에서부터 센 다. 즉, 여기서 전교 5등은 뒤에서 5등이라는 말이다.)

순간 양아치들은 자신들이 처한 상황도 잊고서 이런저런 잡담을 나누기에 바빴다.

"어억! 크억!"

'아, 내가 이렇게 죽는구나.'

각목은 물론, 손발을 이용한 양아치들의 무차별 구타를 정신없이 맞다 보니, '내 인생이 정말 이렇게 끝나는구나.' 싶었다.

가까스로 작은 용기를 냈을 때, 양아치를 향해서 주먹을 내뻗는 것이 아니라, '걸음아 나 살려라.'라고 도망치지 않 은 것이 너무나도 후회가 되었다.

이제는 그저, '어서 이 지옥 같은 순간이 빨리 지나갔으 면 좋겠다.'라는 생각밖에 들지 않았다.

그러다가 문득 뭔가 이상하다는 생각이 들었다.

지금 자신은 양아치들에게 각목으로 맞고, 발로 차이고, 주먹으로 쉼 없이 맞고 있다.

그것도 한두 명이 아닌 17명에게 무자비하게 맞고 있다.

이쯤 되면 세상 그 어떤 철인이라고 해도 벌써 쓰러졌어 야 했다. 한데, 자신은 그렇지가 않았다. 이 무자비한 구타 를 견디어 내고 있는 것이다.

이상한 것은 이것만이 아니었다.

시간이 거듭될수록 양아치들의 구타가 생각처럼 아프지 않다는 느낌이 들었다.

돌이켜 생각해 보니, 처음 각목에 맞았을 때도 실제로 아프다고 느꼈기보다는 조건반사 식으로 '각목에 맞았으니, 엄청 아플 거야.'라고 그렇게 착각한 것뿐이었다.

실제로는 전혀 아프지가 않았다.

'어라? 정말로 하나도 안 아프잖아?'

거듭되는 양아치의 구타가 전혀 아프지가 않았다. 그저 양아치들이 자신의 몸을 건드리고 있다는 느낌만 날뿐, 진짜 고통은 하나도 느껴지지 않았다.

'뭐지? 내 몸이 어떻게 된 거지? 내 몸에 무슨 일이 일어난 거야?'

영문을 알 수 없는 기이한 일에 살짝 불안해졌다.

하지만 그것도 잠시 잠깐이었다.

지금처럼 양아치들의 구타를 받고 있는 상황에서 고통을 느끼지 못하고 있다는 것은 오히려 잘된 일이었다.

진짜 고통이나 아픔이 느껴지지 않는다면 양아치들이 18명이 아니라 100명 된다고 해도 전혀 무서울 이유가 없었다.

이제껏 순한 양 같던 혁수의 기세가 한순간에 사나운 호랑이로 변했다.

피식자에서 포식자로 변하면서 혁수의 자세가 달라졌다.

이제껏 웅크리고 있던 몸이 서서히 펴졌다.

허리를 꼿꼿이 세우고 얼굴을 바로 든 혁수의 얼굴에는 자신감과 여유로움이 충만해 있었다.

그렇게 혁수의 화려한 역습이 시작되었다.

혁수는 양아치 한 명을 한 방에 떡 실신을 시켜 놓고서야 정말로 확신하게 되었다.

자신이 소름 끼칠 만큼 강하다는 것을.

주먹을 타고 느껴지는 짜릿짜릿한 쾌감.

혁수는 온몸으로 퍼져 가는 그 쾌감에 절로 미소를 그렸다.

그리고 한 양아치가 혁수의 그 미소를 보게 되었다.

"헉!"

순간 양아치는 혁수의 얼굴이 지옥의 사신처럼 보였다.

그리고 혁수의 얼굴에 그려진 미소는 자신에게 내려진 사형선고 같았다.

여전히 게거품을 물고 정신을 차리고 있지 못하는 동료 양아치와 '니들은 이제 뒈졌어요.' 하는 표정을 짓고 있는 혁수의 얼굴을 번갈아 보던 그 양아치는 쓸데없는 잡담으로 분위기 파악을 못하고 있는 동료 양아치들을 내버려 둔 채, 혼자만 살겠다고 줄행랑을 쳤다.

"으아아악!!"

양아치 한 명이 그렇게 도망을 치자, 그제야 자신들이 처한 상황이 어떤 상황이었는지 깨달은 다른 양아치들이 너나 할 것 없이 '걸음아, 나 살려라.' 라고 도망치기 시작했다.

"어쭈, 이것들이!"

자신에게 엄청난 힘이 있다는 것을 확인한 혁수는 양아치들을 얌전히 돌려보낼 수가 없었다.

지금까지 맞은 것이 억울해서라도 절대 그냥 보낼 수가 없었다.

혁수는 바닥에 널브러져 있는 부러진 각목을 집어 던졌다.

휘리리리릭.

터억—

철퍼덕.

혁수가 날린 부러진 각목을 등에 맞은 양아치가 그대로 고꾸라졌다.

제일 먼저 분위기 파악하고 가장 먼저 도망을 치던 선두의 양아치가 갑자기 쓰러지자 뒤를 따르던 양아치들은 영문을 몰라 순간적으로 그 자리에 멈추어 서고 말았다.

"뭐, 뭐야?"

"쟤가 갑자기 왜 쓰러진 거야?"

한 양아치가 쓰러진 양아치의 옆에 얌전히 놓여 있는 부러진 각목을 발견했다.

"어라? 저게 왜 여기 있지?"

"아, 그러고 보니, 먼가가 뒤쪽에서 날아온 것 같기도 했는데……."

"서, 설마……."

양아치들은 공포에 질린 얼굴로 천천히 뒤를 돌아보았다.

"헉!"

아니나 다를까,

혁수가 또 다른 부러진 각목을 손에 들고 있는 것이 아닌
가.

"내가 그랬지? 시작은 너희가 했지만 끝내는 것은 나라
고."

"히익─"

"도망갈 수 있으면 어디 한 번 도망가 봐. 단! 그 뒤는
책임 못진다."

혁수의 의미심장한 이 말에 양아치들은 더 이상 도망칠
엄두를 내지 못했다.

한 방만 맞아도 입에서 게거품을 무는데, 괜히 잘못 보여
서 몇 대 더 맞기라도 하면……

"으으으─"

양아치들이 진저리를 쳤다.

혁수가 손가락을 까닥거렸다.

단박에 무슨 뜻인지 알아챈 양아치들이 어깨를 축 늘어뜨
리며 혁수에게로 천천히 걸어갔다.

흡사 도축장에 끌려가는 소마냥, 눈가에는 물기가 그렁그
렁 맺혀 있었지만 혁수는 그런 것에 전혀 아랑곳 하지 않았
다.

"그러기에 얌전히 있는 사람을 왜 건드려?"

혁수는 양아치들을 인간 샌드백처럼 세워 놓고 주먹질을
하기 시작했다.

퍼억─

퍽퍽—

혁수의 핵 펀치에 양아치들이 픽픽— 하고 쓰러졌다.

"으음, 이러면 재미없는데……."

양아치들은 혁수의 말을 이해하지 못했다.

그러다가.

"어억! 켁켁."

또다시 혁수의 주먹질이 시작되면서 좀 전의 혁수가 한 말이 무슨 말인지 알게 되었다.

본명 조금 전까지는 혁수의 주먹 한 방에 동료 양아치들이 정신을 잃었었다.

한데, 지금은 혁수의 그 무시무시한 주먹을 세 방이나 맞고도 기절하지 않는 것이다.

이건 혁수의 체력이 떨어져서 그런 것이 아니었다.

한 방에 정신을 잃게 하는 것보다 지금처럼 여러 방을 맞는 것이 더욱 고통스럽다는 것을 깨달은 혁수가 파워를 조절해서 주먹질을 하고 있는 것이었다.

"우씨— 내가 먼저 맞는 건데……."

아직 정신을 잃지 않은 양아치들은 하나같이 이렇게 생각했다.

그리고 먼저 정신을 잃은 양아치들이 너무나도 부러웠다.

무엇이든 하면 는다고 했던가?

처음에는 영 어설퍼 보이던 혁수의 주먹질이 시간이 지날수록 점점 그럴싸하게 변하기 시작했다.

주먹질하는 자세는 두말할 것도 없고, 주먹에 실리는 파워도 이제는 어느 정도 조절할 수 있게 되었다.

그 덕에 죽어나는 것은 양아치들이었다.

시간이 갈수록 점점 교묘해지는 혁수의 주먹질에 이제는 십여 방을 맞고도 정신을 잃는 양아치가 없었다.

이렇게 되니, 공터는 양아치들의 고통 어린 절규로 가득 차게 되었다.

그렇게 얼마의 시간이 지나자, 양아치들에 대한 분노도 점차 사그라지게 되었다.

처음에는 재미있게 느껴지던 매타작도 이제는 지겨워졌다.

혁수가 끙끙— 앓는 소리를 하며 공터에 널브러져 있는 양아치들을 향해서 말했다.

"너희들, 오늘 일로 날 귀찮게 하면 알지?"

혁수의 말에 양아치들이 일사불란하게 알았다고 고개를 끄덕였다.

"아, 그리고 다시 한 번 우리 동네에서 양아치에게 누가 당했다는 소리만 들려 봐. 그때는 정말……."

우두둑.

혁수가 양아치가 그랬던 것처럼 주먹에 힘을 주었다. 그러자 주먹에서 '우두둑' 하는 소리가 났다.

양아치들은 그런 혁수를 향해서 절대! 절대로! 그런 일은 두 번 다시없을 거라고 입이 아닌 눈으로 강력하게 말했다.

그리고 '제발 어서 좀 가라'는 애원의 표정을 지었다.

"그럼, 난 이만 간다."

그렇게 요란하게 몸을 푼 혁수는 양아치들에게 가볍게 손을 흔들어주며 공터를 떠났다.

그렇게 혁수라는 생지옥에서 벗어난 양아치들은 죽을 것 같은 고통도 잠시 잊고 환호성을 크게 내질렀다.

Chapter 3.
자각

하늘을 난다는 기분이 이런 기분일까?

황홀경 그 자체였다.

자신이 어떻게 이런 괴물 같은 신체 능력을 가지게 되었
는지 영문을 알지 못해서 조금 찝찝한 것만 제외하면, 너무
나도 기분이 좋았다.

태어나서 지금까지 이렇게 기분이 좋았던 적이 없었던 것
같았다.

"휘휘휘~"

어찌나 신이 나던지 휘파람이 절로 나왔다.

혁수는 그렇게 발걸음을 가벼이 하며 집으로 향했다.

—띠링.

'심장박동수님' 으로부터 귓속말이 도착했습니다.

집에 거의 다 도착했을 무렵 갑자기 이상한 환청 같은 소리가 들렸다.

[야, 뭐하는데 그렇게 전화를 안 받아? 광렙하느라 안 받은 거야? 거참, 적당히 좀 하라니까. 어쨌든 이 형님, 지금 귀국했다. 아참, 일본 여행 기념 선물도 사왔으니까, 언제 한번 우리 집으로 찾아와라. 아니, 내가 찾아가는 게 더 빠르겠네. 직접 만나지는 못해도 최소한 전화 통화는 하고 살자. 이렇게 게임으로 연락 주고받는 것도 이제는 좀 그렇다. 하여튼 게임 적당히 하고 전화해라.]

갑자기 머릿속에 울려 퍼지는 괴이한 메시지.

"뭐, 뭐야? 이게 어디서 들리는 소리야?"

혹시 다른 사람들도 들었을까 하는 생각에 급히 주변을 살폈다.

거리를 오가는 사람이 몇 명 보였는데, 그들은 이 이상한 메시지를 듣지 못한 것처럼 보였다.

"그럼, 지금 이 소리가 나한테만 들린 거야? 서, 설마, 게임 폐인들에게만 들린다는 그 환청?"

장시간 게임에만 몰두하면 현실과 게임의 구분이 모호해져, 환청과 환상이 보이는 경우가 있다는 것을 귀동냥으로 들어 본 적이 있었다.

그때만 해도 자신한테는 절대 그런 일이 일어나지 않는다고 코웃음 치며 무시했었다.

한데, 그 무시가 현실이 되어 다가온 것이다.

덜컥 겁이 난 혁수.

일단 집으로 가야겠다는 생각에 후다닥 달리기 시작했다.

"아, 아냐, 아냐. 내, 내, 내가 그럴 리 없어."

집에 도착한 혁수는 고개를 세차게 흔들며 애써 현실을
외면했다.

"그, 그래. 내가 다른 사람들보다 조금, 그래 아주 조금
더 게임에 몰두하기는 했지만 환청이나 환상을 볼 정도는
아니야. 그래, 난 분명 정상이야."

정상?

하루 24시간 중, 잠은 정기 점검 시간 때나 유저들이 많
이 몰려 렉이 발생할 때만 잤다.

특별하게 외출할 일이 없으면 씻지도 않아서, 머리는 언
제나 떡진 상태였다.

피부도 조금만 밀면 때가 국수처럼 밀려 나왔다.

밥도 항상 컴퓨터 앞에서만 먹었다.

그것도 언제나 시간을 아끼기 위해서 밥과 반찬을 한꺼번
에 다 섞어 개밥 비스무리한 비빔밥 상태로 만들어 먹거나
컵라면으로 대충 때웠다.

혁수는 지금 그런 생활 패턴을 정상이라고 박박 우기고
있는 것이다.

시간이 지나면서 조금씩 안정을 되찾기 시작한 혁수는 그
동안의 일들을 곰곰이 생각해 보기로 했다.

돌이켜 보니 요 근래에 있었던 일치고 정상적인 일이 하
나도 없었다.

이제껏 공부와 게임에 미쳐서 운동이라는 것을 제대로 해 본 적이 없는 혁수이다.

그런 혁수가 사람을 장난감처럼 날려 버리고, 양아치 무리를 한 방에 때려눕혔다는 것은 분명 이상한 일이었다.

조금 전까지는 무척이나 기분이 좋았지만 지금은 아니었다.

자신이 정상이 아니라는 생각과 함께 도저히 이해되지 않는 현실이 너무나도 무섭고 두렵게 여겨졌다.

하지만 그렇다고 언제까지 두려움에 사로잡혀 있을 수만은 없었다.

지금으로서는 왜 이런 일이 자신에게 일어났는지 그 원인을 알아내는 것이 가장 중요했다.

혁수는 최대한 냉정을 유지하면서 사태 파악에 나섰다.

"단순한 환청일까? 그럼, 지금의 이 놀라운 신체 능력은 뭐로 설명할 건데? 그래. 단순한 환청이 아니야. 이건 뭔가가 있어. 그러고 보니 효과음이 먼저 울리고 누군가로부터 귓속말이 왔다고 했잖아? 그건 내가 하던 '드림 월드'의 형식과 비슷했는데… 설마? 에이, 아닐 거야. 어떻게 게임 귓속말이 내 머리에 울릴 수가 있어? 차라리, 나도 모르는 사이에 외계인에게 납치되어 생체 실험을 당했다는 게 더 현실적이지. 어떻게 게임 메시지가 내 머릿속에… 그래, 그건 아닐 거야."

혁수는 몇 번이고 그건 아닐 거라고 중얼거렸다.

하지만 그렇게 생각하면 할수록 그 아닐 거라고 하는 것이 더 신경 쓰이는 이유는 뭘까?

"설마, 진짜로 소설에서나 보던 것처럼 나한테 게임 캐릭터의 능력이 생겼다고? 에이, 설마. 그런 말도 안 되는… 그럼, 내가 아이템 창이라고 외치면 눈앞에 아이템 창이 보이고, 스킬 창이라고 외치면 스킬 창이 보이는 거야? 그런 건 아니잖… 헉!"

피식— 웃으며 그건 절대 아닐 거라고 중얼거리던 혁수.

하나, 눈앞에 펼쳐진 광경을 두 눈으로 직접 보고서는 소스라치게 놀랄 수밖에 없었다.

"이, 이, 이, 이게 뭐야? 어떻게 이런 일이?!"

놀랍게도 혁수의 눈앞에는 혁수가 말한 대로 '드림 월드'의 아이템 창과 스킬 창이 보란 듯이 모습을 드러내고 있었다.

"지, 진짜야?"

도무지 믿기지 않는 현실에 혁수는 조심스럽게 아이템 창에 손을 가져가 보았다.

"헉! 지, 진짜다!"

놀랍게도 아이템 창에 있는 아이템들이 '진짜' 생생하게 만져졌다.

"꾸, 꿈인가?"

혁수는 자신의 볼을 사정없이 꼬집었다.

"아악!"

어지간한 충격에는 이제 무감각해진 혁수였지만 자신의 손으로 자신의 볼을 꼬집으니 그 고통이 엄청났다.

"아프다, 아파. 고통이 느껴져. 이건 분명 꿈이 아니야.

그럼 이게 전부다 진짜란 말이야?"

아이템 창 안의 아이템들을 몇 번이고 만져 보았지만 눈 앞의 현실이 도저히 믿기지 않는 혁수.

그렇게 얼마의 시간이 지났을까?

점점 눈앞의 현실을 진짜라고 받아들이기 시작한 혁수는 마지막으로 이게 정말 현실인지 확인하기 위해서 아이템 창에 현실의 물건을 시험 삼아 넣어보기로 했다.

"그래. 이게 들어가면 진짜 현실인 거야."

냉장고에서 생수병을 꺼내 온 혁수는 아이템 창의 빈 칸에 생수병을 넣어 보았다.

그러자 생수병이 정말로 아이템 창 안으로 쏘옥— 하고 들어가는 것이 아닌가.

"와우! 이건 진짜야! 이건 정말 현실이라고!"

정말 상상도 하지 못했던 일이 자신에게 일어나자 어찌나 감격스러웠는지, 자신도 모르게 기쁨의 눈물을 주르륵— 흘리는 혁수.

"빌어먹을 맹장 때문에 인생이 꼬이는가 싶었는데, 나한테 이런 일이 벌어지다니. 오! 조상님. 하느님. 부처님. 알라신님. 울라말라깽이님! 이 임혁수. 이제부터 정말 열심히 살겠습니다. 다시는 부모님 속 썩이지 않고 정말 사람답게 열심히 살겠습니다. 그리고 정말 고맙습니다."

어깨춤이 덩실덩실 날 것 같던 혁수는 평소에는 믿지도 않던, 아니, 오히려 왜 자신의 인생을 이렇게까지 망치냐고 욕이란 욕은 다하던 신들의 이름을 줄 창 외치며 동서남북으로 큰절을 올렸다.

"자자— 이제 상황 정리를 해 보자. 그러니까, 며칠 전에 있었던 그 원인을 알 수 없는 공간 일그러짐 현상 이후부터 나한테 이런 게임 캐릭터의 능력이 생겼단 말이지?"

솔직히 그게 진짜 원인인지는 혁수도 확신할 수 없었다.

다만 곰곰이 생각을 해 보니, 그 일이 있고부터 자신에게 게임 캐릭터의 능력이 생긴 것 같아서 그렇게 추측할 뿐이었다.

"그럼 또, 내게 어떤 능력이 있는 거지?"

우선 자신의 능력이 정확하게 어떤 것인지 확인할 필요가 있다.

혁수는 지금 당장 생각나는 모든 것을 해 보기로 했다.

"아이템 창과 스킬 창을 불러오는 것은 확인했으니까. 그럼 남은 건 캐릭터 정보 창인가? 나와라! 정보 창!"

혁수의 외침에 '드림 월드'의 캐릭터 정보 창이 모습을 드러냈다.

"역시, '오르페'였어."

캐릭터 정보 창을 보며 고개를 끄덕이는 혁수.

★캐릭터 정보 창	
캐릭터 명 : 오르페	
레벨 : 50	
생명력 : 2,100/2,100	마나 : 3,140/3,140
힘 : 46(10+36)	체력 : 76(40+36)

민첩 : 10　　　　　　정신 : 116(50+66)
지혜 : 110(45+66)
공격력 : 28　　　　　방어력 : 32
원거리 공격력 : 10　　명중률 : 10
회피율 : 10　　　　　마법 공격력 : 445
마법 방어력 : 43
현재 잔여 포인트 : 5

　정보 창에 보란 듯이 적혀 있는 그 이름 '오르페.'

　역시 다른 부 캐릭터들은 그대로인데 반해, 주 캐릭터인 '오르페' 만 삭제가 되었던 것은 단순한 해킹 때문이 아니었다.

　'그나저나 마법사는 설정 상 육체적 능력이 떨어지지 않나? 내가 비록 '오르페'를 체법사(체력에 투자를 많이 한 마법사)로 키우기는 했지만 양아치들의 다구리에도 견딜 정도였나?'

　혁수는 뭔가 이상하다고 생각했다.

　아무리 게임 캐릭터의 능력을 전이받았다고 해도 '오르페' 는 마법사라서 육체의 능력이 떨어졌다.

　그런데 자신은 12명도 아닌 18명이나 되는, 그것도 각목을 사용하는 양아치들의 공격을 버텨 낸 것이다.

　그것도 작은 부상 하나 없이 말이다. 확실히 이렇게만 보면 의문스러웠다.

　하지만 이것은 게임과 현실의 차이를 인식하지 못한 혁수의 착각이었다.

마법사인 '오르페'가 육체의 능력이 떨어진다는 것은 어디까지나 '드림 월드' 안에서, 그것도 육체의 능력이 월등하게 뛰어난 근접 캐릭터들과 비교했을 때의 이야기이다.

'드림 월드'에서 처음 생성되는 캐릭터는 모든 스텟이 10이라는 기본 스텟이 주어진다.

그리고 이 기본 스텟은 현실로 말하면 일반 성인의 능력과 동일했다.

만약 혁수가 이 상태로 양아치들과 싸웠다면 '백이면 백' 졌을 것이다.

하지만 혁수의 '오르페'는 레벨이 50이나 되었다.

그리고 '오르페'는 단순한 마법사가 아닌 체법사였다.

즉, 다른 마법사들보다 체력에 보다 많은 투자를 하여 물리 방어력이 높은 편이었다. ('드림 월드'는 체력을 올리면 물리 방어력이 올라가도록 설정되어 있다.)

그리고 일반인의 물리 공격력이 10이라고 한다면 혁수의 오르페는 28로 거의 3배 가까이 되는 수준이었다. 이 말은 일반 성인의 3배 가까운 파괴력을 발휘한다는 뜻이다.

이게 만약 게임 안의 물리 공격력 수치라면 정말 별 볼일 없는 수준이지만, 현실에서는 이 정도만 되도 헤비급 세계 챔피언의 펀치력(물리 공격력)을 넘어서는 수준이었다.

그만큼 현실과 게임의 차이는 컸다.

"아, 그러고 보니, 50레벨로 오르면서 스텟 분배를 안 했잖아?"

혁수는 정보 창의 잔여 포인트를 보며 이걸 어디에 투자할까 하고 고심했다.

'드림 월드'는 레벨이 1 오를 때마다 1스킬 포인트와 5스텟 포인트가 지급된다.

그리고 생명력과 마나가 1레벨씩 오를 때마다 각 20포인트씩 증가한다.

힘이나 체력 같은 스텟을 올리기 위해서는 스텟 포인트가 필요하다.

스텟은 1~20까지 올릴 때는 1포인트가, 21~30까지 올릴 때는 2포인트가, 그리고 31~40까지 올릴 때는 3포인트가 소모되는 방식으로 설정되어 있다.

즉, 힘 10이라는 스텟을 힘 11로 만들기 위해서는 1스텟 포인트가 소모되고, 힘 21의 스텟을 22로 만들기 위해서는 2 텟 포인트가 소모된다는 뜻이다.

만약 게임이었다면 정신 스텟이나 지혜 스텟을 올렸을 테지만, 지금은 현실이다 보니 그럴 수가 없었다.

"마법 공격력은 지금도 충분하지. 그보다는 현실에서 보다 실용적으로 쓸 수 있는 힘이나 체력을 올려야겠지? 아! 그러고 보니, 민첩도 있었지."

지금이 현실이다 보니, 마법사에게는 필요 없는 명중률과 회피율을 올려주는 민첩도 무시할 수가 없었다.

아무리 공격력이 높아도 상대방을 맞추지 못하면 아무 소용이 없기 때문이다.

"으음, 이거 진짜 고민되네."

스텟이 3포인트씩 상승할 때마다 물리 공격력을 1씩 증가시켜 주며, 스텟이 1포인트씩 증가할 때마다 생명력을 10씩 증가시켜 주는 힘을 올릴 것인가.

아니면 스텟이 3포인트씩 상승할 때마다 물리 방어력을 1씩 증가시켜 주고, 스텟이 1포인트씩 증가할 때마다 생명력을 10씩 증가시켜 주며, 스텟이 10포인트씩 상승할 때마다 물리 공격력을 1씩 증가시켜 주는 체력을 올릴 것인지.

그도 아니면 스텟이 3포인트씩 상승할 때마다 명중률이 1씩 증가하고 스텟이 3포인트씩 증가할 때마다 원거리 공격력이 1씩 증가하며, 스텟이 3포인트씩 증가할 때마다 회피율이 1씩 증가하는 민첩을 올릴 것인지, 그것이 고민이었다.

그리고 아주 잠깐.

정말로 아주 잠깐 동안.

스텟이 3포인트씩 증가할 때마다 마법 공격력이 1씩 증가하고, 스텟이 1포인트씩 증가할 때마다 마나량이 10씩 증가하는 정신 스텟이나, 스텟이 3포인트씩 증가할 때마다 마법 방어력이 1씩 증가하고, 스텟이 1포인트씩 증가할 때마다 마나량이 10씩 증가하는 지혜 스텟에 투자해 버릴까 하는 생각도, 정말로 아주 잠깐 생각했었다.

"아아— 골치 아파! 도대체 어디에 투자해야 하는 거야?"

스텟을 초기화하는 아이템이라도 있다면 당장에 초기화를 해서 현실에서 가장 유용한 스텟으로 재투자할 텐데.

아쉽게도 '드림 월드'에서는 스텟 초기화 아이템이 없

었다.

그나마 게임 머니를 주고 스킬을 초기화하는 방법은 있었는데, 이것도 현실에서는 불가능했다.

왜냐하면 스킬을 초기화하기 위해서는 아이템이 아니 '드림 월드' 내에 존재하는 NPC를 이용해야 했기 때문이다.

"그러고 보니, 스킬도 잘 생각해서 포인트를 줘야 하잖아? 아악— 그냥 게임이면 마법사한테 유리한 쪽으로 투자하면 되는데, 이게 전부 현실이라고 생각하니까, 왜 이렇게 생각해야 될 게 많은 거야? 아악— 복잡해."

혁수가 애꿎은 머리를 부여잡았다.

만약 남들이 봤다면 행복에 겨워서 저런다고 할 테지만, 당사자인 혁수는 나름 심각했다.

게임 안에서야 몬스터를 잡아서 경험치를 쌓아 레벨 업을 할 수 있지만 현실에서는 그렇게 할 수가 없었다.

50레벨을 달성하면서 받은 5스텟 포인트와 1스킬 포인트는 세상 그 어떤 것보다 소중했다.

"그래, 결정했어! 지금도 한 방에 양아치들을 기절시키는데, 더 이상 힘에 투자할 필요는 없어. 그보다는 체력에 투자해서 방어력을 올리자. 아무리 우리나라가 총기로부터 안전한 나라라고 하지만 사람 일이란 언제 어떻게 될지 모르는 거잖아? 어떻게든 체력을 높여서 혹시 발생할지 모를 최악의 사태에 대비하는 거야. 캬아— 그런 의미로 본다면 '오르페'를 공법사(마법 공격력 위주의 마법사)가 아닌 체법사로 키우길 잘했단 말이야. 역시 난 선견지명이 있어."

사실 혁수가 '오르페'를 체법사로 키운 것은 남다른 선명
지명이 있어서가 아니라 그렇게 못 잡아먹어서 안달이 난
동수 때문이었다.

  체력이 높은 체법사는 공법사에 비해서 마법 공격력이 떨
이지지만 그만큼 생명력이 높아서 위험한 상황에 놓여도 쉽
게 죽지 않았다.

  그래서 혁수처럼 게임을 주로 혼자 하는 솔로 플레이어들
은 공법사가 아닌 체법사로 캐릭터를 성장시켰다.

  반대로 파티 플레이어, 즉 여럿이서 게임을 즐기는 사람
들은 공법사로 캐릭터를 성장시켰다.

  또, 공법사가 아니면 파티에 끼워 주지도 않았다.

  하지만 혁수의 '오르페'는 혁수가 원할 때마다 파티에 쉽
사리 합류했다.

  그 이유는 바로 동수 때문이었다.

  그동안 동수가 쌓아 놓은 게임 상의 인맥 때문이냐고?

  그런 것도 조금 있기는 했지만 그보다는 동수의 아낌없는
지원 덕분이었다.

  무슨 말인고 하니, 혁수에 비해서 월등히 레벨이 높은 동
수가 보내 주는 지원금으로(말이 좋아 지원금이지, 혁수의
일방적인 갈취였다. 들리는 소문에 의하면 동수가 게임을
접으려고 하는 진짜 이유는 대학에 붙고, 정신을 차려서가
아니라 '혁수의 갈취를 더 이상 견딜 수 없어서'라는 말이
있을 정도로 엄청나게 갈취해 왔다.) 경매장에 나온 레어 급
이상의 아이템을 구입.

거기에 만족하지 않고 지름신이 흡사 자신의 친구라도 되는 듯, 미친 듯이 강화를 거듭하여 모든 장비를 7강화 아이템으로 만들었다.(뭐, 동수가 50레벨 세트 아이템을 올 7강화로 만들어서 자신도 7강화 이상 아이템만 가지고 다녀야 한다나?)

즉, 7강화 레어 아이템으로 완전 도배를 한 덕분으로 체법사이면서도, 일반 공법사의 마법 공격력을 가지게 된 혁수의 '오르페'는 혁수가 원할 때는 언제든지 파티에 합류할 수가 있었던 것이다.

"체력 스텟 1 올리는데, 4포인트가 소모되는구나. 그럼 남은 1포인트는……."

힘 아니면 민첩밖에 없었다. 그나마 힘은 지금도 충분했기에 민첩에다가 남은 1포인트를 투자했다.

민첩이 기본 10에서 11로 상승했지만 개미 눈곱만큼의 변화도 보이지를 않았다.

"스텟은 이걸로 다 됐고. 그보다 진짜 문제는 스킬인데……."

사실 스텟은 웬만큼 몰아서 올려 주지 않는 이상 큰 효과를 보기 어려웠다.

그에 반해 스킬은 어떤 스킬에 투자를 하느냐에 따라서 그 효과가 확연하게 나타났다.

'드림 월드'는 다양한 근접 무기를 사용하는 워리어와 원거리 무기인 활을 사용하는 사냥꾼.

강력한 데미지를 자랑하는 혁수의 '오르페'와 같은 마법사와 회복과 버프를 담당하는 사제로 직업이 나뉜다.

위의 직업들은 레벨 10을 달성하면 전직 퀘스트를 통해서 선택할 수가 있다.

각 직업은 직업에 걸맞는 직업 전용 스킬이 존재했다.

그리고 모든 직업군이 공통으로 사용할 수 있는 공통 스킬이라는 것도 존재했다.

마법사인 혁수가 힘 스텟에는 스텟 포인트를 전혀 투자하지 않았음에도 힘과 물리 공격력이 기본 스텟보다 높을 수 있었던 것은 힘과 체력을 올려주는 '1등급 스테미너' 라는 공통 스킬에 포인트를 투자했기 때문이다.

'1등급 스테미너' 라는 스킬은 주로 근접 캐릭터들이 사용하지만, 혁수 같은 체법사들도 사용을 한다.

★공통 스킬

◎ 1등급 스테미너 (패시브 스킬)
: 18레벨에 활성화되는 스킬로 캐릭터의 레벨이 6레벨씩 상승할 때마다 추가로 스킬 포인트를 투자할 수 있다. 스킬 레벨이 1씩 오를 때마다 힘과 체력 스텟이 6씩 영구히 증가한다.

"역시 액티브 스킬보다는 패시브 스킬을 올리는 것이 좋겠지?"

액티브 스킬은 스킬을 발동할 때마다 정해진 마나를 소모하고, 한 번 발동하고 나면 정해진 시간이 지나야지만 다시

스킬을 발동할 수 있는 스킬을 말한다. (스킬을 한 번 발동
시키고 나면 연속으로 발동시킬 수 없고, 일정 시간이 지나
야지만 다시 발동시킬 수 있는데, 스킬을 다시 발동시킬 수
있을 때까지 걸리는 시간을 '쿨타임'이라고 한다.)

패시브 스킬은 별도의 단축키와 마나 소모 없이 곧바로
캐릭터에 적용되는 스킬을 말한다.

"그래, 안전이 제일 중요해."

방어를 위해서 스탯 포인트를 체력에 투자했듯이 이번에
도 방어력을 올려주는 '철벽 수비'란 스킬에 스킬 포인트를
투자했다.

★공통 스킬

◎ 철벽 수비 (패시브 스킬)

: 17레벨에 활성화되는 스킬로, 캐릭터의 레벨이 8씩 상
승할 때마다 추가로 스킬 포인트를 1씩 투자할 수 있다.
스킬 레벨이 1씩 상승할 때마다 물리와 마법 방어력이
40씩 영구히 증가한다.

'1등급 스테미너'가 스킬 레벨이 6인 반면에 '철벽 수
비'는 이제껏 한 번도 쓰지 않던 스킬이라서 이번에 스킬
포인트를 투자하여 스킬 레벨 1이 되었다.

"각목으로 맞을 때도 별다른 아픔을 못 느낄 정도였는데,
이 정도면 칼이나 총에 맞아도 바로 죽지는 않겠지?"

이제껏 칼에 맞거나 총은 실제로 구경해 본 적도 없는지

라 과연 칼과 총이 어느 정도의 파괴력을 가지고 있는지 알 수 없었지만, 이 정도면 최소한 한 방에 죽지는 않을 거라고 생각했다.

예전에는 자신이 칼에 맞거나 총에 맞는 일은 상상조차 할 수가 없었다. 한데, 이상하게도 자신에게 힘이 있다는 사실을 자각하고 나니 그런 것들이 괜히 신경이 쓰였다.

아마도 돈이 없을 때는 도둑에 대해서 별다른 걱정이 없다가, 갑자기 많은 돈이 생기면 괜히 누가 훔쳐 가지 않을까 걱정이 되는 것과 마찬가지인 것 같다.

이렇게 게임 캐릭터의 능력이 생기고 나니 무의식적으로 수능을 맹장으로 망쳤던 것처럼, 이 게임 캐릭터의 능력을 제대로 써 보지도 못하고 혹, 재수 없게 죽는 것은 아닐까 하는 우려가 든 것이다.

"자, 이제 스텟과 스킬은 됐고, 앞으로 이 게임 캐릭터 능력을 어떻게 사용하지?"

처음에는 게임 캐릭터의 능력이 생겨서 마냥 좋다고 생각했다.

한데, 곰곰이 생각해 보니 이걸 어디에 쓰면 좋을지 도무지 생각이 나지 않았다.

스스로도 두려울 정도로 뛰어난 육체의 능력은 생각보다 큰 쓸모가 있지는 않았다.

맷집 좋고 주먹이 강해 봤자, 조폭 아니면 격투기 선수나 경호원밖에 할 것이 없었다.

아무리 사정이 나빠진다고 해도 조폭이 되고 싶지는 않

았다.

그렇다면 격투기 선수나 경호원이 남는데…….

솔직히 이것도 그리 끌리지가 않았다.

사람들이 쳐다보는 곳에서 싸움을 한다는 것이 왠지 마음에 들지 않았다.

또, 누군가를 경호한다는 것도 영 끌리지가 않았다.

뭐, 하다 하다 할 것이 없으면 그쪽으로 가야 하겠지만 일단 지금은 아니었다.

"음. 정말 할 게 없네. 뭐하지? 내게 이런 능력이 생길 거라고는 상상도 안 해 봐서 그런가? 마땅히 좋은 생각이 안 떠오르네. 어쩌지?"

언제나 정상적인 생각(게임, 게임! 게임!! 그리고 이번에는 어떻게 동수한테서 삥을 뜯을까?)만 해 오던 혁수라 그런지 당장에 '이거다!' 하고 떠오르는 굿 아이디어가 없었다.

이래저래 고민을 하던 혁수의 눈에 아까 불러냈던 아이템 창이 눈에 들어왔다.

"가만, 아이템 창에는 물건을 보관할 수가 있잖아. 그래, 바로 그거야! 왜 이걸 생각 못했지. 우리나라에서는 비싸지만 외국에서는 싼 물건을 아이템 창에 넣어 가지고 와서 파는 거야."

처음에는 무척이나 기발한 아이디어라고 생각했다.

하지만 흥분을 가라앉히고 다시 생각해 보니 문제가 있음을 인식하게 되었다.

"어라. 근데 그거 밀수 아닌가? 그리고 그렇게 들여온 물건은 정상적인 루트로 팔지도 못할 거 아냐?"

남들이 알면 눈이 뒤집어질 만큼 특별한 능력이 생겼는데, 겨우 한다는 것이 밀수라고 생각하니 왠지 기분이 좋지 않았다. 또 세관 모르게 물건을 들여온다고 해도 판매 루트가 없으면 말짱 꽝이었다.

밀수는 분명 불법이다.

그렇다 보니, 밀수품을 판매할 판매 루트를 찾는 것도 쉽지 않은 일이었다.

"에이, 좋다 말았네. 근데 생각하면 생각할수록 어이가 없네. 지금의 나라면 마음만 먹으면 못할 것이 없다고 생각했는데, 왜 이렇게 안 되는 게 많은 거야?"

아닌 게 아니라 생각할수록 걸리는 것이 너무 많았다.

되도록 불법적인 일은 하고 싶지 않았고, 힘을 너무 과시하고 싶지도 않았다.

최대한 남에게 피해를 주지 않으면서 양심도 거스르지 않는 일을 하고 싶었다.

그렇다 보니, 생각 이상으로 할 만한 것이 없었다.

"에이, 몰라 몰라. 지금 당장 급한 것도 아니고, 지금 이 능력이 사라지는 것도 아닐 텐데, 천천히 생각하지 뭐. 가만, 사라져? 이거 혹시 일시적으로 생겼다가 몇 시간, 혹은 며칠이 지나면 사라지는 거 아냐?"

이렇게 생각하니 괜히 불안해졌다.

이내 고개를 세차게 흔드는 혁수.

"으으으— 아니야. 절대 그럴 리 없어. 그래, 이건 영구적인 거야. 울 엄마 눈썹 문신한 것처럼 절대 사라지지 않을 거야."

찰싹, 찰싹.

자신의 입을 자신의 손으로 때리는 혁수.

"이놈의 주둥이! 왜 갑자기 그런 이상한 말을 하는 거야! 나쁜 주둥이! 만약 내일 아침에 이 능력들이 모두 사라지면 넌 그때부터 밥 못 먹을 줄 알아! 이 나쁜 주둥이야!"

지금의 능력을 가장 효율적으로 쓸 수 있는 방법은 뭘까?

다른 사람들의 이목을 끌지 않으면서도 막대한 이득을 낼 수 있는 가장 좋은 방법이 뭘까?

이리 생각해 보고, 저리 생각해 봐도 딱히 이거다 하는 생각이 떠오르지 않았다.

이것이 현실이 아닌 영화나 소설 속 이야기라고 한다면 정말 앞뒤 생각하지 않고 하고 싶은 것을 마음대로 할 것이다.

하지만 이것은 현실이다.

그렇다 보니, 능력을 사용했을 때 일어날 수 있는 모든 최악의 경우를 미리미리 생각해 놔야 했다.

생각이 많으면 많을수록 그것을 행동으로 옮기기란 점점 힘들어진다.

혁수가 진지하게 고민하면 할수록 이 게임 캐릭터 능력을 어디에 사용할지에 대해서 떠오르는 것이 아니라, 왜 거기에는 쓰지 말아야 하는지에 대한 생각들만 가득가득 떠올랐다.

"아악! 뭐 이래?! 생각하면 생각할수록 골치만 더 아파오잖아? 안 해, 안 해, 안 한다고! 이런 특별한 능력 없을 때도 잘만 살았어. 이렇게 골치가 아플 바에는 그냥 예전처럼 평범하게 살고 말래. 그래, 이 특별한 능력 없는 셈치고 그냥 평범하게 살자."

말은 이렇게 했지만 또다시 어떻게 하면 남의 이목을 끌지 않고 주변에 피해를 주지 않으면서 자신에게 이롭게 쓸까 다시 고민하는 혁수.

그렇게 얼마의 시간이 지났을까?

"아차, 이제 그만 아이템 창이랑 스킬 창을 돌려보내야지?"

캐릭터 정보 창과 스킬 창을 돌려보내고 아이템 창도 돌려보내려고 할 때 문득 혁수의 눈에 들어오는 것이 있었다.

"아, 그러고 보니 그동안 골드도 제법 많이 모였네?"

378만 8,650골드.

다른 50레벨 유저들이 평균적으로 모으는 골드는 대략 70~80만 골드 정도 되었다.

그럼, 이 많은 골드를 혁수 혼자의 힘으로 모았느냐?

그건 절대 아니었다.

앞서 언급했듯이 저 모든 골드가 그동안 동수에게서 갈취한 것들이다.

그리고 참고로 현재 '드림 월드' 머니 시세는 1만 골드당 천원이었다.

"아, 아깝다. 50레벨짜리 7강 세트 아이템도 그렇고, 골드도 이제는 팔수가 없잖아."

만약 이런 일이 벌어질 줄 알았다면 미리미리 세트 아이템과 골드, 그리고 그동안 모아둔 다른 아이템들을 팔았을 것이다. 그랬다면 100만 원은 훨씬 넘게 챙겼을 텐데, 그것이 조금 아쉬웠다.

"어라? 잠깐 다른 아이템은 그렇다 쳐도 골드는 아직 팔수 있지 않나?"

문득 어떤 생각이 뇌리를 스치고 지나갔다.

혁수는 아이템 창 하단부의 동전 아이콘에 손을 가져갔다.

그러자 손에 무언가가 잡히는 느낌이 들었다.

"역시 생각대로구나."

혁수는 손에 움켜진 것을 밖으로 꺼냈다.

"오오!"

혁수의 손에 들려 있는 것.

그것은 놀랍게도 '드림 월드' 내에서 화폐로 통용되는 금화였다.

"이게 진짜 금이라고 한다면……."

꿀꺽.

자기도 모르게 마른침을 삼키는 혁수.

흔히들 금은 깨물어 보면 알 수 있다고 한다.

하지만 혁수는 손에 들고 있는 금화를 깨물어 보아도 이게 정말 금인지 아닌지를 확신할 수가 없었다.

물론 '드림 월드'의 설정으로는 금으로 된 동전이기는 하지만, 그것은 게임 안에서의 이야기이고 현실에서는 다르게 적용될 수도 있기에 보다 정확한 사실 확인이 필요했다.

"뭐, 내가 이렇게 본다고 이게 진짜 금인지 아닌지 알 수 있는 건 아니니까."

혁수는 들고 있던 금화들을 다시 아이템 창에 넣었다.

그리고 따로 챙겨놓은 금화 한 개를 주머니에 챙겨 넣고 밖으로 나갔다.

처음에는 집에서 가장 가까운 금은방에 가서 확인하려고 했지만 이내 생각을 바꾸었다.

주머니에 있는 금화가 진짜 금이 아니라면 별다른 문제가 없을 테지만, 만약 금화가 진짜 금으로 확인이 되면, 집에서 가까운 금은방은 가지 않는 것이 좋았다.

혁수는 금화가 진짜 금이면 이것을 팔 생각을 하고 있었다.

물론 대량으로 한꺼번에 팔 생각은 아니었다.

한꺼번에 대량으로 처분하기도 힘들뿐더러, 설사 운 좋게 처분한다고 해도 사람들의 이목을 끌 것이 분명했다.

어떤 일이든 돈 냄새가 난다 싶으면 똥파리들이 꼬이기 마련이다.

그 똥파리들이 자신에게 해코지를 하는 것은 괜찮았다.

스스로를 보호할 힘이 충분하다 못해 넘칠 정도니까.

문제는 부모님이었다.

똥파리들이 일반인인 부모님께 해코지를 할까 봐 그게 걱정이었다.

혁수가 마음껏 능력을 사용하지 못하는 결정적인 이유도 바로 부모님 때문이었다.

물론 꼭 그렇게 된다는 보장은 없었지만 매사에 조심을 하는 것이 좋았다.

각설하고 혁수는 집에서 되도록 멀면서도 사람들의 왕래가 많은 번화가를 찾았다.

그런 곳에서 금화를 팔아야지 혹시라도 나중에 문제가 생겨도 자신을 찾지 못할 거라고 생각했다.

버스를 타고 번화가로 나온 혁수는 제법 규모가 커 보이는 금은방으로 들어갔다.

"어서 오세요. 그래, 어떤 걸 찾으십니까? 요즘은 이런 금목걸이가 잘 나가는데…….."

제법 노련해 보이는 금은방 주인이 한눈에 혁수에 대한 탐색을 끝내고 혁수 또래의 남자가 좋아할 만한 금목걸이를 보여 주었다.

"아, 저기, 뭘 사려고 온 게 아니라 팔려고 왔는데요. 여기 금도 매입하죠?"

"예? 물론이죠. 그래, 어떤 걸?"

"이거요."

혁수가 금화를 내밀었다.

"흐음, 잠깐만요."

금화를 꼼꼼히 살펴보는 금은방 주인.

한데, 금은방 주인의 표정이 심상치가 않다.

자꾸만 고개를 갸웃거리는 것이 왠지 불안했다.

'뭐야? 설마 진짜 금이 아닌 거야? 에이, 좋다 말았잖 아.'

진짜 금이기를 바라고 있던, 아니, 진짜 금일 거라고 믿고 있던지라 실망감이 클 수밖에 없었다.

"이거 어디서 난 겁니까?"

마치 취조하듯 듯한 금은방 주인의 말투에 혁수는 살짝 기분이 나빴다.

그리고 정상적으로 구한 것이 아니라 조금 찔리기도 했다.

"예? 왜, 왜요? 진짜 금이 아닌가요? 게임 회사에서 하는 이벤트에 당첨되서 받은 건데. 역시 진짜 금이 아니죠?"

"아, 그래요?"

갑자기 안색을 푸는 금은방 주인.

'어라? 뭐지?'

"그러고 보니, 온라인 게임이라고 하던가? 그쪽 시장이 요즘 잘나가서 이벤트 형식으로 이런 기념주화를 많이 만든다는 이야기는 들었는데, 이렇게 직접 구경하기는 처음이군요."

"예? 그럼, 진짜 금인가요?"

"예. 그나저나 놀라운데요."

"예? 뭐가요?"

"처음에는 겉면에만 살짝 도금이 된 줄 알았는데 자세히 살펴보니, 순도99퍼센트군요. 이 정도면 단순한 기념주화라고 하기에는……."

금은방 주인은 혁수가 처음 가게 안으로 들어왔을 때 무척이나 경계하고 있었다.

혁수의 차림새가 그리 부티나 보이지 않았기 때문이다.

혹시 손님을 가장한 금은방 털이범이 아닌가 하고 의심을 했다.

거기에 분수에 맞지 않는 순도 99퍼센트의 금화를 가지고 있다는 것이 혁수의 정체를 더욱 의심스럽게 만들었다.

"그럼, 보증서 같은 것은 가지고 계십니까?"

"보증서요? 그건 없는데요. 사실 저도 얼마 전까지 이게 겉면만 살짝 도금된 금화라고만 생각해서 보관에 그리 신경을 쓰지 않았거든요. 그러다가 요 근래 사정이 좀 나빠져서, 이거라도 팔면 도움이 될까 해서……."

'오, 나에게 이런 순발력이. 역시 난 대단해.'

보증서에 대한 부분은 미처 생각하지 못했다.

그래서 금은방 주인이 보증서에 관해서 말할 때 잠깐 당황하기도 했지만 재빨리 순발력을 발휘해 제법 그럴싸한 핑계를 만들어 낸 것이다.

물론 그럴싸한 핑계라는 생각은 혁수 혼자만의 생각이었다.

"아, 그래요?"

어느 정도 수긍이 간다는 표정을 짓는 금은방 주인.

하지만 그의 속내는…….

'보아하니, 요즘 사회적으로 문제가 많다는 게임 폐인인가 뭔가 하는 놈이었구먼. 얼마나 게임을 죽자 사자 했으면 이런 걸 이벤트로 받아? 쯧쯧쯧, 저놈 부모는 저놈 때문에 얼마나 속이 상할까? 에라이, 이놈아! 부모 속 그만 썩이고, 제발 정신 좀 차려라!'

금은방 주인은 혁수가 만약 자기 자식이라면 나무 몽둥이로 때려서라도 정신을 차리게 만들고 싶었다.

하지만 혁수는 자기 자식이 아닌 손님이었다.

그렇기에 속으로만 그렇게 씹어 되고, 겉으로는 활짝, 아주 활짝 웃어보였다.

"근데, 그 보증서가 없으면 거래를 못하는 건가요?"

"아, 그건 아닙니다. 다이아몬드 같은 보석류는 보증서나 감정서가 필요하지만 금이나 은 같은 경우에는 지금처럼 바로 확인이 되기 때문에 보증서가 없어도 손님이 손해 보는 것은 하나도 없습니다."

"아, 그래요. 그럼 다행이네요. 그럼 가격은 대충 얼마나……."

"아, 금화의 무게가 16g으로 나오니, 지금 시세로 73만 원이 되겠네요."

"헉! 그렇게나 많아요?!"

혁수는 금 시세를 잘 몰랐다.

아니, 일반인이 정확한 금의 시세를 알고 있겠는가?

생각 이상의 가격이 나오자 혁수는 놀라움을 감추지 못했다.

금화 한 개의 가격이 무려 73만 원이다.

혁수는 현재 이 73만 원짜리 금화를 378만 8650개나 가지고 있다.

다시 말해 게임 캐릭터의 능력을 사용하지 않고도 이 금화만 팔면 평생을 남부럽지 않게 떵떵거리며 살 수 있다는 뜻이었다.

혁수는 당장에라도 거리로 뛰쳐나가 '나는 세상에서 제일가는 부자다!' 라고 소리치고 싶었다.

금화의 가격을 알고서 눈이 튀어나올 정도로 기뻐하는 혁수의 모습을 본 금은방 주인은 그런 혁수가 너무나도 한심스러웠다.

'쯧쯧, 겨우 금화 한 개로 저렇게 좋아하는 꼴이라니. 뭐, 너한테는 엄청 큰돈이겠지만 그래 봤자 딸랑 한 개 가지고 세상을 다 얻은 듯한 표정을 짓다니. 정말 한심한 놈이구먼. 야, 이놈아, 금화 한 개로 좋아하지 말고 정신 차려 제대로 된 직장에 취직해서 일이나 열심히 해라. 그게 부모한테 효도하는 거다.'

금은방 주인이 속으로 자신에 대해서 무슨 생각을 하는지 1g도 관심이 없던 혁수는 금은방 주인에게 금화를 건네주고 현금 73만 원을 받아 부리나케 금은방 밖으로 나왔다.

"히히히— 난 이제 부자야. 부자."

기쁨에 겨워 키득키득거리며 혼잣말을 중얼거리는 혁수.

앞으로 금화를 팔아 손에 넣게 될 돈을 생각하니 먹지 않아도 절로 배가 불러오는 것 같았다.

이렇게 혁수가 기뻐하고 있을 찰나, 어디선가 나타난 검은 그림자가 혁수를 덮쳤다.

"헛! 뭐야?"

무언가가 자신의 품을 훑는 듯한 느낌을 받은 혁수는 급히 주머니를 살폈다.

"없다! 없어! 누구야?! 어떤 놈이 감히 내 지갑을 훔쳐간 거야?!"

방금 전까지만 해도 미친놈처럼 실실거리며 웃고 있던 혁수가 별안간 거리가 떠나가라 고함을 질러 되자 주변의 사람들은 혁수가 정말로 미쳤다고 생각했다.

심지어 어떤 사람은 정신병원에 전화를 하려고까지 했다.

"이놈! 너구나!"

주위를 두리번거리던 혁수는 저 멀리로 사라져 가는 검은 그림자를 발견했다.

그리고 잠시의 망설임도 없이 그 검은 그림자의 뒤를 쫓았다.

Chapter 4.
아이언 마스크

"헉, 헉, 뭐 저런 놈이 다 있어?"

거친 숨을 몰아쉬며 질렸다는 표정을 짓는 소매치기 경력 9년의 전과 2범 이동우.

그는 조금 전까지만 해도 기분이 무척 좋았다.

왜냐하면 한눈에 보아도 어리바리하게 보이는 녀석의 주머니를 쥐도 새도 모르게 털었기 때문이다.

그는 이런 어리바리한 놈들을 '호구' 라고 불렀다.

호구들은 집에 돌아갈 때까지도 자신이 털렸다는 사실을 모르고 있다가 뒤늦게 집에 가서야 알아차렸다.

간혹 이 호구들을 털다가 중간에 걸리는 경우가 있다.

그럴 때는 인상 좀 험악하게 하고 목소리 깔아서 겁 좀 주면 부들부들 떨면서 '찍' 소리도 못했다.

재수 없게 두 번이나 학교(범죄자들이 감옥을 말하는 은

어)를 다녀온 이동우는 되도록 이런 호구들만을 노려왔다.

이동우의 활동 영역은 번화가 주변의 금은방 골목이다.

아무래도 현금 거래가 왕성한 곳이다 보니, 건수만 제대로 물면 한 방에 목돈을 만질 수가 있었다.

이동우가 하루 벌어들이는 돈은 최소 100만 원이었다.

한데, 오늘은 이상하게도 호구는 물론, 다른 털 만한 사람이 단 한 사람도 보이지가 않았다.

이동우는 이런 날을 '마가 낀 날'이라고 불렀다.

마가 낀 날은 뭘 해도 안 되는 날이다.

두 번이나 학교를 간 것도 이 '마가 낀 날' 욕심내서 작업을 하다가 그렇게 된 것이었다.

이때 이후로는 조금이라도 마가 낀 듯한 느낌이 들면 곧바로 그날 작업을 접었다.

이동우가 '에이, 마꼈구나.'라고 투덜대며 막 돌아서려고 하던 찰나, 막 금은방에서 희희낙락거리며 나오는 혁수를 보게 되었다.

이동우의 눈에 비친 혁수는 완벽한 호구였다.

'역시 하늘은 날 버리지 않았어.'

과연 혁수는 호구답게 가까이 다가가도 아무런 낌새를 눈치채지 못했다.

이동우는 이것이야말로 하늘이 준 기회라고 생각하고 순식간에 혁수의 주머니를 털었다.

과연 금은방에서 희희낙락거리며 나올 만큼 지갑은 제법 묵직했다.

이때까지만 해도 이동우는 오늘이 마가 낀 날이 아니라, 운수 대통한 날이라고 생각했다.

혁수를 시작으로 보다 많은 사람의 주머니를 털 수 있을 것 같았다.

한껏 기분이 좋아진 이동우가 '룰루랄라' 거리며 혁수로부터 서서히 거리를 멀리했다.

이때까지만 해도 이것이 악몽의 시작이 될 거라고는 전혀 생각하지 못했다.

뒤늦게 자신의 주머니가 털린 것을 안 혁수가 호구답지 않게 광분하며 나서면서 상황은 급격하게 변했다.

다른 호구들은 자신의 주머니가 털렸다는 것을 알아차려도, 똥마려운 강아지처럼 안절부절못했는데, 혁수는 호구답지 않게 길길이 날뛴 것이다.

사람은 상대방이 이런 반응을 보일 것이라고 예상하고 있는데, 전혀 예상치 못한 반응을 보이면 당황하기 마련이다.

이동우 역시 마찬가지였다.

혁수의 호구답지 않은 행동이 이동우를 살짝 당황시켰다.

"뭐야 저놈? 호구면 호구다워야지? 왜 저렇게 날뛰는 거야? 허참, 사람이 오래 살면 별꼴을 다 본다더니… 이 일을 오래하다 보니, 별 호구 같지 않은 호구도 다 보는구나."

이동우는 순간적으로 당황하기는 했지만 곧 '그래 봤자, 호구가 호구지 별수 있겠어?' 라고 스스로를 진정시켰다.

사람들이 많은 곳에서 소란이 일어나면 자신에게 좋을 것이 하나도 없었기에 일단 자리를 피하기로 했다.

한데, 그게 결정적인 실수였다.

번화가 한복판에서 혁수가 미친놈 발작하는 것처럼 길길이 날뛰자, 지나가던 사람들 모두가 발걸음을 멈추고 '쟤, 왜 저래?' 하는 표정으로 혁수를 쳐다보았다.

심지어 어떤 사람은 사진을 찍기도 했다.

모든 사람들의 이목이 혁수에게로 쏠려 있는데, 이동우가 불안한 표정으로 급히 자리를 벗어나려고 하니, 눈에 딱— 띌 수밖에 없었다.

이것 마치 '내가 바로 네 지갑을 훔친 도둑이다.'라고 광고하는 것이나 다름이 없었다.

혁수는 본능적으로 이동우가 자신의 지갑을 털어간 소매치기라는 것을 알 수가 있었다.

그래도 혹시 몰라, 마지막으로 확인하는 차원에서 이동우를 향해서 '이놈! 너구나!'라고 소리 질렀더니, 도둑이 제 발 저린 듯, 이동우가 꽁지가 빠져라 줄행랑을 치는 게 아닌가.

이동우가 소매치기라는 것을 확신한 혁수는 부리나케 이동우의 뒤를 쫓았다.

"헉, 헉, 뭐 저런 놈이 다 있어?"

경찰한테 쫓기고 있다는 기분으로 죽을힘을 다해서 달렸다. 오버 페이스로 달렸더니 급격하게 피로해졌다.

더 이상 달릴 힘이 없었다. 지친 이동우가 그 자리에 멈추어 서서 거친 숨을 골랐다.

이동우가 걸음을 멈추자 혁수도 따라서 걸음을 멈추었다.

"야 이, 호구 새끼야! 호구면 호구다워야 할 것 아냐! 어디 호구가 간덩이가 부어서 날 쫓아와?! 이게 확! 뒈지고 싶어서 환장했나?"

이동우가 이대로는 안 되겠다 싶었는지 혁수를 향해서 으름장을 놓았다.

만약 예전의 혁수였다면 그런 이동우의 모습에 겁을 집어먹었을 것이다.

하지만 지금의 혁수는 예전의 그 나약하고 겁 많은 혁수가 아니었다.

이제는 세상 무서울 것이 없는 혁수였다.

목에 핏대를 세우며 고래고래 고함을 지르는 이동우가 귀여워 보였다.

혁수가 자신도 모르게 피식— 하고 웃고 말았다.

"웃어? 하, 저 호구 새끼가 쳐 돌았나? 네가 정말 죽고 싶어서 환장을 했구나?"

최대한 껄렁껄렁하게 걸으며 혁수를 향해서 천천히 다가오는 이동우.

이동우의 얼굴을 가까이서 본 혁수는 왠지 이동우가 낯이 익다는 느낌을 받았다.

'어라? 어디서 봤지?'

'짜식, 쫄았구나. 그럼 그렇지. 역시 호구는 어쩔 수 없어.'

혁수가 멍하니 있자 이동우는 혁수가 쫄았다고 생각했다.

"아!"

"까, 깜짝이야!"

갑자기 혁수가 알았다는 표정으로 감탄사를 토해 내자 이동우는 깜짝 놀라고 말았다.

"이 새끼가 진짜 쳐 돌았나? 야! 너 진짜 죽고 싶냐!"

혁수가 별짓도 안 했는데, 혼자 놀란 것이 무안해진 이동우.

자신의 그런 창피함을 무마하기 위해서 더욱 사납게 '으르렁' 거렸다.

이동우는 혁수가 아무 말도 하지 않자, 그제야 자신의 위협이 먹혀들었다고 생각했다.

이동우가 혁수의 뺨을 가볍게 '착착착' 치며 껄렁껄렁하게 말했다.

"우리 호구가 이제야 이 형님의 무서움을 알았구나? 그러기에 그냥 얌전히 집에나 갈 것이지. 왜 이 형님의 뒤를 쫓아와? 이 형님이 너 때문에 땀으로 목욕까지 했잖냐? 호구야, 이 형님이 충고하는데, 다음부터는 누가 네 지갑 털어가도, 그냥 모른 척해라. 하룻강아지 범 무서운 줄 모른다고. 그렇게 멋도 모르고 날뛰면 골로 가기 십상이다. 알겠냐?"

이동우는 마치 커다란 인심이라도 쓰는 듯한 표정을 지으며, 몸을 돌려 골목을 빠져나가려고 했다.

그때.

"어이. 누가 그냥 가래?"

"응?"

이동우가 급히 고개를 돌렸다.

"어이? 호구야, 네가 방금 이 형님을 보고 '어이' 라고 했냐?"

이동우가 정말 어이없다는 표정으로 혁수를 쳐다보았다.

"형님 같은 소리하고 자빠졌네."

"뭐? 허 참, 이게 곱게 보내 주려고 했더니 안 되겠네. 네가 진짜 따끔한 맛을 봐야 정신을 차리겠구나?"

"따끔한 맛? 그게 뭔데?"

"그게 뭐냐고? 바로 이거다."

이동우가 주머니에서 흔히 '나비칼' 이라고 불리는 '발리송' 을 꺼냈다.

그리고 손목 스냅을 이용한 현란한 손동작으로 혁수의 눈이 돌아갈 정도로 빠르게 휘둘렀다.

이동우의 발리송을 다루는 솜씨는 가히 묘기에 가까웠다.

"흐흐흐, 어때? 눈이 획획— 돌아가지?"

이동우가 거만한 표정으로 '잘 봤냐?' 하는 표정을 지었다.

이동우는 사실 싸우는 것을 좋아하지 않는다. 그리고 싸움도 그리 잘하는 편이 아니었다.

그래서 가끔 이렇게 쫓아오는 사람이 있으면 진짜로 싸우기보다는 그동안 갈고닦은 솜씨로 겁을 주어 쫓아냈다.

하지만 이번에는 상대가 나빴다.

분명 이동우가 휘두르는 발리송은 눈이 돌아갈 정도로 화려했지만, 혁수에게는 별다른 위협이 되지는 못했다.

"아서라, 괜히 그런 장난감 가지고 놀다가 뒈지게 맞는 수가 있다."

"뭐? 장난감? 허, 이 호구 새끼가 단단히 쳐 돌았구나. 야 이 새끼야! 썩어 빠진 네놈 동태눈깔에는 이게 장난감으로 보이냐?"

이동우가 잘 보라며 날카로운 칼날 부분을 혁수에게 들이밀었다.

그 순간.

픽—

"억!"

혁수의 주먹이 이동우의 얼굴에 가볍게 날아들었다.

남들이 보면 어떻게 그게 가볍게 날린 거냐고 할 테지만, 혁수는 정말로 가볍게 날린 것이었다.

"이, 이 새끼가 비겁하게 사람 말하는데 얼굴을 쳐?"

생각보다 매서운 혁수의 주먹에 이동우는 '혹시 내가 사람을 잘못 건드렸나?' 하는 생각이 들었다. 살짝 무섭다는 느낌도 들었다. 하지만 최대한 그런 티를 내지 않으려고 애썼다.

주르륵.

무언가가 흘러내리는 느낌이 들자 이동우가 급히 손으로 그것을 쓰윽— 하고 훔쳤다.

"피? 피!"

혁수의 가벼운 한 방에 쌍코피가 터진 것이었다.

피를 본 이동우가 흥분하여 소리쳤다.

"이 호구 새끼가 진짜! 감히 내 금쪽같은 코피를 흘리게 만들어? 웬만하면 얌전히 그냥 보내 줄려고 했는데, 이번만큼은 절대 그렇게 못하겠다. 이 새끼 어디 죽어 봐라!"

잠시 잠깐 들었던 혁수에 대한 두려움을 피 끓는 분노로 날려 버린 이동우는 거리낌 없이 발리송을 휘둘렀다.

과연 소매치기답다고 할까?

이동우의 발리송이 번개처럼 혁수의 옆구리를 훑고 지나갔다.

찌익—

"맛이 어떠냐?"

'아프지? 죽을 것 같지?'

발리송이 혁수의 옆구리를 가르는 느낌을 생생하게 느낀 이동우는 '칼 맛이 어떠냐?' 하는 표정으로 혁수를 쳐다보았다.

이동우는 분명 혁수가 고통에 괴로워할 것이라고 생각했다.

하지만 혁수를 그런 이동우의 생각을 비웃기라도 하는 듯 오히려 생글생글 웃고 있었다.

"저, 저거, 진짜 미친 거 아냐? 야 인마, 넌 지금 칼에 맞았다고! 그럼 당연히 아파해야지. 왜 그렇게 실실 쪼개? 혹시, 너 정말 미친놈이냐?"

이동우는 혁수가 도저히 정상으로 보이지 않았다.

'과연 나는 칼에 맞고도 무사할 수 있을까?' 라고 생각해 오던 혁수에게 이동우의 발리송 공격은 아주 좋은 기회가 되었다.

아무리 방어력 하나만큼은 자신 있는 혁수라도 자기 손으로 자기 몸을 칼로 찌르고 싶지는 않았다.

그래서 이동우가 발리송을 휘두를 때, 좋은 기회라고 생각하고 그냥 내버려 둔 것이다.

게다가 생각 이상으로 방어력이 좋아서 칼에 맞았음에도 그 어떤 고통이나 작은 상처도 생기지 않음을 알게 되어 너무나도 기뻤다.

그래서 자신도 모르게 실실 웃고 만 것이다.

"앗! 옷이 찢어졌잖아?"

다른 사람들이 보기에는 '저런 촌스러운 옷을 입는 사람도 있구나.' 라고 생각할 정도로 촌스럽고 볼품없는 옷이지만 혁수에게는 외출할 때만 특별히 챙겨 입는 귀중한 외출복이었다.

그런 외출복이 이동우의 칼질에 찢어져 버리자, 혁수는 크게 분노할 수밖에 없었다.

"너 이 새끼! 이게 어떤 옷인 줄 알아! 넌 이제 뒈졌어!"

혁수가 거친 콧김을 쏘아 내며 이동우의 얼굴에 주먹을 강타하려고 할 찰나, 마침 기다리고 있었다는 듯 정체를 알 수 없는 방해자가 모습을 드러냈다.

그것도 혼자가 아닌 3명이나.

"야, 번개! 네가 이제 간이 붓다 못해, 배 밖으로 나왔구나? 이게 죽으려고 감히 내 구역을 침범해! 너 정말 세상 살기 싫어졌냐?"

"헉! 흑, 흑곰!"

손과 발이 번개처럼 빠르다고 해서 이동우에게 붙은 별명이 번개이다.

그리고 골목에 모습을 드러낸 커다란 덩치의 사내는 곰같이 덩치가 큰데다가 피부색이 시커멓다고 해서 흑곰이라고 불리고 있었다.

흑곰과 함께 모습을 드러낸 2명은 흑곰의 부하들로 그들 역시 흑곰과 쌍벽을 이루는 덩치와 험악한 인상을 지니고 있었다.

이동우가 폭력이 가미되지 않은 자신의 손기술로만 사람들의 지갑을 터는 전형적인 소매치기라면, 흑곰은 정반대의 인물이었다.

흑곰은 손기술로 남의 지갑을 훔치기보다는 폭력으로 강탈하는 것을 즐겼다.

'아차차, 그리고 보니, 여기가 흑곰의 구역이었지. 젠장, 정신을 어디다 두고 여기까지 온 거야?'

처음에는 사람이 많이 없는 곳으로 자리를 피하자는 생각에 무조건 달리기 시작했다.

한데, 혁수가 너무나도 끈질기게 쫓아오자, 어느새 주변을 살필 여력도 없이 도망치는 것에만 몰두했다.

그렇게 무작정 달리다가 인적이 드문 골목이 보이기에 냅다 골목 안으로 달렸다.

한데, 이 골목이 하필이면 저 성질 더러운 흑곰의 구역일 줄이야.

과거 흑곰이 이동우의 뛰어난 실력에 반해 함께 일하자고 제의한 적이 있었다.

흑곰의 폭력적이면서 지랄 같은 성격을 이미 알고 있던 이동우는 자신과 일하는 방식이 너무 다르다는 이유를 들어 흑곰의 제안을 거절했다.

가진 거라고는 알량한 손재주밖에 없는 이동우가 감히 자신의 제의를 거절했다는 것에 화가 난 흑곰은 틈만 나면, 이동우를 괴롭혔다.

하지만 그것도 오래가지는 못했다.

언제나 혼자 일하던 이동우가 어느 날 조직을 등에 업고 나타났기 때문이다.

그것도 흑곰이 쉽게 손 될 수 없는 전국구 조직을.

이때부터 흑곰이 번개 이동우를 건드리는 일은 없어졌다.

하지만 흑곰은 언제고 기회가 올 것이라고 생각하며 호시탐탐 기회를 엿보고 있었다.

그리고 하늘이 그런 흑곰의 간절한 부탁을 들어주려고 했는지, 이동우가 제 발로 흑곰의 구역에 찾아온 것이다.

지금처럼 누구의 강요도 없이 이동우가 제 발로 흑곰의 구역으로 들어온 이상 이동우의 뒤를 봐주던 조직도 더 이상 이번 일에 끼어들 수 없었다. 이것이 뒷골목의 룰이었다.

흑곰이 '너 참, 잘 걸렸다.'는 표정으로 이동우를 노려보았다.

"어라? 뭐냐? 설마 여기 있는 비리비리하게 생긴 놈에게 당한 거냐?"

혁수는 키만 멀대같이 클 뿐, 별로 볼 것이 없었다.

매일 방구석에만 처박혀 게임만 해서 그런지 피부는 허여멀건 했고, 운동도 전혀 하지 않아서 근육도 찾아보기 힘들었다. 그런 혁수의 모습은 전혀 위협적이지가 않았다.

한데, 그런 혁수를 상대로 이동우가 코피를, 그것도 쌍코피를 줄줄 흘리고 있는 게 아닌가.

"햐— 네가 약하다는 것은 예전부터 알고 있었지만 설마, 이런 비리비리한 놈한테도 당할 줄이야. 그동안 너 같은 놈 때문에 골치를 썩였던, 내가 다 민망하다."

이동우는 사람 신경을 박박 긁는 흑곰의 말에 뭐라고 퍼붓고 싶었지만 이미 혁수 하나만으로도 벅찬 상황이었다.

게다가 흑곰은 더 감당이 안 되는 인물이었다.

이동우는 뱁새같이 쭉— 찢어진 눈을 이리저리 굴리며 여기서 어떻게 빠져나갈까를 궁리했다.

"어쭈, 저게 내말을 씹네? 아그들아, 우선 가볍게 손목부터 꺾어줘라. 그리고 내 밑으로 들어오겠다고 할 때까지 자근자근, 밟아 주는 것도 잊지 말고."

"예. 형님."

흑곰의 뒤에 서 있던 덩치 두 명이 혁수를 무시한 채 이동우의 곁으로 다가갔다.

도망갈 구멍은 도무지 보이지 않고 덩치 두 명은 점점 다가오고.

난감하기 그지없던 이동우는 식은땀을 뻘뻘 흘리며 어쩔 줄을 몰랐다.

"야! 니들 또 뭐야? 찬물도 위아래가 있다고, 내가 먼저 거든? 어디서 감히 새치기야!"

이제껏 별다른 관심도 두지 않던 혁수가 버럭 화를 내며 나서자, 흑곰이 기가 차다는 표정으로 말했다.

"뭐? 아그야, 너 지금 뭐라고 했냐? 저 쥐새끼 같은 번 개 새끼 잡은 기념으로, 가지고 있는 것만 압수하고 몸성히 보내 주려고 했더니, 뭐가 어쩌고 어째? 허참, 네가 저 약 해 빠진 번개 새끼 코피 좀 쏟게 했다고 눈에 뵈는 게 없나 본데, 우린 허우대만 멀쩡한 저 번개 새끼 하고는 차원이 다르거든? 아그야, 엉기는 것도 상대를 봐가며 엉겨라. 지 금처럼 멋도 모르고 엉기다가 병풍 뒤에서 향냄새 맡는 수 가 있다. 알겠냐?"

"알긴 개뿔. 병풍 뒤에서 향냄새는 누가 맡게 되는지 어 디 한 번 확인해 볼까?"

혁수의 말에 흑곰과 그 부하들은 물론, 식은땀을 줄줄 흘 리며 이래저래 눈치만 살피던 이동우까지 어이가 없다는 표 정으로 혁수를 쳐다보았다.

'저거 진짜 미친놈 아냐? 흑곰, 저놈의 비위를 맞춰줘도 시원치 않을 판에, 오히려 흑곰 성질을 건드려? 저게 진짜 죽으려고 환장했구나. 젠장, 가뜩이나 지랄 같은 흑곰이 저 소리를 듣고 얌전히 있을 리가 없는데… 이러다가 진짜 병 풍 뒤에서 향냄새 맡는 거 아냐?'

그렇지 않아도 손 병신이 되어 강제 은퇴하게 되는 것은 아닌가 하고 걱정이 이만저만이 아니었다.

거기에 혁수가 분위기 파악 못하고, 불난 집에 기름을 들이붓자, '이제 정말 죽는구나.' 하는 생각이 들었다.

"이 새끼 이거, 이제 보니 완전히 맛이 간 새끼구만. 너이 새끼 나 모르지? 그래, 모를 거야. 알면 내 앞에서 그런 헛소리는 못하지. 암. 아그야, 오늘은 이 형님이 기분이 무진장 좋다. 그래서 내 특별히 이번 한 번만 용서해 줄 테니, 그냥 가진 거 다 내 놓고 얌전히 집에 가라."

전국구 조폭들도 웬만하면 상대하지 않으려고 하는 것이 바로 흑곰이다.

그만큼 흑곰의 싸움 솜씨는 대단했다.

자신의 주먹에 대한 자부심이 남달랐던 흑곰은 하룻강아지 같은 혁수를 자신이 직접 손을 보면 자신의 품격(흑곰한테 그런 게 있는지도 모르겠지만)에 손상이 간다고 생각했다.

그동안 그렇게 벼르던 번개 이동우를 잡은 기념으로 정말 혁수를 얌전히 보내 줄 생각이었다.

"똥 싸고 있네. 네가 누군데? 아닌 말로 네가 이름만 대면 누구나 아는 그런 조폭이라고 해도 난 겁 안나."

"허, 뭐 이런……."

흑곰은 너무 기가 차서 말이 제대로 나오지 않았다.

이제는 더 이상 용서가 안 되었다.

품격?

그게 뭐지?

먹는 건가?

하긴 언제부터 천하의 흑곰이 품격을 찾았다고…….

때리고 싶은 놈 있으면 때리고, 빼앗고 싶은 게 있으면 빼앗는 게 흑곰 아니던가.

"이 새끼! 진짜 병풍 뒤에서 향냄새 맡게 해 주마!"

극도로 흥분한 흑곰이 진짜 곰처럼 사납게 울부짖었다.

"거참 말 많다. 말로만 그렇게 주저리주저리 떠들지 말고 행동으로 좀 보여 줘 봐라."

"이 새끼가 진짜!"

후웅―

성난 흑곰의 주먹이 바람을 갈랐다.

퍽!

무방비 상태로 있던 혁수의 복부에 흑곰의 주먹이 정통으로 꽂혔다.

제법 묵직한 느낌이 주먹을 타고 전해지자 흑곰은 만족스럽다는 표정을 지었다.

'흐흐흐, 내가 이 맛에 산다니까.'

타인의 돈을 갈취하는 것보다 사람 때리는 것을 더 좋아하는 흑곰이다.

'이제 저 비리비리한 놈이 죽을상을 하며 토악질을 하겠지?'

혁수가 괴로워할 모습을 상상하니 더욱 흐뭇해지는 흑곰.

한데 웬걸, 지금쯤이면 '우엑' 하는 소리가 들려야 하는데 아무런 소리도 들리지 않았다.

'어라? 내 귀가 이상해졌나? 그러고 보니 귀를 언제 팠

더라?'

흑곰이 손가락으로 자신의 귓구멍을 후볐다.

그러자 누런 귓밥이 손가락에 덕지덕지 묻어 나왔다.

"어우, 시원하다. 이제는 잘 들리겠지?"

하지만 역시나 혁수가 토악질 하는 소리나, 고통에 신음하는 소리는 전혀 들리지가 않았다.

그제야 뭔가가 이상하다는 낌새를 눈치챈 흑곰이 급히 혁수를 쳐다보았다.

이럴 수가.

자신의 주먹을 맞고 땅바닥을 뒹굴며 고통에 신음하고 있어야 할 혁수가 '너 방금 뭐했냐?' 하는 표정으로 아무렇지 않게 서 있는 것이 아닌가.

"이, 이럴 리가 없는데…너 지금 억지로 참고 있는 거지? 그렇지? 야, 그러지 마라. 참으면 병 된다는 말도 모르냐? 아프면 아프다고 그래. 왜 그걸 억지로 참아. 그냥 아프다고 말하란 말이야."

"허참. 쇼 하고 자빠졌네. 지가 뭐라도 되는 듯 한참 떠들기에 주먹깨나 쓰나 싶었더니, 이건 뭐, 솜방망이보다 못하잖아?"

평소에도 생각이라는 걸 잘 안 하는 흑곰이다.

그렇다 보니, 혁수의 비아냥거림에 발끈해, 조금 전에 무슨 일이 벌어진 건지에 대해서 사태 파악을 할 생각은 전혀 하지 않고 또다시 주먹부터 날렸다.

"이번에야말로 진짜 네놈 주둥이를 박살 내 주마!"

"흥, 누구 마음대로."

빠악—

흡사 뼈라도 부러지는 것 같은 엄청나게 둔탁한 소리가 골목 안에 울려 퍼졌다.

이동우와 흑곰의 부하들 눈에 흑곰과 혁수가 주먹박치기 (주먹과 주먹을 맞부딪치는 것)를 한 모습이 보였다.

이동우와 흑곰의 부하들은 저 소리의 주인공은 당연히 혁수라고 생각했다.

한데.

"크아아아악!!"

흑곰이 자신의 오른손을 부여잡으며 고통에 못 이겨 무릎을 꿇는 것이 아닌가.

흑곰의 눈에는 당장에라도 눈물을 왈칵 쏟아 낼 것처럼 눈가에 물기가 촉촉하다 못해 흥건하게 고여 있었다.

그에 반해 혁수는 시종일관 아무렇지 않다는 표정이었다.

"헉! 형님!"

놀란 흑곰의 부하들이 흑곰에게 다가갔다.

"저 새끼! 저 새끼 죽여!"

고통에 몸부림치던 흑곰이 쥐어짜듯 외쳤다.

흑곰의 부하들은 자신들의 눈으로 보고 있음에도 불구하고 눈앞의 상황이 도저히 믿기지 않았다.

흑곰이 당하다니, 그것도 고등학생 정도로 보이는 비리비리한 놈한테.

만약 이 사실이 새어 나가면 흑곰의 조직은 그날로 끝장이었다.

평소에는 헤헤거리며 알랑방귀를 뀌다가도 조그마한 틈이라도 보이면 승냥이 떼처럼 달려드는 것이 이 바닥 생리이다.

게다가 흑곰이 그동안 너무 안하무인격으로 행동하고 다녀서 은연중에 흑곰의 조직을 노리는 다른 조직이 제법 많았다.

그들은 예전부터 흑곰을 마음에 들어 하지 않았다.

그럼에도 지금껏 흑곰을 건드리지 않고 있는 것은 흑곰을 상대하려면 자신들도 막대한 피해를 입기 때문이었다. 하지만 흑곰이 당했다는, 그것도 비리비리해 보이는 고삐리에게 당했다는 소문을 듣게 되면 흑곰이 약해졌다고 생각하고 무섭게 덤벼들 것이다.

그들에게 혁수의 실제 실력이 얼마나 대단한지는 논외였다.

그들에게는 흑곰이 족보도 없는 놈에게 당했다는 사실만이 중요했다.

그리고 그 조직들은 흑곰 하나로 만족하지 못할 것이다.

흑곰의 부하인 자신들도 강제 은퇴시키려고 할 것이다.

아니, 어쩌면 한강에 시멘트를 달고 용궁 구경하러 들어가게 될지도 모른다.

그러니 자신들이 살려면 지금 이 자리에서 혁수를 정말로 죽이고 오늘 일이 절대 소문나지 않게 해야 했다.

흑곰의 부하들은 이렇게 생각하고 평소 가지고 다니던 잭나이프를 꺼내 들었다.

'윽! 뭐, 뭐야 이건?'

누가 때린 것도 아닌데, 갑자기 피부를 송곳으로 찌르는 듯한 아픔이 느껴지자 혁수는 적잖이 당황스러웠다.

칼에 찔려도 아픔이 느껴지지 않았는데 이게 무슨 경우란 말인가?

혹시 우려한 대로 게임 캐릭터 능력이 생겼을 때와 마찬가지로 갑자기 사라진 건가?

'그럼 큰일인데.'

흑곰과 이동우야 이제 문제가 안 되지만 아직 흑곰의 부하 두 명이 남아 있었다.

혁수는 너무나도 불안해졌다.

하지만 그런 불안감은 그리 오래가지는 않았다.

만약 게임 캐릭터 능력이 사라졌다고 해도 이렇게 갑자기 아픔이 느껴질 리 없었다.

그건 말이 안 되었다.

혁수는 남몰래 주머니에 손을 집어넣었다.

그리고 주머니 속에 있던 오백 원짜리 동전을 구부려 보았다.

그러자 순식간에 동전이 반으로 우그러지는 느낌이 손을 타고 전해졌다.

'역시 힘은 그대로야. 그럼, 이건 뭐지?'

원인을 알 수 없는 괴현상에 고민하던 혁수는 우연찮게 점점 자신을 향해서 다가오는 흑곰의 부하들을 보게 되었다.

'아!'

그제야 혁수는 지금 자신이 느끼는 아픔이 무엇인지 깨닫게 되었다.

'이런 게 바로 살기라는 거구나.'

정확한 것은 아니지만 흑곰의 부하들에게서 눈에 보이지 않는 기파 같은 것이 뿜어져 나오는 것이 느껴지는 것 같았다.

그리고 다시 생각해 보니, 실제로 고통이 느껴지는 것이 아니라, 단지 뭔가가 피부를 찌른 다는 '느낌'만 날 뿐이라는 것도 확인했다.

혁수는 자신이 알고 있는 지식과 지금의 상황들을 대입하여, 지금 자신이 느끼고 있는 것이 말로만 듣던 살기라고 결론을 내렸다.

'살기를 내뿜을 정도라니, 저 자식들도 어지간히 똥줄이 탔나 보군.'

이상 현상에 대한 원인을 알고 나니 마음이 한결 편안해졌다.

"이 새끼! 죽어라!"

흑곰의 부하들은 흑곰의 복수가 아닌 자신들이 살기 위해서 잭나이프를 휘둘렀다.

"흥."

혁수는 코웃음을 치며 그들의 공격을 순순히 맞아 주었다.

이것은 일종의 시험이었다.

이동우에게 한차례 칼침을 맞기는 했지만 그때는 칼에 찔렸다기보다 약간 스친 정도였다.

그래서 이번에는 정통으로 칼에 찔림으로 해서 '과연 내가 어느 정도의 데미지를 입을까?' 하고 확인 작업을 하고 있는 것이다.

부욱— 부욱—

'부욱 부욱?'

흑곰의 부하들은 뭔가 이상하다고 생각했다.

사람의 몸에 칼침을 놓은 것은 이번이 처음이 아니다.

그렇기에 사람의 몸에 칼이 박히면 어떤 느낌이 전해지는 잘 알고 있었다.

한데, 이번에는 여느 때와는 사뭇 달랐다.

칼이 살을 파고 들어갔다는 느낌이 아니라, 뭔가에 막혀서 더 이상 나가지 못한다는 느낌이랄까?

게다가 소리도 이상했다.

사람의 몸에 칼이 박히면 푸욱—하는 소리나 스걱 하는 소리가 나는데, 이번에는 그런 소리가 아닌 옷이 찌어지는 듯한 소리만 난 것이 영 찜찜했다.

"겨우 이 정도군."

역시나 고통도 없고 상처도 생기지 않았다.

혁수의 담담한 말에 흑곰의 부하들이 소스라치게 놀랐다.

잭나이프를 통해서 느껴지는 감각이 평소와 다르기는 했지만 그래도 어찌 되었던 혁수는 칼에 그것도 정통으로 찔렸다.

이것은 분명한 사실이었다.

그렇다면 당장에 피를 콸콸콸 흘리며 죽지는 않는다고 해도 최소한 고통은 느껴야 하는데 지금 혁수의 표정이나 말투를 보니 전혀 그런 것을 느끼지 못하는 듯했다.

"이 새끼, 혹시 배에 뭐 두른 거 아냐?"

흑곰의 부하들은 혁수가 미리 보호 장비를 착용하고 있다고 생각했다.

그렇게 생각하면 앞뒤가 맞아떨어졌다.

그렇지 않으면 이 모든 것이 설명이 되지 않았다.

"이 새끼, 우린 그것도 모르고!"

하마터면 혁수의 얄팍한 속임수에 속아 넘어갈 뻔했다고 생각한 흑곰의 부하들이 분노하며 더욱 빠르게 잭나이프를 휘둘렀다.

이번에는 방어 장비를 착용하고 있지 않은 얼굴을 노렸다.

"그럼, 나도 이제 진짜로 해볼까?"

칼도 자신을 어쩌지 못한다는 사실을 재확인한 혁수는 더 이상 흑곰들과 놀아 줄 마음이 없었다.

이제는 상황을 정리할 때였다.

혁수는 인정사정 봐주지 않고 흑곰들을 때려눕히려고 했다.

한데, 그게 생각처럼 쉽게 되지 않았다.

치익— 치익—

흑곰의 부하들이 휘두른 잭나이프가 혁수의 얼굴을 스

쳤다.

아니, 사실은 잭나이프에 정통으로 맞았는데, 그 잭나이프가 혁수의 살을 파고들지 못하고 튕겨져 나가 버렸다.

그만큼 혁수의 방어력은 대단했다.

하지만 이런 사실을 알 리 없는 흑곰의 부하들은 혁수가 근소한 차이로 자신들의 공격을 피했다고 생각했다.

사실 흑곰 부하들의 생각은 반쯤 맞았다고 할 수도 있었다.

무슨 말인고 하니, 원래 혁수는 잭나이프를 피함과 동시에 흑곰의 부하들에게 강력한 핵 펀치를 먹이려고 했다.

한데, 그게 생각처럼 되지 않은 것이다.

'뭐야? 동네 양아치들과는 확실히 다르다는 건가?'

막상 흑곰 부하들의 공격을 피하려고 하니 그들의 움직임이 생각 이상으로 빠르다는 것을 깨달았다.

'아차차, 그러고 보니, 명중률과 회피율은 전혀 손을 안 됐지?'

뒤늦게 이 사실을 깨달은 혁수는 방법을 달리하기로 했다.

적의 공격을 사사삭― 피하며 공격하는 것이 가장 폼 나고 멋있었지만, 그럴 수 없다면 자신에게 유리한 방법으로 적을 제압하는 수밖에 없었다.

'그래, 때려라. 때려. 어디, 너희들 마음껏 때려 봐라.'

체력과 방어에 절대적 자신이 있는 혁수는 몸을 완전한 무방비 상태로 만들었다.

흑곰 부하들의 공격을 전혀 피하려고 하지 않았다.

"뭐, 뭐야?"

"저거, 진짜 미친 거 아냐?"

싸움이 벌어지면 그 싸움이 자신에게 불리하던 유리하던 기본적인 방어 자세는 취하기 마련이다.

만약 그렇지 않은 경우라며.

"저 새끼가 우리를 완전히 물로 보네."

"우리가 그렇게 만만하게 보이냐?!"

혁수가 자신들을 엄청 얕보고 있다고 생각한 흑곰의 부하들은 극도의 흥분 상태에 빠졌다.

그렇지 않아도 물불 가릴 처지가 아니었는데, 이제는 정말 눈에 뵈는 것이 없었다.

흑곰의 부하들이 혁수의 얼굴만을 집중적으로 노리며 잭나이프를 휘둘렀다.

'이야, 빠르긴 진짜 빠르네.'

흑곰의 부하들도 소매치기라서 그런지 손놀림 하나만큼은 엄청나게 빨랐다.

혁수는 다른 사람은 감히 흉내조차 낼 수 없는 얼굴 방패로 잭나이프 공격을 모두 막아 냈다.

"이거 뭐야? 왜 자꾸 비껴가?"

"그러게? 분명 정확하게 노렸는데, 왜 자꾸 비껴가지?"

흑곰의 부하들은 여전히 혁수가 얼굴로 칼을 막는 것이 아니라, 교묘하게 움직여서 자신들의 칼침을 피해 내고 있다고 생각했다.

하긴 인간의 얼굴로 칼을 막아 낼 수 있을 거라고 누가 상상이나 했겠는가.

혁수는 그렇게 얼굴로 칼침을 막아 내며 흑곰 부하들과의 거리를 서서히 좁혀 갔다.

"하앗!"

웬만큼 거리를 좁힌 혁수가 짧은 기합을 내지르며 흑곰의 부하 한 명에게 달려들었다.

"어!"

흑곰의 부하는 호시탐탐 기회를 엿보고 있던 혁수의 공격을 피해 내지 못했다.

혁수는 우선 움직임을 봉쇄해야겠다는 생각에 흑곰 부하의 발을 가볍게 걷어찼다.

빠각―

각목이 부러지는 듯한 소리와 함께 흑곰의 부하가 풀썩하고 주저앉았다.

"아아악!!"

흑곰의 부하가 부러진 다리를 부여잡고 고통 어린 절규를 토해 냈다.

"히익―"

자신은 도저히 혁수의 상대가 되지 못함을 자각한 또 다른 부하가 황급히 도망을 치려고 했다.

"어딜!"

휘리릭―

푹!

혁수가 또 다른 흑곰의 부하가 떨어뜨린 잭나이프를 집어 던졌다.

잭나이프는 도망치던 부하의 발에 정확하게 꽂혔다.

"끄아아악!!"

언제나 찾아오는 사람 없고 조용하던 골목이 오늘따라 유난히 번잡스럽고 시끄러워졌다.

억지로 아픔을 참으며 지금까지의 상황을 지켜보고 있던 흑곰이 말했다.

"너 너 너, 도대체 정체가 뭐야? 혹시 다른 조직에서 날 없애라고 보낸 놈이냐?"

"뭐? 웬 자다가 봉창 두드리는 소리야? 그나저나 엄청 시끄럽네."

흑곰을 가볍게 무시한 혁수가 고통에 신음하는 흑곰의 부하들에게 터벅터벅 걸어갔다.

그리고,

퍼억—

퍼억—

흑곰 부하 두 명의 입에 사이좋게 주먹을 한 방씩 날려 주었다.

흑곰 부하 두 명은 옥수수를 우수수 뱉어 냈다.

흑곰 부하 두 명의 입이 팅팅 붓다 못해 터질 듯 부풀어 올랐다.

"이제야 조용해졌네."

혁수의 거침없는 행동에 경악을 금치 못하는 흑곰.

"네, 네가 인간이냐?! 아픈 사람에게 어떻게 그런 짓을……."

"놀고 있네. 그게 지금 네 입에서 나올 소리냐?"

자신보다 더하면 더했지, 덜하지 않을 것 같은 흑곰의 입에서 저런 소리가 나오자 어이가 없다는 표정을 짓는 혁수.

"어라? 그러고 보니 이놈은 또 어디 갔어?"

왠지 한 명이 빈다고 생각했는데, 알고 보니 이동우가 보이지 않았다.

아마 흑곰의 부하들과 싸우는 틈을 노려 도망친 듯 보였다.

"젠장!"

혁수는 후다닥 골목 밖으로 달려 나갔다.

혹시라도 이동우가 보이지 않을까 하고 이리저리 살펴보았지만 이미 멀리 도망갔는지 그림자조차 보이지 않았다.

"아 씨! 내 피 같은 73만 원! 그놈을 먼저 도망치지 못하게 했어야 했는데."

후회해 봤자 이미 늦었다.

그나마 다행한 점이라면 집에서 급하게 나오느라, 지갑에는 교통카드와 비상금 3천 원밖에 없었다는 것이다.

"교통카드에 아직 8천 원이나 남아 있는데! 이놈의 자식 잡히기만 해 봐라. 그땐 정말……."

'뿌드득 뿌드득' 이를 가는 혁수.

분노에 이글거리는 혁수의 눈에 때마침 흑곰들이 들어왔다.

"이게 다 너 때문이야!"

혁수가 수위를 조절하여 흑곰의 면상에 주먹질을 가했다.

빠악— 빠악— 빠악—

"커억! 잘, 잘못했다. 제발 용서해 줘라."

"뭐? 잘못했다? 용서해 줘라? 어쭈, 이게 아직도 분위기 파악 못하지?"

"죄, 죄송합니다. 제가 잘못했습니다. 제발, 이번 한 번만 용서해 주십시오."

살을 뚫고 뼈를 부시는 듯한 지독한 고통에 평소의 깡이 모두 사라진 흑곰은 자존심이고 뭐고 다 팽개친 채, 혁수를 향해서 애원의 눈빛을 보내며 애걸복걸했다.

평소 죽는 한이 있어도 무릎만은 꿇지 말라고 부하들에게 신신당부하던 흑곰은 그런 자신의 말은 모두 잊어버리고 무릎 뼈가 부서져라 무릎을 꿇고 간절하게 애원했다.

흑곰은 속으로 자기가 이렇게까지 했으면, '이제 그만하겠지.'라고 생각했다.

한데 그런 흑곰의 생각은 여지없이 깨지고 말았다.

"우왝—"

덩치는 산만한 놈이, 그것도 꿈에 나올까 무서운 얼굴을 하고서 눈물콧물을 쥐어짜는 모습은 도저히 눈뜨고는 봐줄 수가 없었다.

정말 토할 것 같은 역겨움에 절로 눈살이 찌푸려진 혁수는 꿈에 나올까 무서운 흑곰의 모습을 절대 그냥 두고 볼 수가 없었다.

"이 새끼, 진짜 비밀 무기는 따로 있었구나. 너 내가 방심하는 틈을 타서 그 괴물 같은 얼굴로 날 공격하려고 했지? 내가 네놈의 그 간악한 술수에 넘어갈 줄 알았냐? 어디한 번 죽어 봐라!"

파악—

혁수의 전력이 담긴 핵 펀치가 작열했다.

흑곰은 대낮에도 별을 볼 수 있다는 새로운 사실을 알고서 그대로 정신을 잃고 말았다.

혁수의 주먹에 코뼈가 주저 않고 얼굴이 함몰된 흑곰의 인상은 좀 전보다 더 보기 흉했다.

"어휴, 사람이 어떻게 저렇게 생길 수가 있나?"

자기가 그렇게 만들어 놓고 기겁을 하는 혁수.

혁수의 손은 혁수가 말을 하고 있는 와중에도 여전히 바쁘게 움직이고 있었다.

다만 이번에는 얼굴이 아닌 몸이었다.

퍼억— 퍼억— 퍼억—

혁수의 주먹이 흑곰의 몸을 때리는 모습은 흡사 떡메로 떡을 치는 것과 비슷했다.

혁수의 주먹이 꽂힐 때마다 떡처럼 출렁이는 흑곰의 몸.

그리고 그런 지독한 고통을 억지로 참으며 떡처럼 출렁이는 흑곰의 몸을 숨죽이며 지켜보고 있던 흑곰의 부하들.

흑곰의 부하들은 흑곰의 몸에 혁수의 주먹이 꽂힐 때마다흡사 자신들이 혁수의 주먹에 맞은 것마냥, 진저리를 쳤다.

"아, 이제야 스트레스가 좀 풀리네."

혁수의 말에 흑곰 부하들의 인상이 한층 밝아졌다.

'사, 살았다. 우린 이제 산 거야.'

흑곰의 부하들은 혁수가 더 이상 자신들은 때리지 않을 거라고 생각했다.

'형님. 형님의 희생으로 저희가 살았습니다. 형님, 감사합니다. 형님, 묏자리 걱정은 하지 마십시오. 저희가 정말 자리 좋은 곳으로 모시겠습니다. 형님, 부디 편안히 가십시오.'

아직 죽지 않은 흑곰을 완전히 보내 버리는 부하들.

"그나저나 이거 생각을 달리해야겠는데?"

의미를 알 수 없는 혁수의 중얼거림.

혁수의 말 한마디 한마디, 행동 하나하나에 모든 신경을 집중하고 있던 흑곰의 부하들은 의미를 알 수 없는 혁수의 말에 초긴장 상태가 되었다.

'저 새끼 저거, 설마 우리까지 죽이려는 거 아냐?'

'헉! 진짜?'

'얌마, 이때까지 뭐 봤냐? 흑곰 형님도 저지경이 될 때까지 두들겨 팬 놈인데, 칼까지 휘두른 우리를 그냥 내버려 두겠냐?'

'참, 우리가 그랬었지? 저놈이 저렇게 악마 같은 놈인 줄 알았다면 죽어도 안 덤비는 건데 내가 어쩌다… 에휴, 내가 미친놈이지. 그나저나 우리는 이제 어떻게 해야 하나?'

'어떡하긴 도망가기는 글렀고, 흑곰 형님처럼 안 되려면 눈물 콧물 다 쥐어짜서 살려달라고 애원해야지. 지금 그 수

말고 다른 수가 또 있나?'

'그, 그래야겠지?'

이심전심이라고 할까?

흑곰의 부하들은 입이 엉망이 되어 말을 할 수 없는 상태였지만 서로의 눈빛만 보고도 상대방이 무슨 말을 하는지 알 수 있었다.

흑곰의 부하들은 흑곰이 먼저 그 방법을 썼다가 오히려 역효과만 봤다는 것을 미처 알지 못했다.

"으어어, 으어어."

"으허헝, 으허헝."

입이 엉망이 되어 말을 제대로 할 수 없던 흑곰의 부하들은 살려달라는 말을 목 놓아 우는 것으로 대신했다. 그리고 흑곰이 그랬던 것처럼 눈물 콧물을 쥐어짜며 최대한 불쌍한 표정을 지어 보였다.

"이것들은 또 왜이래?"

혁수는 이쯤에서 끝내려고 했다.

한데, 흑곰 뺨치는 흑곰 부하들의 모습을 보고 있자니, 도저히 그럴 수가 없었다.

인류의 평화를 위해서라도 이놈들을 이대로 내버려 둬서는 안 되었다.

"근데, 이것들이 말로만 듣던 구타유발자들인가? 왜 이놈들 면상을 보는 것만으로 주먹에 힘이 들어가지?"

두 주먹을 불끈 쥔 혁수.

저 꼴 보기 싫은 면상에 주먹을 날리고 싶다는 강한 충동에 휩싸인 혁수는 그 충동에 몸을 맡겼다.

"쿠엑!"

"케엑!"

이날 경찰들은 도심 한복판에서 누가 돼지를 그것도 한두 마리가 아닌 수십 마리를 잡는다는 말도 안 되는 전화를 받고 긴급 출동을 하는 해프닝을 벌였다.

처음 이 전화를 받았을 때만 해도 경찰은 누군가의 장난 전화라고 생각했다.

한데, 곧이어 수백 통의 동일한 내용의 전화가 오는 것을 보고서 이것이 단순한 장난 전화가 아님을 알게 되었다.

그렇게 경찰은 번화가로 긴급 출동하게 되었다.

하지만 돼지 멱따는 소리를 들은 사람은 수백 명이 넘어도 정작 그 돼지를 실제로 잡는 것을 본 사람은 단 한 명도 없어서 아무런 조치도 취하지 못하고 빈손으로 돌아가야만 했다.

그리고 이날의 해프닝은 9시 뉴스에까지 나오게 되었다.

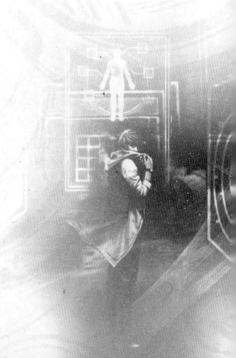

Chapter 5.
무에타이

태국의 수도 방콕.

마하낙 시장의 안쪽에 위치한 허름한 건물.

건물 안은 새까맣게 몰려든 사람들로 인해 발 디딜 틈이 없었다.

그렇지 않아도 더운 날씨에 사람들마저 인산인해를 이루자 건물 안은 흡사 스팀이 쏟아져 나오는 사우나라도 되는 듯 푹푹 쪘다.

가만히 있어도 땀이 주르륵 흘러내렸지만 흥분한 사람들은 좀처럼 가만히 있지를 못했다.

"와아아아!!"

흡사 사이비 종교에 광적으로 빠져 있는 광신도들처럼 미친 듯이 열광하는 사람들.

살인적인 폭염도 그들을 진정시키지 못했다.

그리고 이어지는 연호.

"코브라!"

"코브라!"

"코브라!"

사람들의 열렬한 환호에 맞추어 누군가가 모습을 드러냈다.

그러자 사람들의 환호성이 더욱 커졌다.

"와아아~~~!!"

"안녕하십니까? 신사숙녀 여러분, 이 무더운 날씨에 불구하고 저희……."

이렇게 시작되는 인사말.

사람들의 환호를 받으며 나타난 사람은 장내 아나운서였다.

그리고 이렇게 사람들이 열광하며 모여 있는 이곳은 무에타이 시합장이다.

장내 아나운서의 말이 점점 길어지자, 살인적인 더위도 어쩌지 못했던 사람들의 환호가 점점 잦아들더니, 어느새 성난 파도와 같은 야유로 바뀌었다.

"우우우우우~!!"

당장 폭동이라도 일으킬 것 같은 관중들의 모습에 장내 아나운서는 식은땀을 훔치며 아직 끝나지 않은 인사말을 급하게 마무리 지었다.

"그럼, 여러분이 그토록 고대하던 선수들을 소개하겠습니다."

"와아아아아아!!!"

언제 그랬냐는 듯 또다시 환호성을 지르는 관중들.

"더 이상의 설명이 필요 없는, 세계 최강의 진짜 파이터! 진정한 무에타이 세계 챔피언! 부딪히는 것은 그 어떤 것이라도 파괴해 버리는, 절대 파괴자이자, 우리들의 영원한 챔피언! 코~브~라아아~~!!"

장내 아나운서의 선수 소개가 끝이 나자 관중들은 더욱 미친 듯이 열광했다.

"와아아아아아!!!"

까무잡잡한 피부에 흡사 청동으로 만든 듯한 아름답고도 단단해 보이는 몸체를 가진, 관중들이 그렇게 연호하던 코브라가 드디어 모습을 드러냈다.

코브라의 등장에 더욱 흥분한 관중들은 목이 터져라 코브라의 이름을 외쳐 댔다.

"우리의 진짜 챔피언, 코브라!"

"진정한 세계 챔피언, 코브라!"

"절대 파괴자! 코브라!"

후다다다닥.

코브라는 관중들의 연호에 화답이라도 하는 듯 경기장 안으로 비호처럼 달려갔다.

로프를 밟은 코브라는 그 반동을 이용해 공중으로 날아올랐다.

그리고 그것을 보고 있는 사람들이 황홀하리만큼 아름답다고 여길 정도의 멋들어진 공중 2회전 묘기를 선보인 뒤

깔끔하게 링 위로 착지했다.

짝짝짝짝짝!!

"와아아아~!!"

"역시 코브라다!"

"코브라, 네가 최고다!!"

관중들이 손바닥이 터져라 박수를 치며 코브라의 이름을 다시금 연호했다.

"역시 우리의 코브라는 등장부터가 남다르군요. 자— 그럼 이런 코브라에 맞서 싸우게 될 상대는……."

둥둥둥둥둥—

장내 아나운서가 선수 소개를 하다 잠시 뜸을 드리자, 어디선가 긴장을 고조시키려는 듯한 북소리가 울려 퍼졌다.

선수 대기실.

"밖이 무척 시끄럽군."

"당연하지. 다른 사람도 아닌 코브란데."

"쩝, 저 중에 나 보러 온 사람도 있으려나?"

"이, 있겠지… 그래, 있을 거야."

대답은 그렇게 했지만 아마도 없을 것이다.

그만큼 코브라는 대단한 존재였다.

"임. 아직 늦지 않았어. 지금이라도 그만둘 수 있어."

"그만둔다니? 시합은 어쩌고?"

"어차피, 임은 우리나라 사람도 아니잖아. 한국으로 돌아가면 그만이야. 아무리 지독한 사람들이라고 해도 한국까지 임을 쫓아가지는 않을 거야. 임, 그만 한국으로 돌아가."

이미 눈치챘겠지만 태국인 똥방뚜이에게 '임'이라고 불리는 한국인은 바로 임혁수이다.

"난 아직도 임이 이해가 안 돼. 한국, 배고프지 않는 나라. 모두가 잘 먹고 잘사는 나라. 부자나라. 그런 한국에서 편안히 잘살 수 있는데 왜 굳이 우리나라에 와서 이렇게 힘든 일을 하려고 하는지 정말 이해가 안 돼. 내가 만약 한국에서 태어났다면 이런 고생은 절대 하지 않아."

"나도 예전의 나였다면 이런 고생을 사서 하지는 않아."

혁수의 말이 무슨 말인지 모르겠다는 듯 눈을 동그랗게 뜨는 똥방뚜이.

"그게 무슨 말이야?"

"아 뭐, 그런 게 있어."

"어쨌든 임. 지금이라도 그만두는 게 좋아. 코브라는 진짜 무서운 사람이야. 코브라와 싸워서 무사한 사람은 이제 껏 단 한 사람도 없었어. 심지어 죽은 사람도 몇 명이나 돼. 임이 정말 왜 이러는지는 모르겠지만, 이건 친구로서 하는 간곡한 부탁이야. 이 시합, 그만 포기하고 한국으로 돌아가."

혁수가 똥방뚜이의 어깨에 손을 얹으며 진정을 다해서 말했다.

"고맙다. 똥방뚜이. 지금껏 날 그렇게 걱정해 준 사람은 부모님 말고 네가 처음이다. 똥방뚜이, 넌 진짜 내 친구다."

그 순간 장내 아나운서의 목소리가 들려왔다.

"그 어떤 공격에도 꿈쩍하지 않는 강철 방어를 자랑하는~

아~이~어언~!!"

"이제 내가 나갈 차례군."

장내 아나운서의 선수 소개가 끝이 나자 태국에서는 '아이언'이라는 링네임으로 불리는 혁수는 코브라가 기다리고 있는 링을 향해서 천천히 걸어 나갔다.

"우우우우우~!!"

혁수가 모습을 드러내자, 관중들은 코브라에게 보냈던 환호가 아닌 야유를 쏟아부으며 적대적인 감정을 노골적으로 드러냈다.

하지만 모두가 그런 것은 아니었다.

혁수의 뒷모습을 지켜보고 있던 똥방뚜이만큼은 '임'이 제발 무사히 시합을 끝내게 해달라고 신께 간절히 기도하고 있었다.

그런데 이상하다.

불과 얼마 전까지 한국에 있던 혁수가 어떻게 태국까지 오게 된 것일까?

그리고 지금의 이 시합은 또 무엇이란 말인가?

게다가 방금 전 혁수는 똥방뚜아와 태국어로 대화를 나누었다. 그것도 원어민 수준의 유창한 태국어로.

불과 얼마 전까지 할 줄 아는 외국어라고는 영어, 그것도 외국인 앞에서는 아는 것도 다 까먹고 버벅거리는 수준의 혁수가 태국어라니…….

이게 다 어떻게 된 일이란 말인가?

모든 일의 시작은 한 달 전에 있었던 소매치기 사건으로

부터 시작되었다.

칼에 찔려도 작은 상처 하나 나지 않는 최강의 방어력.

어지간한 사람은 한 방에 기절시킬 수 있는 무시무시한 공격력.

이 두 가지만 가지고 있으면 천하 무적일 거라고 생각했다.

그리고 그런 혁수의 생각을 뒷받침이라도 하듯, 홀로 각목을 든 양아치 18명을 쓰러뜨리는 것을 시작으로, 전국구 조폭 수준의 흑곰도 쓰러뜨렸다.

거기에, 잭나이프를 휘두르던 흑곰의 부하 두 명도 쓰러뜨렸다.

이쯤 되면 더 이상 바랄 것이 없을 것 같았지만 그렇지만도 않았다.

혁수는 흑곰의 부하 2명을 상대하면서 자신이 얼마나 부족한 존재인지 절실하게 깨닫고, 낙담했다.

손쉽게 그들의 공격을 피할 수 있을 거라고 생각했지만, 몸이 그런 혁수의 생각을 따라가 주지 못했다.

이 모든 것이 민첩 스텟을 충분히 올리지 않아서 발생한 일이었다.

현실에서는 더 이상 레벨을 올릴 수 없었다. 이 말은 민첩 스텟을 올리고 싶어도 더 이상 올릴 수 없다는 뜻이다.

다시 말해, 흑곰의 부하들처럼 회피 능력이나 공격 속도가 빠른 자들을 상대할 때는 상대가 지치거나, 한 번에 제압할 거리까지 가까워질 때까지 마냥 맞아 줄 수밖에 없다는 뜻이었다.

상대보다 월등히 뛰어난 능력을 가지고 있음에도 불구하고 상대에게 맞아야 한다는 것은 무척이나 굴욕적인 일이었다.

하지만 민첩 스텟을 올리지 못하니 이것을 해결하고 싶어도 해결할 방법이 없었다.

라고 혁수는 생각했다.

한데 생각지도 못한, 어떤 면에서는 기적과도 같다고 할 수 있는 일이 혁수에게 일어났다.

마냥 피하지도 따라잡지도 못할 거라고 생각했던, 흑곰 부하들의 움직임을 서서히 따라잡기 시작한 것이다.

이것은 결코 그들이 제풀에 지쳐서 그런 것이 아니었다.

그렇다고 혁수가 마법을 부린 것도 아니었다.

단지, 흑곰 부하들의 움직임에 혁수가 익숙해졌기 때문이었다.

어떤 일을 계속해서 반복하다 보면, 저절로 그 일에 익숙해지기 마련이다.

혁수 역시 마찬가지였다.

흑곰 부하들의 공격을 집중적으로 받다 보니, 자신도 모르게 그들의 움직임에 익숙해진 것은 물론 그들의 움직임도 금방 따라잡을 수 있게 되었다.

원래라면 그렇게 금방 익숙해질 수가 없는데 게임 캐릭터 능력 덕분인지, 혁수가 인식하기도 전에 그렇게 된 것이다.

뒤늦게 이 사실을 깨달은 혁수는 민첩 스텟을 올리지 않고도, 수련을 통해서 명중률과 회피율을 올릴 수 있을지도 모른다고 생각했다.

아울러, 제대로 된 싸움 기술을 배울 필요가 있다는 것도 깨달았다.

언제까지 얼렁뚱땅 배운 어설픈 스트레이트 펀치만 쓸 수는 없었다.

"그래, 이번 기회에 제대로 배워 보는 거야."

결심을 굳힌 혁수는 곧바로 행동에 나섰다.

일전의 그 권투도장이 껄끄러웠던 혁수는 집에서 조금 먼 곳에 위치한 종합 격투기 도장을 찾아갔다.

격투기 도장을 찾아갈 때만 해도 정식으로 등록해서 격투기를 배우려고 했다.

한데, 막상 도장에 도착하니 마음이 바뀌었다.

"저기 격투기 좀 배우려고……."

혁수가 조심스럽게 도장의 문을 열고 들어섰다.

보통은 누군가가 나서서 무슨 일로 왔냐고 묻기 마련인데, 이곳은 어찌 된 일인지 혁수에게 관심을 두는 사람이 없었다.

아니, 사람의 그림자도 찾아볼 수가 없었다.

"아무도 없……."

"야야야, 그렇게 맞지 말고 피하란 말이야!"

혁수가 고개를 쑤욱 내밀어 목소리가 들려오는 쪽으로 얼굴을 돌렸다.

"야 인마, 거기서 그러면 안 되지. 거리를 두란 말이야,

거리를. 상대가 치고 들어온다고 너도 거기에 맞추어 칠 생각하지 말고, 끝까지 거리를 유지하란 말이야. 거리를 두고 상대의 공격을 피하다가 틈이 보인다 싶으면 그때 달려들어서 몰아붙이란 말이야."

코치 혹은 관장으로 보이는 중년인이 침을 튀겨 가며 열변을 토하고 있었다.

도장의 구석에 마련되어 있는 링 주변에는 제법 많은 사람들이 몰려 있었다.

다들 링 위에서 벌어지는 시합에 정신이 팔려, 혁수가 도장에 들어온 것도 모르고 있었다.

혁수가 조심스럽게 그 코치로 생각되는 사람에게 다가갔다.

"저기······."

"아, 뭐야? 바쁜 거 안 보여? 나중에 해, 나중에."

그 코치는 링에만 시선을 고정하고, 혁수는 쳐다보지도 않았다.

그저 귀찮다는 듯 저리 가라고 손짓만 했다.

혁수는 이대로는 안 되겠다 싶어서 다시 한 번 말을 붙여 보려고 했다.

그때.

"와아아—"

"그래. 바로 그거야. 그렇게 하란 말이야."

사람들의 환호성을 듣고 혁수의 시선이 링으로 향했다.

링 위에는 시합이 한참 벌어지고 있었다.

한참 몰아붙이는 쪽은 한국 사람이었고, 구석에 몰려 있는 사람은 동남아 사람으로 보였다.

한국 선수는 인정사정 봐주지 않고 폭풍우처럼 밀어붙이고 있었다.

땀으로 번들거리는, 역동적인 움직임을 보여 주는 근육들.

남자인 혁수가 봐도 참으로 멋이었다.

"와아—"

혁수는 자기도 모르게 감탄사를 토해 냈다.

격투기에 대해서 아는 것이 거의 없었지만 링 위의 모습을 보고 있자니, 뜨거운 무언가가 울컥하고 치솟아 오르는 것 같았다.

자신도 저렇게 싸우고 싶다는 생각이 절로 들었다.

'어라? 근데 뭔가가 이상한데?'

처음에는 마냥 대단하다고 생각했다.

한데 조금씩 시간이 지나면서 선수들이 싸우는 모습이 어딘지 모르게 부자연스럽게 여겨졌다.

혁수는 코치와 달리 상대적으로 한가해 보이는 사람을 붙잡고 물어 보았다.

"저거, 진짜 시합 아니죠?"

"야, 보면 몰라. 진짜 시합을 어떻게 이런데서 하냐? 저건 다음 시합을 대비한 스파링 시합이잖아. 어라, 근데 너 누구냐? 처음 보는 얼굴인데?"

혁수는 그 사람을 가볍게 무시하며 다시금 링 위로 시선을 돌렸다.

역시나 스파링 시합이라서 그런지, 결정적인 순간에 시합의 흐름이 끊기는 느낌이 들었다.

특히나 동남아 선수가 공격을 할 때 그런 현상이 더욱 두드러졌다.

알고 보니, 한국 선수의 다음 대전 상대가 일본 출신의 무에타이 선수라고 한다.

절대 일본 선수에게는 질 수 없다는 생각에 관장이 거금을 들어서 태국에서 잘나간다는 무에타이 선수를 스파링 상대로 초빙한 것이다.

한국 선수는 혹시라도 다음 시합 전에 다칠까 싶어서 결정적인 순간에 머뭇거렸고, 태국 선수는 돈을 받고 스파링을 뛰러 왔기에 한국 선수에게 마음껏 공격을 하지 못하고 있었다.

두 사람 다 월등히 뛰어난 실력을 가지고 있었지만 이상하게 무에타이 선수에게 자꾸만 눈이 갔다.

한국 선수의 소나기 같은 집중 공격에 별다른 방어 자세를 취하지도 않고 무작정 견디어 내는 무에타이 선수의 모습이 유독 자신이 싸우는 스타일과 비슷하다는 느낌을 받았다.

'그래, 바로 저거야. 나한테는 무에타이가 딱이야.'

강철 같은 몸으로 상대의 공격을 견디어 내고, 세상 그어떤 것이든 부숴 버릴 듯한 기세로 공격을 가하는 무에타이야말로 혁수에게 딱 맞는 격투기였다.

혁수는 태국 선수에게서 시종일관 눈을 떼지 못했다.

처음에는 종목에 상관없이 아무 격투기 기술이나 배우려고 했다.

한데 무에타이를 보면서 생각이 바뀌었다.

그리고 이왕 배우는 거 제대로 배우고 싶어졌다.

이 도장에도 실력 좋기로 소문난 이종 격투기 선수들이 많았지만, 여기보다 무에타이를 잘 가르쳐 줄 곳을 찾고 싶었다.

그리하여 스파링 시합이 거의 끝나갈 때쯤, 그냥 도장을 나와 버렸다.

그리고 후다닥— 집으로 돌아와 인터넷으로 국내에서 무에타이를 가장 잘 가르치는 곳을 검색했다.

정통 무에타이니 뭐니 하면서 몇 곳이 나왔다.

그중에서 집에서 그나마 가까운 곳을 골랐다.

무언가를 배운다는 것이 이렇게 흥분되고 고무되는 일이라는 것을 예전에는 미처 알지 못했다.

한참 공부에 열중했을 때는 혁수 스스로가 하겠다는 의지를 가지고 했다기보다는 공부를 하는 것이 학생의 본분이니까, 부모님과 선생님이 원하시니까, 의무감 비슷한 생각으로 공부에 열중했다.

그래서 그런가?

공부 자체에는 큰 재미를 느끼지 못했다.

그보다는 시험을 통해서 학교 친구들보다 등수가 우위에 있다는 사실에 희열을 느낄 뿐이었다.

한데 이번은 달랐다.

게임 캐릭터 능력이 생겨서 그런가.

자신이 가지고 있는 힘을 좀 더 제대로 쓰기 위해 무언가를 배운다고 생각하니 왜 이렇게 가슴이 뛰는지.

그렇다고 여전히 이종 격투기 시합에 나갈 생각은 없었다.

그저 무에타이를 배우고 싶을 뿐이었다.

"아, 이상하게 잠이 안 오네."

내일이면 무에타이를 배운다는 생각에, 마치 처음으로 소풍을 가는 어린아이처럼 흥분되어 잠이 오지 않았다.

그리고 낮에 보았던 그 스파링 시합이 자꾸만 떠올랐다.

처음에는 별의미를 두지 않았다.

그저 그때의 인상이 깊게 새겨져 자꾸 떠오른다고 생각했다.

한데 시간이 지날수록 그 정도가 심해졌다.

마치 눈앞에서 생생하게 지켜보고 있다는 느낌이라고 할까?

"어라? 뭐지?"

이걸 뭐라고 표현해야 할까?

낮에 있었던 스파링 모습이 너무나도 생생하게 그려지는 것은 물론, 저 정도면 나도 충분히 할 수 있을 것 같은데? 라는 느낌이 강렬하게 들었다.

"한번 해 볼까?"

어차피 잠도 오지 않았다.

요란한 동작을 따라하는 것도 아닌 그저 방 안에서 가볍게 주먹이나 발차기를 하는 것인데, 무슨 큰 문제가 되겠는가.

쉬— 쉬익—

역시나 처음 하는 동작들이라서 그런지 하나같이 어설펐다.

그나마 힘이 어느 정도 받쳐줘서 그런지, 그 어설픈 동작에도 바람을 가르는 소리가 들렸다.

점점 시간이 지나면서 구멍 난 풍선에서 새어 나오는 듯한 그 바람 가르는 소리가 달라지기 시작했다.

스아악—

바람이 찢어지는 듯한 소리가 울렸다.

동작도 어느새 무척이나 자연스러워졌다. 그리고 더 이상 단순한 흉내라고 볼 수 없을 정도가 되었다.

"헉! 이게 어떻게 된 거지?"

흉내는 누구나 낼 수가 있다.

하지만 지금 혁수가 하고 있는 것은 단순한 흉내 수준이 아니었다.

흡사 그 선수들이 혁수의 몸에 빙의라도 한 듯 똑같은 움직임을 보이고 있었다.

아무리 운동신경이 뛰어난 사람이라고 해도 흉내 몇 번으로 선수 급 모션을 취할 수는 없었다.

"내, 내가 이렇게 대단했나?"

스스로가 생각하기에도 소름끼치도록 대단한 능력이었다.

"가만. 흉내 몇 번 내는 걸로 이 정도라면 굳이 도장에 가입할 필요가 없잖아?"

괜히 돈 주고 도장에 가입하기보다는 유명한 이종 격투기 선수들의 시합 장면을 보고 그대로 흉내만 내면 되었다.

그게 돈과 시간 낭비를 막는 방법이었다.

잠이 화악— 달아난 혁수.

후다닥— TV가 있는 거실로 나갔다.

리모컨을 눌러 이종 격투기 채널로 찾았다.

그리고 두 눈이 시뻘게질 정도로 한숨도 자지 않고 격투기 채널만 뚫어져라 쳐다보았다.

공부할 때와 달리 깊은 열의를 가지고 봐서 그런지 한 번만 봤는데도 시합 내용이 머릿속에서 쏙쏙 들어왔다.

그리고 선수들의 작은 움직임도 절대 잊히지가 않았다.

그 덕분에 TV에서 본 기술들을 금방 흉내 낼 수가 있었다.

"역시 난 천재였어!"

TV로 본 모든 기술들을 삽시간에 마스터한 혁수.

지금 기분 같아서는 세계 최강의 파이터와 붙어도 한 방에 쓰러뜨릴 수 있을 것 같았다.

하지만 중요한 점을 간과하고 있었다.

그것은 애초에 격투기를 배우려고 했던 이유였다.

아무리 세계 최강의 기술을 익혔다고 해도 그것을 상대방에게 맞히지 못하면 아무런 쓸모가 없었다.

게임 캐릭터 능력 덕분에 세계 최고의 파이터들이 사용하는 기술들을 그들 못지않게 능숙하게 쓸 수 있게 되었는지는 몰라도, 그들과 마찬가지로 상대에게 명중시킬 능력은 되지 못했다.

"아! 맞다! 내가 하려던 것은 이게 아니잖아!"

뒤늦게 자신이 왜 격투기를 배우려고 했는지 깨달은 혁수.

기술을 갈고닦는 것도 중요했지만 실전을 통해서 그 기술을 상대방에게 적용할 수 있어야 했다.

그러려면 단순히 기술을 흉내 내는 것이 아닌 사람을 통한 실전을 경험해야 했다.

"에이. 이러면 결국 도장에 가입해야 한다는 소리잖아."

돈과 시간을 아낄 수 있다고 좋아했는데, 다시 원점으로 돌아온 것이다.

"가만, 그건 아니지."

순간 다른 생각이 머리를 스쳤다.

혁수에게 필요한 것은 실전이었다.

그렇다고 조폭들을 찾아가서 시비를 걸 수는 없었다.

또 도장에 가입한다고 해서 혁수가 원할 때마다, 그것도 엄청난 실력의 선수들과 스파링을 할 수 있는 것도 아니었다.

그렇다고 아예 방법이 없는 것은 아니었다.

"그래. 그 도장에서 태국 선수를 불러온 것처럼 나도 돈을 주고 스파링 상대를 구하는 거야."

돈은 이제 혁수에게 아무런 문제가 되지 않았다.

머릿속으로 계획을 세울 때는 별문제가 없을 것 같았다.

한데 막상 현실로 옮기려니 귀찮은 일이 한두 가지가 아니었다.

우선, 격투기 쪽으로 아는 사람이 없다는 것이다.

무턱대고 격투기 도장에 찾아가서, '돈을 줄 테니 스파링하게 선수를 빌려 달라.'라고 말한다고 거기서 '예.'라고 대답할 리 없었다.

뭐, 엄청난 돈을 준다면 그렇게 하겠다고 하겠지만, 어쨌든 아는 사람이 없다는 것은 큰 문제였다.

또, 스파링 시합을 할 도장이 없다는 것도 문제였다.

돈을 주고 선수를 초빙해 온다고 해도 막상 그 선수들과 시합을 하려면 다른 것은 둘째 치고, 작은 링이라도 하나 있어야 했다.

뭐, 이 역시도 돈을 주고 도장을 사면되는 일이지만, 알아보니 절차도 생각 이상으로 복잡하고 쓸데없이 너무 많은 돈이 들어간다는 기분이 들었다.

배보다 배꼽이 더 커진다는 느낌이랄까?

물론 돈이야 헤엄치다 못해 압사할 정도로 있지만 그렇다고 해서 이렇게 막 쓸 생각은 없었다.

격투기 도장을 차릴 것도 아닌데 너무 많은 돈이 나간다고 생각하니 조금 꺼려졌다.

"에이, 어차피 할 일도 없는데, 이참에 격투기 도장 하나 차려 버려?"

그렇게 하면 모든 문제가 해결되었다.

격투기 분야에 인맥이 넓은 사람을 고용해서 도장 운영을 그 사람한테 다 맡기고 혁수는 초빙한 선수들을 상대로 스파링만 뛰면 되었다.

"근데, 그러면 부모님께는 뭐라고 말씀드리지?"

허구헌 날 게임만 죽어라고 하던 아들이 어느 날 갑자기 격투기 도장을 차리겠다고 하면 부모님이 이걸 어떻게 받아들이실까?

처음에는 농담이라고 생각하시다가, 나중에는 기어코 우리 아들이 게임 때문에 이상해졌다고 생각하실 게 분명했다.

그게 아니라는 것을 증명하기 위해 이종 격투기 도장을 차릴 만큼의 돈을 보여 줘도 문제였다.

이런 큰돈이 어디서 생겼는지를 설명해야 하는데 그걸 설명할 길이 없었다.

운 좋게 로또에 당첨됐다고?

"에이, 설마 그 말을 믿으시려고? 게다가 뭔 도장 하나 차리는데 준비해야 하는 서류가 이렇게 많고 절차는 또 왜 이렇게 복잡한 거야? 차라리 이럴 바에는 그냥 내가 태국에 가는 게 더 편하겠네. 거긴 무에타이 도장도 많다고 하던데, 그냥 아무 도장이나 들어가서 돈 주고 스파링 좀 뛰어 달라고 하는 게 돈도 적게 들고 편하지, 이건 뭐."

하도 짜증이 나서 그냥 한 말이었다.

한데.

"어라? 가만, 그러고 보니 진짜 그렇게 하면 되잖아? 왜 진즉에 이 생각을 못했지?"

이렇게 간단하고 쉬운 것을 여태까지 생각하지 못했다니…….

한순간 자신이 바보가 아닌가 하는 생각이 들 정도였다.

태국에는 지천으로 널린 것이 무에타이 도장이라고 했다.

여기서 도장 차리고 사람 고용하고 선수 초빙하는데 돈을 쓸 바에는 그냥 태국에 가서 통역사 한 명 고용해 돌아다니는 것이 훨씬 이득이고 편했다.

다만, 문제는 부모님을 어떻게 설득하느냐였는데…….

이것도 생각 이상으로 쉽게 해결할 수가 있었다.

어떻게 했냐고?

그냥 부모님께 이제는 정신을 차려서 더 이상 게임을 하지 않겠다고 말씀드렸다.

이것은 사실이었다.

'오르페'가 사라지고 나서는 더 이상 게임을 할 생각이 들지 않았다.

50레벨 하는데 밥도 제대로 못 먹고, 잠도 제대로 못 자며 진짜 힘들게 올렸는데, 그걸 처음부터 다시 하려고 하니 도저히 엄두가 나지 않았다.

그리고 이제는 더 이상 게임에 흥미가 없었다.

뭐, 그렇다고 완전히 없는 것은 아니었지만…….

어쨌든 현실에서 하고 싶은 것은 뭐든 할 수 있는 능력이 생겼는데, 뭐라고 게임에 목을 맨단 말인가?

부모님께 이제 더 이상 게임을 하지 않겠다고 하니 당장에라도 눈물을 왈칵 쏟아 내실 것처럼 크게 기뻐하셨다.

그 순간을 노려 정신도 차렸고 각오도 새로 다질 겸, 태국으로 여행을 다녀오겠다고 말씀을 드렸다.

연이어지는 폭탄 발언에 부모님께서 화들짝 놀라셨다.

부모님께 혁수는 마냥 어리고 여린 아들이었다.

그런 아들이 혼자 태국에 간다고 하니 어찌 놀라지 않겠는가.

부모님은 나중에 얼마든지 시간이 있으니 좀 더 큰 후에 가라고 하셨지만 혁수는 지금이 아니면 시간이 없다고 부득부득 우겨 댔다.

결국 혁수의 고집을 꺾지 못한 부모님이 최후의 카드로 내놓은 것은 바로 돈 문제였다.

부모님 왈,

"네가 정 그렇게 가고 싶다면 가야지. 근데, 너도 알다시피 지금 우리 사정으로는 널 태국에 보내 주고 싶어도 보내 줄 수가 없다. 그동안 집에만 있어서 답답해서 그런 거라면, 제주도는 어떠냐? 거긴 보내 줄 수가 있다. 그리고 태국은 나중에 사정이 좀 펴지면 그때 다 함께 가도록 하자."

라고 말씀 하신 것이다.

혁수는 이 말을 기다렸다.

혁수는 씨익— 웃으며 자기 이름으로 되어 있는 통장을 내밀었다.

이미 금화를 팔아서 태국 여행에 필요한 경비를 통장에 넣어 놓았다.

혁수는 목돈이 들어 있는 통장을 보고 깜짝 놀라시는 부모님께, 그동안 게임을 했던 캐릭터를 팔아서 마련한 돈이라고 거짓말을 했다.

부모님은 처음에는 선뜻 이해를 하지 못했다.

현실에는 존재하지 않는 가상의 게임 캐릭터와 아이템을 현금을 받고 판다는 것이 도저히 이해되지 않는다고 하셨다.

결국 혁수는 부모님의 이해를 돕기 위해 판매 사이트와 아이템 거래에 관한 인터넷 기사들을 보여 드렸다.

부모님은 그제야 조금은 이해가 간다는 표정을 하셨다.

그렇게 돈 문제가 해결되자 부모님도 더 이상 반대를 하지 못하셨다.

이렇게 혁수의 태국 여행기가 시작된 것이다.

"그럼, 이제 남은 건 가이드 겸 통역을 해 줄 사람만 구하면 되나?"

아무래도 이런 사람은 자격이 있고, 신용이 있는 사람으로 구해야 했다.

혁수는 태국 여행 관련 사이트들을 돌아다니며, 조건에 맞는 사람을 찾았다.

"근데, 아무리 통역사를 고용한다고 해도, 나도 간단한 인사말 같은 건 할 줄 알아야 하지 않나?"

사람 일이라는 것이 언제 어디서 어떻게 될지 모르는 일이다.

뜻하지 않게 통역사와 헤어지게 된다면 졸지에 미아가 될 수도 있었다.

아무래도 간단한 인사말이나 자신이 묵고 있는 숙소를 어떻게 찾아가는지에 대해서 물어볼 정도는 되어야 했다.

그래서 속달로 태국어를 배우기 시작했다.

하지만 큰 기대는 하지 않았다.

몇 년이나 죽어라 공부한 영어도 실제 외국인 앞에만 가면 이상하게 버벅거렸다.

하물며 이제껏 듣도 보도 못한 태국어를 짧은 기간 안에 배워 봐야, 얼마나 배울 수 있겠는가.

태국어 책을 펴기도 전부터 무조건 어려울 거라는 생각부터 들었다.

"난 할 수 있다. 아자 아자! 힘내자. 이걸로 수능 칠 것도 아니잖아. 그래, 간단한 인사말 정도만 알면 돼."

혁수는 한차례 호흡을 고르며 천천히 태국어 책을 폈다.

처음에는 검은 것은 글이요, 하얀 것은 종이라고 인식되었다.

한데 시간이 지날수록, 처음 보는 태국어가 머릿속에 술술 들어오는 것이 아닌가.

"어라? 태국어가 이렇게 쉬웠나?"

고개를 갸웃거리는 혁수.

처음에는 그래도 예전에 공부를 하던 가락이 있어서 이 정도 한다고 생각했다.

한데 시간이 지날수록 그런 것이 아니라는 것을 알게 되었다.

한 번 본 것은 전부 기억했고, 한 번 들은 것은 그 발음 그대로 따라할 수도 있었다.

"헉! 이게 뭐야?"

만화나 소설 같은 것을 보면 한 번 본 것은 사진처럼 선명하게 기억한다는 '순간 기억 능력?'

하여튼 그런 것에 관한 이야기는 들어 본 적이 있었다.

하지만 자신에게도 그런 능력이 있으리라고는……

"잠깐! 혹시 이것도 게임 캐릭터 능력 덕분인가?"

그러고 보니, 케이블 TV에서 본 격투기 선수들의 움직임이 모두 기억이 났던 것도 이 능력 때문인 것 같았다.

"그때는 단순히 힘과 체력이 높아서, 몸으로 하는 건 다 그렇게 쉽게 기억하는 줄 알았는데, 그게 아니었어. 그래 맞아. 왜 그걸 생각 못했지? 무언가를 기억하는 건 힘이나 체력과는 아무 상관없잖아. 오히려 상관이 있다면… 아! 맞다! 정신과 지혜! 그게 두뇌와 상관이 있는 거였어! 아이, 멍청이! 나 진짜 바본가 봐!"

혁수는 자신의 멍청함을 한탄하며 자신의 뒤통수를 갈겼다.

"왜 진즉에 그걸 생각 못했지?"

양아치들의 싸움을 시작으로 게임 캐릭터의 능력에 대한 각성을 시작해서 그런지, 힘과 체력에만 정신이 팔려, 지혜와 정신 스탯에 대한 생각을 전혀 하지 못했다.

뒤늦게 정신과 지혜 스탯의 효용을 알고서는 뛸 듯이 기뻐했다.

"아자! 지금 이 머리면 국내 유명 대학은 물론 외국의 내로라하는 대학도 문제없잖아. 아! 역시 사람은 착하게 살아야 해. 그동안 착하게 살았더니, 하늘이 내게 이런 은혜를 베풀잖아. 역시 착하게 살면 복이 오게 되어 있어."

'드림 월드'의 금화가 진짜 금이라는 것을 알았을 때보다 더 기뻐하는 혁수.

"가만, 그럼 통역사도 필요 없잖아?"

혁수는 순식간에 태국어를 마스터했다.

그것도 원어민 수준으로.

"그래. 아무리 돈이 많아도 쓸데없이 돈 낭비할 필요는 없지."

그렇게 모든 준비는 끝났다.

혁수는 공항까지 배웅을 나오신 부모님을 뒤로하고 태국으로 가는 비행기에 몸을 실었다.

"이야~ 생각보다 깔끔하고 좋은데?

태국하면 왠지 덥기는 무진장 덥고, 조금은 더러운 그런 이미지가 떠올랐다.

한데, 혁수가 도착한 방콕 수완나폼 공항은 너무나도 깨끗하고 깔끔했다.

"그나저나, 밖에 나오니까 좋긴 좋구나."

그동안 너무 게임에 몰두해 집 안에서만 지냈다.

오랜만의 외출이 해외라고 생각하니 더욱 가슴이 벅차오르는 것 같았다.

하지만 언제까지 그런 감상에 빠져 있을 수는 없었다.

혁수는 곧바로 택시를 잡아타고 수완나폼 공항을 벗어나 시내로 들어갔다.

혁수는 택시 기사에게 되도록 인적이 드문 곳으로 가달라고 했다.

보통은 택시를 타면 유명 관광지나 호텔로 가자고 한다.

한데, 혁수는 정반대로 말하지 않는가?

택시 기사는 살짝 고개를 갸웃거렸지만 손님인 혁수가 원하기에 자신이 아는 곳으로 택시를 돌렸다.

30분 후, 택시가 멈추었다.

택시 기사는 정말 여기가 맞냐고 되물었다.

혁수는 대답대신 택시비를 주고 택시에서 내렸다.

혁수는 주변을 두리번거렸다.

확실히 사람들이 그리 많이 보이지 않았다.

특히 그중에서도 왠지 음습해 보이는 골목에는 사람의 그림자도 보이지 않았다.

혁수는 곧바로 그 음습한 골목으로 걸음을 옮겼다.

"흐흐흐, 딱이군. 딱 좋아. 그럼 시작해 볼까?"

Chapter 6.

똥방뚜이

드림 월드에는 캐릭터를 생성하면 기본적으로 주어지는 스킬이 두 가지가 있다.

하나는 '휘두르기' 라는 공격형 액티브 스킬이고, 또 다른 하나는 지정된 마을로 순식간에 이동할 수 있는 '귀환' 이라는 이동형 액티브 스킬이다.

귀환 스킬의 쿨 타임은 1시간이다.

즉, 한 번 귀환 스킬을 사용하면 한 시간 후에야 다시 쓸 수가 있다.

다른 직업의 캐릭터들은 이 귀환 스킬이 하나뿐이지만, 마법사는 달랐다.

마법사에게는 귀환 스킬과 유사한 워프 스킬이라는 것이 있었다.

★마법사 전용 스킬

◎ 워프(액티브 스킬)

: 레벨30에 활성화되는 스킬로 캐릭터의 레벨이 10레벨씩 상승할 때마다 추가로 스킬 포인트를 투자할 수 있다. 스킬 레벨이 1씩 오를 때마다 사용할 수 있는 워프 마법의 수가 하나씩 늘어난다. 마나 소모량은 증가하지 않는다. 파티 원(파티 총 인원수는 8명)을 한 번에 이동시킬 수 있다.

30분의 쿨 타임이 있으며, 한 번 사용할 때마다 450마나를 소모한다.

레벨이 높아질수록 마을과 사냥터의 거리는 점점 멀어지게 된다. 이 말은 사냥터와 마을을 오가는데 상당한 시간이 소모된다는 뜻이다. 레벨이 올라갈수록 필요 경험치 또한 기하급수적으로 늘어난다.

불필요한 시간은 어떻게든 줄이고 싶은 것이 유저들의 한결같은 마음이다. 그래서 레벨이 높은 파티에서는 되도록 워프 마법을 한 개라도 찍은 마법사를 선호했다.

마을을 갈 때는 귀환 스킬로 가고, 마을에서 사냥터로 올 때는 파티 원들이 마법사 주변으로 모여 워프 스킬로 단번에 사냥터로 이동했다.

시간 낭비하는 것을 질색하던 혁수 역시 워프 마법을 하나 배워 놓은 상태였다.

참고로 드림 월드에는 귀환에 관련된 아이템도 두 개나

존재했다.

원래는 귀환부라고 해서 일종의 부적 같은 아이템만 존재했다.

귀환부는 찢으면 곧바로 저장한 좌표로 바로 이동을 시켜주는 일회용 아이템으로 개당 가격이 100골드나 했다.

고렙들에게는 이 100골드가 큰돈이 아닐지 몰라도 저렙들에게는 꽤 큰돈이었다.

그리고 일회용이라는 것이 큰 불만이었다.

워프 스킬이 생각 이상으로 쓸모가 많다는 것을 인식한 유저들은 마법사에게 너무 많은 특혜를 준다며 게임사에 강력하게 항의했다.

계속되는 유저들의 항의를 견디지 못한 게임사는 결국 귀환석이라는 아이템을 새롭게 내놓았다.

귀환석은 유저들의 바람대로 일회용이 아닌 영구형 아이템이다.

45분이라는 쿨 타임과 워프와 달리 가지고 있는 소유자만이 쓸 수 있다는 단점이 있었지만 직업과 레벨에 상관없이 누구나 쓸 수 있다는 사실에 많은 유저로부터 큰 호응을 받았다.

다만 그 가격이 만 골드나 되어 여전히 저렙 유저들에게는 큰 부담으로 다가왔지만 그래도 많은 유저가 사용했다.

각설하고 그동안 힘과 체력에만 신경 쓰느라 미처 신경쓰지 못했던 정신과 지혜 스탯의 효용을 새롭게 알게 되면서, 직접적으로 쓸 일은 없을 것이라고 생각했던 스킬도 다시 보게 되었다.

엄청난 파괴력을 자랑하는 공격형 스킬은 어쩌면 정말로 영원히 쓰지 않을지도 모를 일이다.

하지만 이 귀환 스킬과 워프 스킬은 실생활에서 무척이나 유용하게 쓰일 것 같았다.

그전에 실제 현실에서 이 두 스킬이 정말로 사용되는지부터 확인을 해야겠지만 말이다.

혁수는 화장실의 좌표를 귀환 스킬에 입력했고, 자신의 방의 좌표를 워프 스킬에 입력시켰다.

그리고 화장실에 들어가서 워프를 발동시켰다.

놀랍게도 이 두 스킬은 정말로 현실에서 사용이 가능했다.

혁수는 여기에 만족하지 않고 좀 더 먼 거리에서 사용해 보기로 했다.

혁수는 인적이 드문 인근 산으로 올라갔다.

과연 이렇게 먼 곳에서도 될까 하는 걱정이 살짝 들었지만 일단 워프를 발동해 보기로 했다.

그리고 실험은 성공이었다.

1초 만에 자신의 방으로 무사히 이동한 것이다.

"앗싸!"

귀환 스킬과 워프 스킬은 거리에 상관없이 정확하게 사용되었다.

이로써 혁수는 세계 어디든지 가고 싶은 곳은 마음대로 갈 수 있게 된 것이다.

다만 그전에 가고자 하는 곳에 직접 가서 그곳의 좌표를 귀환이나 워프 스킬에 저장해야 했지만 말이다.

아, 그리고 당연한 말이겠지만, 귀환 스킬에는 하나의 좌표만이 저장되었다.

워프 스킬 역시 스킬 레벨이 1이다 보니, 현재는 하나의 좌표밖에 저장이 되지 않았다.

혁수는 혹시 모를 만약의 사태를 대비해 방콕의 인적 드문 골목의 좌표를 워프 스킬에 입력했다.

"흐흐흐, 이로써, 언제든 내가 마음만 먹으면 내 마음대로 한국과 태국을 오갈 수 있단 말이지."

혁수는 방콕의 인적 없는 골목의 좌표를 입력한 것으로 만족하지 않았다.

나라를 벗어난 이 먼 곳에서도 워프와 귀환 스킬이 되는지 다시 한 번 확인할 필요가 있었다.

"지금쯤 집에는 아무도 없겠지? 그럼 가 볼까? 귀환!"

혁수의 외침과 동시에 주변 배경이 순식간에 바뀌었다.

"으!"

화장실로 귀환 좌표를 설정하고 고치지 않은 혁수.

"에이, 태국 가기 전에 귀환 좌표를 내 방으로 한다는 것을 깜빡했네. 그래도 뭐, 아무리 거리가 멀어도 귀환과 워프가 된다는 것을 알았으니까."

혁수는 귀환 좌표를 자신의 방으로 새로 설정하고 다시 태국으로 워프 했다.

"그럼, 이제 택시를 잡아서 숙소로 가기만 하면 되나?"

모든 일이 생각한 대로 술술 풀려서 기분이 좋아진 혁수.

혁수가 택시를 잡기 위해 이리저리 고개를 돌릴 때, 무언가가 혁수에게 다가와 쿵— 하고 부딪혔다.

"아, 죄송… 어라? 뭐야 이건?"

처음에는 택시를 집으려고 힌눈을 팔다가 실수로 다른 사람과 부딪혔다고 생각했다.

한데 곧이어 그것이 아니라는 것을 알게 되었다.

부딪히는 것과 동시에 누군가가 혁수의 몸을 더듬고 있었던 것이다.

"이놈! 소매치기구나!"

혁수의 호통에 소매치기가 깜짝 놀라서 달아났다.

"아 놔! 내 몸에서 소매치기를 끌어들이는 냄새라도 나는 거야 뭐야? 왜 이렇게 가는 곳곳에서 소매치기가 난리인 거야?"

지갑을 털리지는 않았지만 소매치기 당할 뻔했다는 사실만으로도 기분이 나빴다.

게다가.

"어라라? 저건 또 뭐하자는 수작이야?"

남의 지갑을 털려고 하다가 걸렸으면, 죽어라고 달려서 도망치는 것이 정상이다.

한데, 눈앞의 소매치기는 '나잡아 봐라.' 라고 장난을 치듯 뒤뚱뒤뚱거리며 무척이나 천천히 걷고 있었다.

이것은 명백한 도발이었다.

화가 날 때로 난 혁수가 쌩하니 달려가 곧바로 소매치기의 뒷목을 잡았다.

"이 자식 이거."

혁수의 주먹이 소매치기의 면상을 향해서 날아들었다.

"죄, 죄송합니다. 한 번만 봐주세요. 너무, 너무 배가 고파서… 흑흑흑, 죄송합니다."

눈물을 흘리며 애절한 표정으로 싹싹 비는 소매치기의 모습에 혁수의 주먹이 소매치기의 바로 코앞에서 멈추었다.

소매치기의 표정이 정말 불쌍해 보이기도 했지만 혁수가 붙들고 있는 소매치기의 몸이 남자치고는 너무나도 가벼워서였다.

혁수는 다시금 소매치기의 전신을 제대로 살펴보았다.

소매치기는 아프리카 난민은 저리가라는 듯, 살은 하나도 보이지 않고 뼈와 가죽만이 징그럽게 붙어 있었다.

"뭐, 뭐야 너? 사람이 어떻게 이지경이 될 때까지……."

"죄송합니다. 죄송합니다. 배가 너무 고파서… 다시는 이러지 않겠습니다. 제발, 한 번만 용서해 주세요."

감히 자신의 지갑을 훔치려고 했다는 것에 여전히 기분이 나쁘기는 했지만 소매치기가 너무 안쓰럽고 안되어 보였다.

"쯧, 그래, 액땜했다고 치지 뭐. 야, 그냥 가라. 이번 한 번은 용서해 줄 테니까, 다시는 남의 지갑에 손대지 마라. 어서 가."

"감사합니다, 감사합니다. 정말 감사합니다."

소매치기는 혁수에게 몇 번이고 고개를 숙여 감사하다고 인사를 했다.

그리고 그 소매치기가 가는 뒷모습을 보는 내내 혁수의
마음이 편치가 않았다.

그 소매치기는 오른쪽 다리가 불편한지, 절뚝거리며 힘없
이 걸어가고 있었다.

소매치기의 뒷모습이 세속 마음에 걸려, 지금이라도 달려
가서 돈이라도 얼마 쥐어 줄까 하는 생각을 했지만 이내 고
개를 저었다.

값싼 동정은 함부로 하는 것이 아니다.

혁수는 고개를 털며 방금 전에 있었던 일을 잊기로 했다.

너무 외진 곳이라 그런지 좀처럼 택시가 잡히지 않았다.

결국 혁수는 시내 방향으로 한참을 걸어 나온 후에야 택
시를 잡을 수 있었다.

방콕에서 제법 유명한 호텔을 숙소로 잡은 혁수는 그렇게
방콕에서의 하루를 보냈다.

새벽같이 일어난 혁수는 호텔 프런트에 무에타이 도장이
어디 있는지를 물어보았다.

무에타이의 본고장 태국이라서 그런지 혁수처럼 무에타이
도장을 구경하고 싶은 관광객이 제법 많았다.

호텔 측이 친절하게 무에타이 도장까지 가는 택시를 대기
시켜 주었다.

"와우, 역시 무에타이의 본고장이라서 그런가? 역동적이
면서 강력한 에너지가 팍팍 느껴지는데?"

확실히 한국에서 보았던 도장들과는 뭔가 달랐다.

우선 실내가 아닌 실외 도장이라는 것도 색달랐지만, 무

엇보다 혁수의 눈길을 끄는 것은 가혹하리만큼 힘들게 수련을 하고 있는 선수들의 모습이었다.

특히나 혁수보다 한참 어려 보이는 어린 선수들의 수련 모습이 눈길을 끌었다.

다리가 퉁퉁 붓도록 나무 기둥을 쉬지 않고 발로 차고 또 차는 어린 선수들의 모습은 혁수에게 많은 것을 느끼게 해 주었다.

"무에타이에 관심이 많은가 봅니다?"

50중반의 대머리 태국 남자가 영어로 말하며 다가왔다.

"예? 아예. 과연 무에타이 본고장답게 다들 잘하는군요."

혁수는 영어가 아닌 태국어로 대답했다.

참고로 태국어를 공부하면서 내친김에 그동안 골치를 썩혀 왔던 영어도 마스터했다.

"오우, 우리말을 잘하시는군요. 한국? 일본? 그것도 아니면 중국?"

"아, 한국 사람입니다."

"오, 한국. 좋은 나라죠. 매해 많은 한국인 관광객이 우리나라를 찾아오죠. 그나저나 무에타이 한번 배워 보시려고요?"

"아니, 그냥 구경이나 좀……."

"관광객들을 위한 무에타이 체험 코스가 따로 있으니까, 생각 있으면 언제든 말씀만 하십쇼."

"아, 그래요?"

과연, 그 말을 듣고 도장을 둘러보니, 관광객 몇 명이 무에타이 선수들에게 무언가를 배우는 듯한 모습이 보였다.

그리고 그 관광객들은 무에타이 선수가 동작 하나하나를 가르쳐 줄 때마다 그것을 카메라로 찍고 있었다.

"아참, 조금 있으면 관광객들을 위한 이벤트성 시합도 하니까. 그건 절대 놓치지 마십쇼."

"아, 예."

혁수가 알았다고 고개를 끄덕였다.

그렇게 도장을 이리저리 둘러보던 혁수의 눈에 낯이 익은 얼굴이 보였다.

"어라? 내가 태국에 아는 사람이 있던가? 어라, 저 녀석은⋯⋯."

"왜요? 누구 아는 사람이라도 있습니까?"

낯이 익은 인물은 어제 혁수의 지갑을 훔치려고 했던 바로 그 소매치기였다.

"저기 저 사람도 선숩니까?"

"누구? 아, 똥방뚜이? 저 녀석 모습을 보십쇼. 저게 어디 선수로 보입니까? 그냥 선수들 수발이나 드는 녀석입니다."

"수발이요?"

"예. 근데 저 녀석은 어떻게 아시는지?"

"아는 게 아니라, 유달리 눈에 띄기에."

"불쌍한 녀석입니다. 한때는 제2의 코브라가 될 거라고 다들 생각했었는데⋯⋯."

소매치기 아니, 똥방뚜이는 한때 전도유망한 무에타이 선수였다.

주변 사람들의 기대가 대단했다고 한다.

한데 어느 날 평소처럼 발차기 연습을 하다가 다리뼈가 부러진 것이다.

아니, 뼈가 부러져라 연습을 한 것이다.

뼈는 부러졌다가 다시 붙으면 더욱 단단해진다.

그래서 무에타이 선수들은 뼈가 부러질 때가지 발차기 연습을 하고 다리가 다시 붙으면 그 다리가 다시 부러질 때가지 또 발차기 연습을 한다.

그렇게 해서 어떠한 공격에도 꿈쩍하지 않는 강철 같은 몸을 만드는 것이다.

하지만 언제나 부러진 다리가 정상적으로 붙는 것은 아니었다.

간혹 기형적으로 붙는 경우가 있었다.

이때는 재수술을 해야 하는데 가난한 무에타이 선수들은 그 재수술비가 없어서 선수 생활을 은퇴하고 기형이 된 다리로 생활을 해야 했다.

그럼 똥방뚜이도 이런 경우였냐?

아니었다.

이보다 더 심한 경우였다.

부러진 다리의 뼈가 신경을 건드린 것이다.

신경 손상이 너무 심해서 수술을 받아도 선수로서는 더 이상 활동할 수가 없었다.

수술비도 엄청난데다가 수술에 성공해도 선수 생명은 끝

이라는 의사의 말에 똥방뚜이의 수술비를 내주겠다고 나서
는 사람이 아무도 없었다.

고아에, 이제껏 무에타이 하나만 죽어라고 해온 똥방뚜이
이기에 따로 할 수 있는 일이 아무것도 없었다.

아니, 설사 할 수 있는 일이 있다고 해도 설름발이를 고
용할 사람은 아무도 없었다.

받아 주는 사람도 없고 갈 곳도 없던 똥방뚜이는 무에타
이 선수들의 수발과 갖은 심부름을 해 주는 조건으로 도장
에서 숙식을 해결했다.

잠은 언제나 링 옆의 낡은 벤치에서 자고, 밥은 선수들이
먹고 남긴 것을 먹었다.

가끔가다가 관광객들이 불쌍하다고 건네준 돈으로 이제껏
버텨 왔다는 것이다.

똥방뚜이의 이런 사정을 알고 나니 똥방뚜이가 더욱 불쌍
하게 여겨졌다.

선수들의 땀으로 범벅이 된 수건들을 걷고 있던 똥방뚜이
의 시선이 측은한 눈길로 바라보던 혁수와 마주쳤다.

"혁!"

소스라치게 놀란 똥방뚜이가 수건들을 팽개치며 급하게
도망쳤다.

하지만 절뚝거리는 다리로는 그리 멀리 도망칠 수가 없었
다.

"어이. 그만 멈춰."

똥방뚜이는 금방 혁수에게 따라잡혔다.

"이봐, 널 어떻게 할 생각은 없으니까. 안심해."

"저, 정말요?"

"그래. 난 그냥 무에타이를 구경하러 온 거야. 그리고 어제 일은 모두 잊었으니까, 그렇게 도망칠 필요 없어."

"고, 고맙습니다. 정말 고맙습니다."

똥방뚜이는 몇 번이고 고개를 숙여 고맙다는 말을 거듭했다.

보면 볼수록 안쓰럽다는 생각만 들었다.

뭔가 해 주고 싶다는 생각이 들었다.

"이름이 똥방뚜이라고?"

"예 예."

"아, 그렇게 긴장하지 마. 그보다 내가 제안할 게 있는데 어디 한 번 들어 보겠어?"

똥방뚜이가 무슨 말인지 모르겠다는 표정으로 혁수를 쳐다보았다.

"아 뭐, 어려운 건 아냐. 듣자하니 전에 무에타이 선수였다고?"

혁수의 말에 아픈 과거를 떠올린 똥방뚜이가 힘없이 고개를 끄덕였다.

"그럼, 방콕에 있는 다른 무에타이 도장이나 선수들도 잘 알겠네? 사실 내가 무에타이에 관심이 무척 많거든. 그래서 말인데, 내가 방콕에 있는 동안 가이드 역할을 해 주지 않겠어? 아 물론, 가이드 비용은 줄게."

혁수의 말이 너무나도 뜻밖이었는지 똥방뚜이의 눈이 퉁

방울처럼 커졌다.

"그렇게 많이는 못 주고, 현지 관광 가이드 수준으로 줄게. 어때? 할 생각 있어?"

다소 흥분한 듯한 똥방뚜이가 금방이라도 닭똥 같은 눈물을 흘릴 듯한 표정으로 혁수의 손을 꼬옥— 잡았다.

"하겠습니다. 돈을 더 적게 주신다고 해도 꼭 하겠습니다."

혁수는 생각 이상으로 격한 반응을 보이는 똥방뚜이의 모습에 조금 당황스러웠지만 이내 평정을 되찾았다.

"그럼 이왕 하기로 한 거. 지금부터 하는 건 어때? 그리고 돈은 일당 치기로 해서 그날 일이 끝나면 바로 줄게."

"예? 정말 그렇게 해 주시는 겁니까? 정말, 정말 고맙습니다. 뭐든 시켜만 주십시오. 뭐든 다하겠습니다."

"아아, 다른 건 필요 없고 안내만 하면 돼 안내만. 아, 그리고 내 이름은 임혁수야. 한국에서 온 임혁수."

"임… 혁수? 임 사장님."

똥방뚜이가 한국말로 혁수를 사장님이라고 불렀다.

"뭐? 임 사장님? 그나저나 한국말도 할 줄 알아?"

"조금, 조금 할 줄 압니다."

알고 보니, 도장을 찾아오는 한국 관광객들을 상대하면서 어설프게 배웠다고 한다.

그리고 한국 사람들은 사장님이나 선생님으로 불리는 것을 좋아해서 똥방뚜이를 비롯한 태국 사람들 대부분이 한국 관광객을 상대할 때 그 사람의 나이나 진짜 직책에 상관없이 모두 사장님이라고 불렀다.

그리고 한국 사람들은 은근히 높임말에 민감하게 굴어서 이 역시도 나이에 상관없이 높여서 대우해 준다고 했다.

"어이 어이. 내 나이가 몇인데, 그리고 난 사장도 아니야."

"그럼, 임 선생님?"

"야, 그것도 아니지. 선생님이 뭐냐, 선생님이. 차라리 그냥 '임'이라고 부르던가. 그래, 그렇게 편하게 불러. 보아하니 나이도 너랑 나랑 비슷한 것 같은데, 그냥 앞으로 편하게 '임'이라고 불러."

"아이고 안 됩니다. 임 사장님."

"아 진짜!"

혁수가 몇 번이나 그렇게 부르지 말라고 했지만 똥방뚜이도 한 고집하는지 끝까지 혁수를 임 사장님이라고 불렀다. 결국 똥방뚜이의 고집에 질린 혁수가 계속 그렇게 부르면 가이드 삼기로 한 것을 없었던 일로 하겠다고 하자, 그제야 '그건 진짜 안 된다며' 혁수를 임이라고 불렀다.

땡땡땡땡땡—

갑자기 종소리가 울렸다.

혁수와 똥방뚜이가 실랑이를 하는 동안 시합 준비가 완료된 것이다.

종소리가 울리자 수많은 사람들이 링 주변으로 몰렸다.

거기에는 외국인 관광객만 있는 것이 아니었다.

태국 현지인들도 제법 많았다.

혁수가 링이 잘 보이는 곳에 자리를 잡자, 예의 그 대머리 아저씨가 능글맞게 웃으며 혁수에게 다가왔다.

"무에타이 시합은 그냥 보는 것도 재미있지만 좀 더 재미있게 즐기는 방법이 있는데 관심 있습니까?"

"예?"

처음에는 이게 무슨 말인지 선뜻 이해를 하지 못했다.

옆에 있던 똥방뚜이가 혁수에게 귓속말로 속삭였다.

"내기 도박을 말하는 거예요. 두 선수 중 누가 이길지, 돈을 거는 거요."

"아! 난 또."

그 말을 듣고 주변을 둘러보니, 관광객들과 현지인들이 호객꾼으로 보이는 자들에게 돈을 건네주고 있었다.

링 위의 두 선수(한 선수는 머리와 팔에 파란 천 같을 것을 둘렀고, 다른 선수는 빨간 천 같은 것을 두르고 있었다.)가 워밍업을 하고 있었는데, 선수들이 저마다 화려한 동작을 보여줄 때마다 사람들이 환호하며 더 많은 돈을 호객꾼에게 쥐어 주었다.

"어때요? 할 마음이 있습니까?"

"뭐 그러죠."

재미삼아 돈을 거는 것도 재미있겠다 싶었다.

그때 갑자기 똥방뚜이가 속삭였다.

"되도록 적게 거세요."

"응?"

순간 이게 무슨 말인가 싶었지만, 어차피 재미로 하는 것이기에, 똥방뚜이 말대로 하는 게 좋을 것 같았다.

처음에는 2천 바트(한화로 약 7만 6천 원 정도) 정도 걸 생각이었지만, 똥방뚜이의 말을 듣고 나서 천 바트만 빨간 선수에게 걸었다.

땡땡땡땡땡—

"와아아아!"

종소리와 함께 사람들이 환호를 질렀고, 시합이 시작되었다.

그리고 결론만 말하면 시합 내용은 그리 만족스럽지 못했다.

관광객에게 보여 주기 위한 시합이라서 그런지 기대했던 것만큼 치열한 시합은 아니었다.

그보다는 말 그대로 보여 주기라는 목적에 충실했다는 느낌을 받았다.

일종의 프로레슬링 같았다고 할까?

보기에는 화려해 보이지만 왠지 짜고 하는 것 같다는 느낌을 떨쳐 버릴 수가 없었다.

뭐, 평범한 사람은 그런 것을 못 느꼈겠지만……

아, 그리고 빨간 선수가 이겨서 두 배인 2천 바트를 돌려받았다.

"쩝, 이럴 줄 알았으면 좀 더 걸걸 그랬는데."

"아뇨, 아뇨. 여기서 관광객들에게 보여 주는 시합에는 절대 크게 걸지 마세요."

"뭐? 아니, 왜?"

"짜고 하는 거예요."

"엥? 짜고 하다니 그게 무슨 말이야?"

"그게……."

사정은 이러했다.

관광객들이 어떤 선수에게 많이 거느냐에 따라서 우승할 선수가 미리 정해진다고 한다.

즉, 관광객이 돈을 많이 건 선수는 무조건 그날 지는 것이다.

일종의 속임수였다.

게다가 그게 다가 아니었다.

낯선 곳에서, 그것도 출전한 선수에 대한 사전 지식이 없는 상황에서 무작정 그날의 운만 믿고 돈을 건다는 것은 너무나도 무모한 일이다.

그렇기에 관광객들은 도박판이 벌어져도, 선뜻 돈을 꺼내지 않는다.

그런데 주변의 많은 사람들이 너도나도 돈을 꺼내서 이 선수 저 선수에게 걸면, 자신도 모르는 사이에 분위기에 휩싸여 돈을 꺼내게 되는 것이다.

그러고 보니 혁수 역시 그러했다.

처음에는 도박을 할 생각이 없었는데, 주변 사람들이 다들 하기에 순간의 분위기에 휩쓸려 돈을 꺼내고 말았던 것이다.

"이야, 상술이 대단한데."

"그러니까, 관광객을 상대로 하는 것은 되도록 믿지 않는

게 좋아요."

"똥방뚜이 덕에 좋은 걸 하나 배웠네. 어쨌든 오늘은 수고 많았어. 그럼 내일 보자고."

혁수는 똥방뚜이에게 오늘 일당으로 천 바트를 주었다.

한 것도 없는데 하루 일당치고는 너무 많다고 똥방뚜이가 극구 받으려고 하지 않았지만, 이번만큼은 혁수도 질 수 없었다.

어차피 도박으로 번 것이고, 가이드가 제대로 먹지를 못해서 안내를 하다가 갑자기 쓰러지는 것을 원하지 않았다. 혁수 역시 한 고집했다.

이번만큼은 똥방뚜이도 혁수의 고집을 이기지 못했다.

그렇게 똥방뚜이에게 천 바트를 억지로 넘겨준 혁수는 호텔로 돌아갈 택시를 잡았다.

아직 해가 지려면 시간이 많이 남았지만 오늘은 일찍 돌아가 쉬기로 했다.

그렇게 혁수를 비롯한 관광객들이 모두 돌아가자, 선수들은 또다시 각자의 수련에 열중했다.

똥방뚜이 역시 혁수에게 천 바트라는(똥방뚜이에게는 무척 큰돈이다.) 큰돈을 받았지만 그렇다고 선수들의 뒤치다꺼리를 그만두지는 않았다.

다만 평소와 다른 것이 있다면 평소에는 선수들이 저녁 식사가 끝날 때까지 도장 한구석에서 선수들이 음식을 남겨줄 때까지 기다리는 것이 일과였는데, 오늘은 그러지 않았다.

선수들의 수련이 끝이 나자, 똥방뚜이 역시 저녁 식사를 하기 위해 인근의 식당으로 발길을 옮긴 것이다.

"헤헤헤, 오늘은 배 터지게 먹어야지."

혁수가 준 천 바트를 손에 꼬옥— 쥔 똥방뚜이는 너무나도 행복한 얼굴을 하고 있었다.

"어이, 병신. 어딜 그렇게 가시나?"

"헉!"

"저 봐, 내 말대로지? 아까 그 어리바리해 보이는 한국 도련님이 저 병신한테 돈 주는 걸 내 눈으로 똑똑히 봤다니까."

똥방뚜이의 앞을 가로막고 나선 사람은 관광객에게 보여주기 시합을 펼쳤던 빨간 선수와 파란 선수였다.

"이 자식이 돈이 생겼으면 이 형님들께 갖다 바쳐야지. 혼자 꿀꺽 하려고 해?"

"병신 새끼, 그동안 재워 주고 먹여 줬더니 돈을 빼돌려?"

"아냐, 이 돈은 내 돈이야. 내가 정직하게 일해서 받은 돈이야! 임이 내게 준 돈이라고!"

"어쭈, 이 병신 새끼가 오늘 뭘 잘못 먹었나?"

"이 자식이 드디어 미친 것 같은데? 평소에는 얌전히 상납하던 녀석이 오늘따라 왜 이래?"

똥방뚜이는 맞아 죽는 한이 있어도 이 돈만큼은 절대 줄 수 없었다.

그동안 다른 관광객들은 그저 값싼 동정심에 거지에게 동냥하듯 돈을 주었다.

그것은 똥방뚜이의 자존심을 짓밟았다.

하지만 처지가 처지인지라, 그 돈을 받지 않을 수도 없었다.

그렇게 받은 돈에는 별 애착이 없었다.

그래서 지금의 두 사람이 돈을 뺏어가도 별다른 반항을 하지 않았다.

하지만 혁수가 준 돈은 달랐다.

혁수는 단순히 자신을 동정하는 것이 아닌, 같은 사람으로서 동등하게 대우해 줬다.

물론 혁수 역시 동정심을 기반으로 하여 가이드라는 명목을 세워 돈을 준 것이지만, 최소한 똥방뚜이를 같은 사람으로 취급해 주었다.

이제껏 똥방뚜이를 그렇게 대우해 준 사람은 혁수가 처음이었다.

그렇기에 이 돈만큼은 절대 뺏길 수가 없었다.

이 돈을 뺏긴다면 마지막 남은 인간으로서의 자존심도 영원히 빼앗기는 것 같았다.

똥방뚜이는 이 돈이 자신의 마지막 자존심이라고 생각하고 죽을 각오로 돈을 지키기로 했다.

"이 병신 새끼, 진짠가 본데?"

똥방뚜이가 평소 같지 않다는 것을 간파한 두 선수.

하지만 그래 봤자 달라지는 것은 아무것도 없었다.

그렇지 않아도 평소 눈에 거슬리는 병신 새끼였다.

이참에 완전 병신으로 만들어도 뭐라고 할 사람은 아무도 없었다.

두 선수는 그렇게 생각했다.

그 누군가가 나타나기 전까지.

"그쯤 해 두지. 몸성히 선수 생활 계속하고 싶으면."

"누, 누구냐?"

"나? 네들이 방금 말한 한국 도련님."

위기에 처한 똥방뚜이를 구하기 위해서 나타난 사람은 호텔로 돌아갔다고 생각했던 혁수였다.

혁수는 똥방뚜이에 관한 이야기를 들었을 때부터 뭔가 이상하다고 생각했다.

똥방뚜이에게 소매치기를 당한 혁수 본인도 똥방뚜이를 보는 순간 측은지심이 생겨, 그냥 보내 주었다.

그리고 오늘 똥방뚜이를 다시 보게 되자, 측은지심이 더욱 심해졌다.

소매치기를 당할 뻔했던 혁수가 이럴 정도인데, 다른 사람은 어떻겠는가?

실제로 혁수가 보는 앞에서도 몇몇 관광객들이 똥방뚜이에게 돈을 쥐어 주는 장면이 포착되었다.

그 관광객들 입장에서는 몇 푼 안 되는 푼돈이었지만 똥방뚜이에게는 제법 큰돈이었다.

뭐 그렇다고 집을 사거나 풍족하게 살 정도는 아니었지만 그래도 그 정도면 최소한 굶는 일은 없었다.

그런데도 똥방뚜이는 아프리카 난민 저리가라는 수준으로

피골이 상접한 모습을 하고 있었다.

이것은 아무리 생각해도 이상했다.

결국 혁수가 내릴 수 있는 답은 하나였다.

똥방뚜이가 관광객들로부터 받은 돈을 누군가가 갈취하고 있다.

그렇게 생각할 수밖에 없었다.

그래서 혁수는 똥방뚜이에게 돈을 줄 때, 일부러 다른 사람들이 다 보란 듯이 돈을 주었다.

그리고 호텔로 돌아가는 척하면서 숨어서 이제껏 지켜보고 있었던 것이다.

"크크크, 이거 이거, 한국 도련님께서 소위 말하는 영웅심이라는 게 발동하셨나 본데. 좋은 말로 할 때 우리 일에 끼어들지 않는 게 좋아."

"그래그래, 몸성히 한국으로 돌아가고 싶으면 그냥 호텔로 돌아가서 계집이나 끼고 놀아. 우리 일에 상관하지 말고."

"그렇게 못하겠다면?"

"임! 저는 괜찮아요. 그러니까 어서 호텔로 돌아가세요. 쑤안, 쿵따이. 여기 내가 가지고 있는 돈 전부야. 이걸 줄 테니까. 임은 그냥 보내 줘."

아직 혁수에 대해서 잘 모르는 똥방뚜이는 자기 때문에 혁수가 다칠까 봐 무척이나 걱정이 되었다.

그래서 쑤안과 쿵따이가 그렇게 내놓으라고 윽박을 질러도 내놓지 않던 돈뭉치를 꺼내 들었다.

"병신 새끼. 진즉에 그럴 것이지."

빨간 선수, 그러니까 쑤안이라는 자가 똥방뚜이의 손에 있는 돈뭉치를 낚아채려고 했다.

"어림없지."

쑤안의 손보다 혁수의 손이 더 빠르게 움직였다.

혁수가 쑤안의 손을 가볍게 튕겨 냈다.

하지만 혁수의 입장에서 가벼운 것이지 당사자인 쑤안에게는 전혀 가벼운 것이 아니었다.

쑤안의 손이 살짝 부풀어 올랐다.

"이이— 한국 놈이 감히!"

쑤안은 비리비리해 보이는 혁수에게 당했다는 생각에 몹시도 화가 났다.

"너 이 새끼! 챠오프라야 강에 수장시켜 주마!"

일반 성인의 두 배는 됨직한 쑤안의 단단하면서도 두꺼운 다리가 혁수의 옆구리를 정통으로 가격했다.

터엉—

둔탁한 소리와 함께 쑤안의 입고리가 살짝 올라갔다.

"흐흐흐, 어떠냐? 이런 무시무시한 발차기는 처음이지? 죽을 것 같… 끄아아악!"

쑤안이 갑자기 고통 어린 신음을 토해 내며 바닥을 뒹굴뒹굴 구르기 시작했다.

쿵파이와 똥방뚜이는 혁수가 보여야 할 행동을 쑤안이 하자 고개를 갸웃거렸다.

그 둘은 쑤안이 왜 저러는지 도무지 이해가 되지 않았다.

하지만 금방 쑤안이 왜 그러는지 금방 알게 되었다.

그렇지 않아도 두꺼운 쑤안의 다리가 평소보다 더 크게 부어올랐기 때문이다.

"쑤, 쑤안!"

쑤안을 살피던 쿵따이가 혁수를 노려보았다.

"비겁한 한국 놈! 몸에다가 뭔가를 둘렀구나!"

그렇지 않고서야 말이 안 되었다.

혁수가 피식 웃으며 웃옷을 살짝 들어 보여 주었다.

아무것도 없었다.

그저 있는 것이라고는 볼품없는 허연 속살밖에 없었다.

"어, 없어? 그럼 그 몸으로 정말 쑤안의 발차기를 막았단 말이야?"

쿵따이는 도저히 믿을 수가 없었다.

쑤안의 두꺼운 다리는 결코 장식품이 아니었다.

근육이 너무 커서 발차기 속도는 그리 빠르지 않았지만 위력만큼은 대단했다.

그런 쑤안의 발차기를 근육이라고는 눈곱만큼도 찾아볼 수 없는 그저 허여멀건 하니 영 볼품없는 몸으로 막았다니.

쿵따이는 혹시 자신이 악몽을 꾸고 있는 것은 아닌가 하는 생각이 들었다.

하지만 저렇게 고통스러워하는 쑤안을 보면 이건 결코 꿈이 아니었다.

"너 설마, 주술사냐?"

사람에게 온갖 나쁜 저주를 퍼붓고 괴상한 술법을 사용하는 주술사는 태국 사람 대부분이 두려워하는 존재이다.

쿵따이 역시 보통의 태국 사람처럼 미신을 믿었다.

쿵따이 눈에는 혁수가 무서운 주술사로 보였다.

하나 그 생각도 그리 오래가지는 않았다.

"아냐 아냐, 한국 놈이 주술사라니, 그럴 리 없어."

쿵따이가 세차게 고개를 흔들며 부정했다.

'얼씨구, 혼자서 북 치고 장구 치고 다하네.'

자기가 물어보고, 자기가 대답하는 쿵따이의 모습에 혁수
는 피식― 하고 웃고 말았다.

"이놈! 어떤 속임수를 썼는지 모르지만 나한테는 안 통한
다!"

쿵따이의 두 손이 비호처럼 다가와 뱀처럼 혁수의 목을
감쌌다.

그리고 혁수의 배에 무에타이 특유의 니킥을 날렸다.

하지만 그 강력한 니킥의 피해자는 혁수가 아닌 니킥을
날린 쿵따이였다.

"윽! 이건 나무 기둥보다 더하잖아."

쇠기둥같이 단단한 혁수의 몸.

쿵따이는 그제야 쑤안의더하 다리가 그렇게 된 이유를 알
것 같았다.

사람이 쇠기둥을 발로차면, 강하게 찰수록 발차기를 했던
사람만 아플 뿐이다.

쑤안이 딱 그런 경우였고, 지금의 쿵따이 역시 그런 경우
였다.

하지만 쑤안과 쿵따이가 다른 점도 있었다.

쑤안은 단 한 번의 발차기만 했지만, 쿵따이는 무릎이 부서질 것 같은 고통 속에서도 결코 니킥을 멈추지 않았다는 것이다.

아무래도 쿵따이가 더 근성이 있는 것 같았다.

지금껏 수많은 시합을 거쳐 온 쿵따이는 자신보다 실력이 뛰어난 상대와도 수차례 겨루어 보았다.

그리고 오로지 근성 하나로 그들을 격파했다.

그래서 근성 하나면 안 될 것이 없다고 믿어 왔는데, 오늘 혁수로 인해 그 믿음이 깨어지고 말았다.

혁수의 목을 휘감고 있던 쿵따이의 손이 스르륵 풀렸다.

그러면서 쿵따이의 몸 역시 땅바닥으로 미끄러지듯 쓰러졌다.

"쿵따이!"

쑤안이 다리를 쩔뚝거리며 쿵따이에게 다가갔다.

"괴, 괴물."

[괴물]

그야말로 혁수를 지칭하기 위해서 존재하는 단어가 아닌가 싶다.

쑤안은 오늘에야 비로소 사람은 겉만 보고는 알 수 없다는 말을 이해하게 되었다.

아무리 살펴봐도 온실 속의 화초 같은, 고생이란 전혀 모르고 자랐을 것 같은 부잣집 도련님(태국 사람들은 피부가 하야면 무조건 부자라고 생각했다.)같은 혁수가 이렇게 강

할 줄이야.

번데기 앞에서 주름잡는다고.

혁수가 이렇게 강한 사람인 줄 알았다면 쑤안과 쿵따이는 절대 혁수에게 덤비지 않았을 것이다.

쑤안이 고통을 억누르며 혁수 앞에 무릎을 꿇었다.

두꺼운 다리가 더 부어올라서 생각처럼 쉽게 무릎이 꿇어지지 않았지만 계속하다 보니, 얼추 무릎을 꿇는 자세가 취해졌다.

"제, 제발 용서해 주십시오. 저희들이 눈이 삐었었나 봅니다. 부디 넓으신 아량으로……."

쑤안은 금방이라도 울 것 같은 표정으로 손이 발이 되도록 빌고 또 빌었다.

"어이, 빌어야 하는 상대가 잘못됐잖아."

"예?"

혁수의 말을 선뜻 이해하지 못한 쑤안이 멍하니 혁수를 쳐다보았다.

그러자 혁수가 인상을 팍— 쓰며 똥방뚜이를 향해서 눈을 살짝 흘겼다.

"아! 똥방뚜이, 아니, 똥방뚜이 님. 그동안 저희가 잘못했습니다. 이번 한 번만 용서해 주시면 다시는 절대 똥방뚜이 님께 무례를 저지르지 않겠습니다. 부디 이번 한 번만……."

쑤안은 그제야 혁수의 말뜻을 이해하고 똥방뚜이에게로 몸을 돌려 다시금 애원했다.

똥방뚜이는 지금 이게 꿈인지 생시인지 헷갈렸다.

쑤안과 쿵따이가 이 도장의 최고 선수는 아니지만 그래도 열 손가락 안에 드는 실력자들이었다.

그런 두 사람을 한 대도 안 때리고 그냥 맞아 주기만 하고 이기다니.

똥방뚜이는 이런 이야기는 이제껏 들어 본 적이… 아! 한 번, 딱 한 번 지금과 비슷한 이야기를 들어 본 적이 있었다. 하지만 그것은……

각설하고, 그저 돈 많고 마음씨 좋은 한국 부잣집 도련님이라고 생각했던 혁수가 이런 초고수일 줄이야.

똥방뚜이는 자신의 두 눈으로 똑똑히 보고서도 도저히 믿어지지가 않았다.

"똥방뚜이, 어떡할래?"

혁수의 부름에 혼자만의 생각에 빠져 있던 똥방뚜이가 화들짝 놀라며 정신을 차렸다.

"예? 뭐가요?"

"아니, 저 녀석들 어떻게 할 거냐고."

"아……"

똥방뚜이의 눈빛이 흔들리는 것을 보았다.

아마도 복수와 용서 그 두 가지 사이에서 갈등하고 있는 것이랴.

"용서… 하겠습… 니다."

똥방뚜이의 목소리가 그 어느 때보다 떨렸다.

아무리 봐도 진심으로 용서하는 것 같지는 않았다.

하긴 그동안 그렇게 지독하게 당해 왔는데, 무릎 꿇고 빈다고 그렇게 쉽게 용서가 되겠는가?

그럼에도 불구하고 용서하겠다고 하는 것을 보니, 아무래도 혁수가 옆에 있어서 그러는 것 같았다.

쑤안과 쿵따이를 용서해 줌으로써 혁수에게 좋은 인상을 주는 것은 물론, 지금 이렇게 은혜를 베푸니, 혁수가 한국으로 돌아가고 난 뒤에도 나를 괴롭히지 말라는 뜻으로 그러는 것 같았다.

화장실 들어갈 때와 나올 때의 마음이 다르듯, 또 그때가 면 어떻게 될지 모르겠지만, 어쨌든 지금으로서는 용서를 해 주는 것이 가장 좋은 해결 방법 같았다.

"감사합니다. 감사합니다."

쑤안은 똥방뚜이와 혁수를 향해서 허리가 부러져라 인사를 거듭했다.

그리고 기절해 있는 쿵따이를 업고 다리를 절뚝거리며 병원으로 향했다.

"그래도 제법 의리는 있네."

점점 멀어져 가는 쑤안의 뒷모습을 보며 혁수가 중얼거렸다.

"도대체 어떤 수련을 하면 그런 경지에 오를 수 있는 겁니까?"

똥방뚜이가 너무나도 진지하게 물어 왔다.

그래도 한때 잘나가던 무에타이 선수라서 그런지 혁수의 수련 방법이 무척이나 궁금한가 보다.

"어떻게 했냐고? 죽어라고 게임만 했지. 그랬더니 갑자기 이렇게 되던데."

"예?"

혁수는 진실을 말해 주었지만 똥방뚜이는 혁수가 농담을 한다고 생각했다.

'아, 이제는 무에타이를 할 수 없는 나를 위해서 저런 식으로 농담을 하는구나. 임은 분명 나보다 더 혹독한 수련을 했을 거야. 임, 정말 존경스럽습니다.'

똥방뚜이는 혁수의 말을 자기 멋대로 곡해했다.

"그나저나 이젠 어떻게 할 거야? 전후 사정이야 어떻든 저 두 사람을 다치게 만들었으니, 도장 사람들이 똥방뚜이를 더 괴롭히는 거 아냐?"

"아뇨, 다른 사람들은 제게 잘해 줘요. 쑤안과 쿵따이만……."

"그래? 솔직히 말해서 내가 괜히 나선 것은 아닌가 걱정이 되기도 해. 나야 한국으로 돌아가면 그만이지만 똥방뚜이는 이곳이 집이잖아. 정말 괜찮겠어?"

"예. 사실 임이 도와주지 않았어도 조만간에 결판을 내려고 했어요. 더 이상 굶주리기 싫었거든요. 두 사람이 마음을 고쳐먹지 않는다면 도장을 떠날 생각이었어요. 지금은 임 덕분에 그 시기가 조금 늦추어진 것뿐이에요."

"그래?"

불쌍한 똥방뚜이가 갈취당하는 것을 보고 도저히 참을 수가 없어서 나서기는 했는데, 괜히 그 때문에 똥방뚜이만 더 피해를 보는 것은 아닌가 걱정이 되었다.

하지만 어쩌겠는가.

이미 일은 벌어졌는데, 그저 병원에 간 두 사람이 마음을 고쳐먹기를 바라는 수밖에.

솔직히 그럴 가능성은 적어 보였지만······.

나름 정의로운 일을 한다고 하기는 했지만 끝까지 책임을 질 수 없다면 하지 않으니만 못하다는 것을 알게 된 혁수는 찜찜한 마음을 머금고 호텔로 돌아왔다.

"임! 여깁니다."

어제 일은 모두 잊어버렸다는 듯 환한 얼굴로 혁수를 반겨 주는 똥방뚜이.

이야기를 들어 보니, 갑작스런 쑤안과 쿵따이의 입원 소식에 도장 사람들이 놀라기는 했지만 크게 신경은 쓰지 않고 있단다.

워낙 혹독하게 수련하는 무에타이다 보니, 수련 중에 갑자기 다쳐서 병원을 찾는 무에타이 선수가 부지기수란다.

게다가 쑤안과 쿵따이는 똥방뚜이뿐만이 아니라 다른 어린 선수들도 많이 괴롭혀서 싫어하는 사람들이 제법 많았다고 한다.

그래서 그런지 쑤안과 쿵따이의 입원 소식에 오히려 다들 기뻐하고 있다고 한다.

다만 문제는······.

다른 도장을 견학하기 위해 똥방뚜이가 머무는 도장을 막 벗어나려고 할 때, 우락부락 하게 생긴 7명의 사내가 혁수의 앞길을 가로막고 나섰다.

그들의 두목으로 보이는 날렵한 인상의 사내가 혁수를 노려보며 말했다.

"너냐? 감히 이 쟈칼의 선수를 못쓰게 만든 놈이?"

쟈칼.

바로 이자가 문제였다.

쑤안과 쿵따이의 뒤를 봐주는, 우리나라로 치면 조직 폭력배 두목 같은 자로, 방콕에서 쟈칼이라고 하면 모르는 사람이 없을 정도로 무서운 자라고 한다.

"네가 쟈칼이냐?"

쟈칼의 좌우에 시립해 있던 6명의 사내가 허리에 차고 있던 정글도를 꺼내 들었다.

새파랗게 어린 혁수가 자신들의 두목 이름을 함부로 부른 것에 화가 난 것이다.

스릉—

"허—"

혁수는 무려 50cm짜리 정글도를 무슨 장난감마냥 아무렇지 않게 꺼내 드는 사내들의 모습에 문화적 충격을 받았다.

한국에서는 좀처럼 보기 힘든 일이 너무나도 쉽게 일어나자, 과연 '태국은 태국이구나.' 하는 생각이 들었다.

"듣자하니 제법 배포가 크다고 하던데, 겨우 이 정도로 겁을 먹은 건가? 하긴 평화로운 한국에서 온 부잣집 도련님이 이런 걸 구경이나 해 봤겠어? 그러기에 얌전히 관광이나 할 것이지. 왜 내 선수들을 건드려!"

혁수가 겁을 집어먹었다고 생각하고 으름장을 놓는 쟈칼.

혁수는 그런 쟈칼을 향해서 씨익— 하고 웃어 주었다.

혁수의 모습은 명백한 도발이었다.

발끈한 쟈칼의 부하 중에 한 명이 정글도를 천천히, 그리고 크게 휘두르며 혁수에게로 다가왔다.

혁수가 태국 현지인이었다면 쟈칼의 부하들은 단박에 혁수의 팔이나 다리 하나를 베어 냈을 것이다.

하지만 그러지 않았다.

아마도 혁수가 한국 관광객이다 보니, 나중에 문제가 생겨 자신들이 피곤해질까 싶어서 알아서 기라고 위협을 하는 것 같았다.

혁수는 그런 쟈칼 부하의 마음을 전혀 신경 쓰지 않았다.

퍼억—

그저 가볍게 그 부하의 옆구리에 주먹을 쑤셔 넣어 줄 뿐이었다.

"커억!"

땡그랑.

얼굴이 하얗게 질린 쟈칼의 부하가 손에 들고 있던 정글도를 떨어뜨렸다.

그리고 자신의 옆구리를 부여잡으며 바닥에 힘없이 풀썩하고 주저앉았다.

"이… 이……."

너무도 뜻밖의 일에 다른 부하들은 할 말을 잃고 말았다.

다른 관광객들은 정글도를 보여 주기만 해도 사색이 되

었다.

그래서 당연히 혁수도 그럴 거라고 생각했다.

한데, 혁수가 그런 예상을 무참히 짓밟아 버리고 먼저 공격에 나선 것이다.

"한국 놈어 감히!"

한국 관광객에게 당했다는 소문이 퍼지면 쪽팔려서 얼굴을 들고 다닐 수가 없다.

나중에 무슨 문제가 생기든 그것은 나중의 일이었다.

쟈칼의 부하들이 정말로 혁수를 죽이려는 듯 정글도를 휘둘렀다.

쟈칼의 부하들 모두 무에타이나 다른 운동으로 단련이 됐는지, 몸놀림이 제법 빨랐다.

'그래, 바로 이거야.'

애초에 방콕까지 온 이유가 무엇이던가.

단순히 무에타이를 배운다기보다, 지금과 같은 실전을 통해서 공격 속도와 회피 능력, 그리고 타격의 정확도를 높이기 위해서가 아니던가.

그런 의미에서 보면 쟈칼의 부하들은 지금껏 만난 상대들 중에서 최고로 좋은 상대들이었다.

물론, 그들이 휘두르는 정글도는 별다른 위협이 되지 못했다.

하지만 그들의 연수합격 실력은 제법 훌륭했다.

한 사람이 상체를 노리면 다른 사람은 하체를.

다른 사람이 오른쪽을 노리고 들어가면, 또 다른 사람은 왼쪽을.

공격 대상이 피할 틈을 주지 않고 상하좌우를 동시에 공격해 들어갔다.

후웅—

후웅—

정글도가 바람을 가르며 사방에서 들어오자, 혁수는 '그냥 편하게 몸으로 막아?' 이런 생각을 했다.

'아니지, 아니야.'

혁수는 고개를 흔들며 실전 수련이라는 목적에 충실하기로 했다.

직사각형을 그리며 공격해 오는 4개의 정글도를 피하는 것은 생각보다 쉬웠다.

물론 이것은 몸이 생각을 따라 줬을 때의 일이다.

"타앗!"

혁수가 짧은 기합성과 함께, 공중으로 몸을 살짝 띄웠다.

공중에서 한일자로 몸을 쭈욱— 편 후, 허공에 뜬 상태로 몸을 회전시켰다.

그렇게 체공 시간을 늘리자, 4개의 정글도가 혁수의 몸 주변의 허공을 가르며 지나갔다.

하지만 정글도의 공격은 끝난 것이 아니었다.

호기탐탐 기회를 노리고 있던 나머지 한 명이 혁수가 땅에 착지하는 순간을 노리고 공격해 들어온 것이다.

혁수는 몸을 바로 할 틈도 없이 재빨리 땅바닥을 굴러서 그 공격을 피했다.

'아 놔! 이렇게까지 해야 돼? 옷이 흙 범벅이 됐잖아!'

땅바닥을 굴러서 피했다는 것보다 옷이 더럽혀졌다는 사실에 더욱 흥분한 혁수.

더 이상 실전 수련이고 뭐고 없었다.

아니, 지금까지 만으로도 충분했다.

쟈칼 부하들의 움직임이 제법 민첩하기는 했지만 번개 이동우의 손놀림만큼 빠르지는 않았다.

쟈칼의 부하들이 다시금 혁수의 주변을 둘러싸며 공격해 왔다.

이번에야말로 정말로 혁수의 사지 중 하나를 자르고 말겠다는 듯 사납게 덤벼들었다.

하지만 혁수는 이미 이들의 움직임을 어느 정도 파악한 상태였다.

혁수는 정글도가 몸에 맞으려고 하는 결정적인 순간에 살짝 몸을 틀어 정글도를 피해 냈다.

그리고.

퍼억—

"억!"

그들의 옆구리에 강력한 한 방을 선사해 주었다.

아마도 갈비뼈가 박살이 난 듯싶었다.

쟈칼의 부하들이 비 오듯 식은땀을 흘리며 바닥에 주저앉았다.

너무나도 큰 고통에 비명조차 지르지 못하고 있었지만 혁수는 이대로 끝낼 생각이 없었다.

분명 다른 때 같으면 이쯤에서 그만 멈췄을 것이다.

하지만 이번만큼은 달랐다.

사람의 팔다리를 너무나도 쉽게 자르려고 하는 저들의 모습에 도저히 이대로 끝낼 수가 없었다.

그렇다고 저들을 죽일 생각까지 한 것은 아니었다.

언제부터인가 팔다리 하나 부러뜨리는 것을 너무나도 쉽게 여기게 된 혁수였지만, 누군가의 생명을 거둔다는 것은 생각조차 해 본 적이 없었다.

다만 저들에게도 다른 사람들이 겪었던 그 고통을 똑같이 느끼게 해 주고 싶었다.

저들의 팔다리를 박살을 내놓음으로 해서 저들에게 최소한의 벌을 주려고 했다.

이렇게 생각하고 쟈칼 부하들의 향해서 발을 떼려고 할 때.

뒤통수에서 한기 같은 것이 느껴졌다.

툭툭.

뭔가가 혁수의 뒤통수를 건드렸다.

느낌은 분명 쇠붙이 느낌이었다.

하지만 칼은 아니었다.

'이건!'

혁수는 분명 알 수 있었다.

직접 눈으로 본 적은 없었지만 분명히 알 수가 있었다.

'총!'

그랬다.

혁수의 뒤통수를 노리고 있는 것은 총이었다.

어느새 소리 소문도 없이 다가온 쟈칼이 총으로 혁수의 뒤통수를 겨누고 있었던 것이다.

과연 방콕의 밤을 지배하는 3대 조직의 두목다운 실력이었다.

"이건 절대 장난감이 아니다. 뭐, 정 내 말을 못 믿겠다면 시험해 봐도 상관없고."

쟈 의 말은 혁수의 짐작을 확신시켜 주었다.

'진짜 총이구나.'

혁수는 무섭다기보다 묘한 흥분감과 함께 강한 충동을 느꼈다.

'어디 한 번 정말로 총에 맞아 봐?'

칼은 이제 꼬마 얘들이 가지고 노는 장난감처럼 여겨졌다.

그 어떤 칼이라고 해도 이제는 시시했다.

하지만 총은 조금 달랐다.

아직 경험해 본 적이 없기에 어떻게 될지 몰랐지만, 그래도 자신이 죽을 거라는 생각은 전혀 들지 않았다.

총에 맞는 느낌은 어떨지, 총은 또 어느 정도의 데미지를 줄지.

그런 것이 몹시도 궁금했다.

그리고 누군가가 너무나도 달콤한 목소리로, '경험 삼아 한번 맞아 봐.' 라고 쉼 없이 속삭이는 것 같았다.

"그나저나 듣던 대로 실력이 대단하군. 하긴 근성 하나로 지금껏 버텨 온 쿵따이 녀석을 기겁하게 만들 정도니… 쿵따이 녀석이 어쩌다 너 같은 놈과 시비가 붙었는지는 모르지만, 내 선수를 그렇게 만든 대가는 치러야지? 두 가지 중에 하나를 선택해라. 쿵따이는 이번에 큰 시합을 하기로 되어 있었다. 한데, 너 때문에 시합 자체를 못하게 됐다. 들자하니 한국의 부잣집 도련님이라고?"

도대체 혁수가 부잣집 도련님이라는 소문은 어디서 난건지…….

"돈이 많다고 하니, 내가 입게 될 손해를 모두 책임지던가, 그것도 아니면…….."

"아니면?"

"네가 쿵따이를 대신해서 시합에 나가던가."

"뭐?"

사실 쟈칼의 목적은 처음부터 이것이었다.

쿵따이를 좌절시킬 정도의 실력자라면 충분히 승산이 있다고 생각했다.

하지만 혁수를 직접 본 것이 아니었기에 실력에 대한 확신은 없었다.

혁수의 실력을 확인할 겸, 살짝 겁도 줄 겸해서 혁수를 만나기 전부터 부하들에게 사정 봐주지 말고 공격하라고 명령을 한 상태였다.

과연 쿵따이의 말대로 혁수가 엄청난 실력자임을 확인한 쟈칼은 되도록 혁수가 시합에 나가주기를 원했다.

이번 시합에 많은 돈이 걸린 것은 사실이었다.

하지만 그 못지않게 중요한 조직의 명예도 걸린 일이라서 어떻게든 혁수를 시합에 내보내야 했다.

게다가 이번 시합의 상대는 바로 다른 3대 조직 중에 하나였다.

쟈칼의 조직이 비록 방콕 3대 조직이라고는 하지만 신흥 조직이라서 아직 다른 두 조직에 비해 많은 것이 열악했다.

그래서 쟈칼은 이번 시합으로 조직의 명성을 높이고, 자기 조직의 위치를 더욱 굳건히 하려고 했다.

한데 생각지도 못한 혁수 때문에, 시합 자체가 무산될 위기에 처한 것이다.

2일 후에 있을 시합 때까지 다른 선수를 구하는 것이 쉽지가 않았다.

분명 다른 조직에서 쿵따이에 대한 소식을 듣고 방해할 것이 뻔했다.

그래서 쟈칼은 어떻게든 혁수를 시합에 내보내려고 했다.

돈과 시합 출전.

이 두 가지 중에 고르라고 말은 했지만 만약 혁수가 돈을 선택하면 상상을 초월하는 엄청난 액수를 불러서 돈을 포기시킬 계획이었다.

만약 그렇게 했는데도 계속해서 돈으로 해결하겠다고 하면 그때는 정말······.

Chapter 7.
아이언

쟈칼의 제안은 너무나도 뜻밖이었다.

태국에 온 목적이 무엇이던가?

태국의 유명한 무에타이 선수들과 한 번 겨루어 보기 위함이 아니던가.

근데 이걸 쟈칼이 알아서 해 준단다.

쟈칼이 말하는 시합 상대는 분명 보통 상대가 아닐 것이다.

굳이 여기저기 돌아다닐 필요 없이 알아서 시합을 해 주겠다고 하니 혁수로서는 거절할 이유가 없었다.

"좋아, 하겠다. 네가 말한 그 시합에 나가겠다."

"저, 정말이냐? 정말로 시합에 나갈 거지?"

"그래. 단 조건이 있다."

"조건? 그게 뭐냐?"

"네가 말한 그 시합… 보나마나 내기 도박 시합이겠지?"

"그렇다."

"거기에 나도 끼워 줘라. 그럼 시합에 나가겠다."

"하하하. 부잣집 도련님이 돈 욕심이 많군. 뭐 자기 돈으로 자기가 한다는데 내가 반대할 이유는 없지만, 사소한 문제가 하나 있다."

"사소한 문제라니? 그게 뭐지?"

"아, 별거 아냐. 만약의 경우를 대비해서 선수들은 자기 시합에 돈을 못 걸게 되어 있거든."

"승부 조작 때문인가?"

쟈칼이 고개를 끄덕였다.

원래는 유명 도장을 돌아다니며 돈을 주고 스파링 상대를 구하려고 했다.

한데 쟈칼 덕에 그 스파링 비를 아끼게 되었다.

하지만 그렇다고 쟈칼을 위해서 공짜로 시합에 나갈 생각은 전혀 없었다.

혁수 본인을 위해서라면 돈은 얼마든지 쓸 수 있었지만 남의 위해서 공짜로 일해 주기는 싫었다.

특히 쟈칼 같은 놈을 위해서는 더더욱 싫었다.

그렇다고 쟈칼이 대전료를 줄 것 같지도 않았다.

그래서 이왕 도박 시합에 나가기로 한 것 자신도 한 번 그 도박판에 끼어 보자는 생각을 한 것이다.

"그렇다고 아예 방법이 없는 것은 아냐. 대리인을 세우면 되니까."

"뭐? 대리인? 아니, 그렇게 눈 가리고 아옹 할 거면 왜 선수가 돈을 못 걸게 하는 거지?"

"이 바닥은 네가 생각하는 것처럼 간단하지가 않아. 네가 보기에는 눈 가리고 아옹 하는 것 같지만 다 이유가 있어서 그렇게 하는 거다. 어쨌든 도박판에 끼려면 대리인이 있어야 돼."

"설마, 너를 대리인으로 내세우란 말은 아니겠지?"

"하하하, 당연히 아니지. 오늘 처음 본 날 뭘 믿고?"

그러면서 쟈칼이 바로 네 옆에 있지 않냐고 눈짓을 보냈다.

"아!"

싸우는데 정신이 팔려 똥방뚜이를 잊고 있었다.

"저 녀석, 똥방뚜이지? 언젠가 본 적이 있어. 뭐 그때와는 몸이 완전히 달라져서, 처음에는 못 알아봤지만. 보아하니, 쿵따이 녀석이 너와 시비가 생긴 이유도 저 녀석 때문이겠지? 저 녀석을 위해서 쿵따이와 싸웠을 정도면 그래도 저 녀석은 믿고 있다는 말 아닌가? 그럼 저 녀석을 대리인으로 세워. 그러면 되잖아."

쟈칼은 한때 똥방뚜이를 자신의 조직으로 끌어들이려고 한 적이 있었다.

그리고 이 이야기는 쿵따이의 귀에도 들어가게 되었다.

쟈칼의 조직이 이만큼 성장한 것에는 쿵따이의 공도 제법 컸다.

그런데 두목인 쟈칼이 함께 고생한 자신을 무시한 채 똥방뚜이를 데리고 오려 한다고 하자, 너무나도 화가 났다.

하지만 주변의 시선 때문에 똥방뚜이를 어떻게 할 수는 없었다.

그러던 차에 똥방뚜이가 수련을 하다가 다리를 다친 것이다.

똥방뚜이가 아무런 쓸모가 없어지자 쟈칼은 이내 똥방뚜이에게서 관심을 끊었다.

하지만 쿵따이는 아니었다.

한때나마 자신의 자리를 위협한 것에 앙심을 품고 있었던 것이다.

그래서 그동안 똥방뚜이를 악질적으로 괴롭혀 온 것이다.

"그러면 되겠군."

"그럼, 다 해결 된 건가? 그럼 2일 후에 보자고. 혹시나 해서 하는 말인데, 마음이 변했다고 중간에 도망갈 생각은 하지 않는 게 좋아. 이미 네가 머무는 호텔에 내 부하들이 너를 감시하고 있으니까. 네가 조금이라도 수상한 행동을 하면 그때는……."

쟈칼이 손가락으로 방아쇠를 당기는 모션을 취했다.

"그럴 일은 절대 없을 테니까 걱정하지 마. 그보다, 상대가 누구지? 유명한 선수인가?"

"그런 건 몰라도 돼."

쟈칼은 혹시나 상대 선수가 누군지 알면 혁수가 지레 겁을 먹고 정말로 도망갈까 싶어서 말을 해 주지 않았다.

"쳇."

혁수는 그냥 얼마나 유명한 선수인지 알기 위해 이름만이라도 알려 달라고 한 것인데, 쟈칼이 아무 말도 해 주지 않자 살짝 기분이 나빠졌다.

하지만 이내 그런 기분을 떨쳐 냈다.

뭐, 어차피 상대 선수의 이름이 중요한 것이 아니었다.

그저 자신을 만족시켜 줄 만한 선수면 그게 누구든 아무 상관없었다.

시합 장소는 마하낙 시장의 안쪽에 위치한 허름한 건물이었다.

겉으로 보기에는 금방이라도 무너질 것처럼 보였는데, 링이 설치되어 있는 내부는 전혀 그렇지가 않았다.

혁수가 쟈칼과 함께 건물 안으로 들어서자, 상대 조직의 보스가 쟈칼을 반겨 주며 말했다.

"선수를 바꿨다고?"

"오늘 나오기로 한 쿵따이가 다쳐서 말이야."

"뭐, 그렇다면 당연히 선수를 바꿔야지. 그래서 말인데, 우리 쪽 선수도 갑작스럽게 교통사고를 당해서 말이야."

"뭐? 그래서 너희 쪽도 선수를 바꾸겠다는 말이야?"

"어쩔 수가 없잖아."

"그래서, 너희는 누굴 데려왔는데?"

상대 조직의 보스가 부하를 향해서 손짓을 했다.

그 부하는 어디론가 급하게 달려가더니, 30대 중반으로 보이는 왜소한 체구의 사내와 함께 돌아왔다.

부하와 함께 온 사내가 자신의 상대라는 것을 눈치챈 혁수는 적잖이 실망했다.

아무리 봐도 쟈칼의 부하들보다도 못해 보였기 때문이다.

저런 상대와 시합을 할 줄 알았다면 쟈칼이 총이 아니라, 대포로 협박했다고 해도 오지 않았을 것이다.

하지만 쟈칼은 혁수와 전혀 다른 반응을 보였다.

"살, 살, 살쾡이잖아! 저 녀석이 왜 여기 있는 거야! 이건 반칙이야 반칙!"

극도로 흥분하는 쟈칼의 모습에 혁수는 의아해졌다.

'살쾡인지 뭔지 아무리 봐도 대단한 구석이라고는 눈곱만치도 안 보이는데 왜 저렇게 호들갑이야?'

혁수가 이런 생각을 하고 있을 때, 똥방뚜이가 혁수에게 속삭였다.

"임. 이 시합은 절대하면 안 돼요."

"아니 왜? 별로 강해 보이지도 않는데 왜들 그렇게 난리야?"

"그건 임이 저 살쾡이라는 사람을 잘 몰라서 그래요. 저 사람은 코브라와 유일하게 대적할 수 있다고 소문이 난 사람이에요."

"코브라? 그 맹독을 가지고 있는 뱀?"

"아뇨. 제가 말한 코브라는 사람이름이에요. 것보다, 이번 시합은 진짜로 하면 안 돼요. 그냥 포기하는 게 나아요."

"그러니까 왜 안 되냐고? 그 이유라도 말해 줘야 할 것 아냐."

"휴, 알았어요. 말해 줄 테니까. 제발 이 시합은 나가지 말아요."

똥방뚜이는 자신이 아는 모든 것을 말해 주었다.

고대 태국의 무술은 무아이보란이라고 불렸다.

무아이보란은 고대 태국 무술을 총칭하는 말로 무아이보란에 속에는 여러 가지 유파가 존재한다.

흔히 우리가 무에타이로 하는 태국 무술은 이 무아이보란이 현대로 내려오면서 변형된 것이다.

무아이보란의 유파 중에는 차르타니라는 유파가 있다.

차르타니 유파의 창시자인 차르타니는 가혹하리만큼 혹독하게 신체를 굴려서 수련하는 것에는 한계가 있다고 생각했다.

차르타니는 어떻게 하면 보다 강한 육체를 만들 수 있을까 고민하다가 특수한 약물로 신체를 강화하는 방법을 생각해 냈다.

차르타니는 오랜 시간과 공을 들여 이 특수한 약물을 만들어 냈다.

과연 차르타니가 만든 약물은 대단했다.

차르타니의 약물로 시술받은 고대 전사들은 신체가 강철처럼 단단해졌다.

그리고 다리는 나무 기둥을 한 방에 부러뜨릴 만큼 강력해졌고, 손은 나무를 한 번에 벨 정도 날카로워졌다.

차르타니의 약물로 시술을 받은 고대 전사들은 한순간에 무적의 경지에 오르게 되었다.

이때까지만 해도 차르타니의 천하가 영원토록 이어질 것

만 같았다.

한데 그러지가 못했다.

처음에는 나타나지 않던 약물의 부작용이 뒤늦게 나타나기 시작한 것이다.

어떤 사람은 몸이 굳어 갔고, 어떤 사람은 백치가 되었으며 심한 경우 피를 토하며 죽는 사람도 있었다.

이렇게 차르타니 약물 시술의 폐해가 속속 들어나자, 사람들은 차르타니 약물 시술을 금지시켰다.

하지만 그렇다고 차르타니의 의지까지 꺾인 것은 아니었다.

차르타니의 의지는 후대로 계속해서 전해졌고, 그 의지를 지금 이어받은 사람이 바로 살쾡이였다.

살쾡이는 고대에서부터 내려온 선조들의 지식을 종합하여 새로운 약물을 만들어 냈고, 그것을 자신에게 시술했다.

그리하여 전설에 전해져 내려오는 수준은 아니지만, 나무 방망이로 때려도 꿈쩍도 하지 않는 굳건한 육체와 사람의 피부는 그냥 찢어발길 수 있는 날카로운 손톱 정도는 가지게 되었다.

"호오~ 그렇게 대단한 사람이란 말이지?"

외형만 보고 실망했었는데, 똥방뚜이의 설명을 듣고 나니 어느 정도로 대단한가 하는 호기심과 어서 빨리 붙고 싶다는 욕망이 꿈틀거렸다.

혁수가 똥방뚜이와 이야기를 나누는 동안 쟈칼은 상대 조직의 보스와 실랑이를 한참 벌리고 있었다.

입이 댓발 나온 쟈칼이 구시렁거리면 혁수에게 다가왔다.

"젠장. 저 자식 저거, 쿵따이가 나왔어도 살쾡이를 내보낼 생각이었어."

쟈칼은 계속해서 뭐라고 중얼중얼거렸는데, 자세히 들어보니 상대 조직의 보스에 대한 욕들이었다.

"그만 좀 구시렁거리고, 그래서 시합은 하는 거야 마는 거야?"

"다, 당연히 해야지. 걱정 마, 천하의 살쾡이라고 해도 너한테는 안 될 테니까."

"안 돼요! 임. 절대 하면 안 돼요. 임은 살쾡이가 얼마나 무서운 사람인지 몰라요. 절대 하면 안 돼요."

어떻게든 혁수를 시합에 내보내지 않으려고 하는 똥방뚜이.

"닥쳐! 본인이 하겠다는데 네가 왜 나서서 반대야!"

쟈칼이 부하들에게 눈짓을 하자 부하들이 똥방뚜이의 입을 틀어막고 어디론가 끌고 가려고 했다.

"그만 놔줘. 만약 똥방뚜이의 머리카락이라도 건드리면 시합에 안 나갈 테니까. 그렇게 알아."

"아아, 알았어. 나도 사회적 체면이라는 게 있는데 설마 저런 병신… 흠흠, 하여튼 저런 녀석은 나도 안 건드려."

쟈칼이 또다시 눈짓을 하자 부하들이 똥방뚜이를 풀어 주었다.

"임!"

"걱정 마. 똥방뚜이. 너도 봤잖아? 내가 얼마나 강한지.

그러니까, 아무 걱정하지 마."

"하지만 살쾡이는⋯⋯."

"어허. 나만 믿으래도!"

혁수가 큰소리 탕탕 치자 똥방뚜이는 더 이상 아무 말도 하지 못했다.

"그래, 바로 그 자신감이야. 살쾡이가 언제 적 살쾡이야. 그 자식도 이제는 늙었다고. 예전같이 못 움직여. 살쾡이는 절대 네 상대가 못 돼."

"그래? 그런데 왜 아까부터 그렇게 식은땀을 흘리는 거야?"

"무, 무슨 소리야. 이건 더워서 그런 거야. 더워서."

황급히 식은땀을 훔치는 쟈칼.

혁수는 링에 오르기에 앞서 무에타이 복장으로 갈아입었다.

"푸웁."

혁수의 몸을 본 쟈칼이 급히 입을 틀어막았다.

혁수는 쟈칼을 힐긋 흘긴 후 링으로 올랐다.

"푸하하하하!!"

혁수의 몸을 본 사람들이 배를 잡고 웃기 시작했다.

동남아에서는 전혀 볼 수 없는 하얀 피부에, 키만 멀대같이 커서, 근육이라고는 전혀 찾아볼 수 없는 빼빼 마른 몸은 너무나도 볼품없었다.

"에이씨─ 근육 좀 키울걸."

게임 캐릭터 능력을 얻음으로 해서 특별한 운동을 하지

않아도 괴력을 발휘할 수 있게 되었다.

그러다 보니, 제대로 된 운동을 할 생각을 하지 않았다.

그저 케이블에서 이종 격투기 선수들이 쓰는 기술이나 몇 번 따라한 것이 이제껏 혁수가 한 운동의 전부였다.

사람들이 계속 웃자 혁수는 얼굴이 벌겋게 달아올랐다.

한쪽에서는 저것도 선수냐며 혁수에게 야유를 보냈다.

하지만 그런 야유나 비웃음도 살쾡이가 등장하자 언제 그랬냐는 듯 조용해졌다.

살쾡이가 관중석을 쓰윽 쳐다보자, 사람들은 시선을 마주치지 않으려고 급히 고개를 돌렸다.

"뭐야? 나한테 보인 반응이랑 왜 이렇게 틀려? 사람 차별하는 거야?"

찬물을 끼얹은 듯 조용해진 관중석.

심지어 숨을 크게 쉬는 사람도 없었다.

"저 살쾡이라는 사람이 정말로 그렇게 무섭나?"

혁수가 보기에는 인상만 조금 더럽지 무섭다는 느낌은 전혀 들지 않았다.

장내 아나운서의 선수 소개가 끝이 나자 사람들이 돈을 걸기 시작했는데, 혁수에게 돈을 거는 사람은 똥방뚜이와 쟈칼밖에 없었다.

똥방뚜이의 얼굴에는 근심 걱정이 가득한데 반해, 쟈칼은 '아이고, 아까운 내 돈.' 하는 표정이었다.

하긴 혁수의 몸만 보면 싸움에 '싸' 자도 모를 것 같은데, 누가 혁수에게 돈을 걸겠는가.

결국 이 도박 시합이 개설 되고나서 단 한 번도 없었던 1:32 라는 배당률이 나오고 말았다.

"쳇, 내가 그렇게 형편없어 보이나?"

혁수가 볼품없는 것도 사실이었지만 상대가 하필 살쾡이라는 것이 문제였다.

사람들이 돈을 다 걸고 나자 시합의 시작을 알리는 종이 울렸다.

때앵~

몸 어디를 때려도 상관없고, 휴식 시간도 없으며, 심판도 없는.

글로브를 끼지 않고 맨주먹 맨발로만 싸우는.

오직 상대방이 기절을 하거나 '항복' 이라고 말할 때까지 계속되는 무제한 시합이 시작된 것이다.

참고로 이 시합장에서 '항복' 선언을 한 선수는 이제껏 단 한 명도 없었다.

"크크크, 천하의 내가 너 같은 애송이 놈과 싸워야 한다니… 그동안 내가 사바세계를 너무 떠나 있었나 보군."

살쾡이는 너무나도 볼품없는 혁수를 보며 기가 찼다. 그리고 피 끓는 분노를 느꼈다.

선조들이 그토록 갈망하던 부작용 없는 약물을 만드는 것이 소원인 살쾡이.

하지만 그런 약물은 좀처럼 쉽게 만들 수가 없었다.

정글에 살고 있는 살쾡이는 직접 필요한 약초들을 채집하고 다녔다.

하지만 몇몇의 약초는 도저히 구할 수가 없어서 사바세계에 나와서 돈을 주고 구입해야만 했다.

그것도 엄청나게 많은 돈을 줘야 했다.

달리 돈을 구할 방법이 없던 살쾡이는 결국 조직이 주선하는 지금의 도박 시합을 뛰어야만 했다.

처음 살쾡이가 출전했을 때 사람들은 그를 보고 비웃었다.(혁수를 보고 비웃은 것만큼은 아니었다.)

다른 선수들에 비해서 너무나도 왜소한 체구라, 혁수가 지레짐작 했듯이 그들 역시 살쾡이가 아주 약할 거라고 생각한 것이다.

상대 선수 역시 살쾡이가 자신의 상대가 되지 못할 거라고 생각하며 살쾡이를 무시했다.

하지만 경기가 끝나고 나서는 아무도 살쾡이를 비웃거나 무시하지 못했다.

그도 그럴 것이 무시당했다는 것에 화가 난 살쾡이가 상대 선수의 몸을 보기 흉할 정도로 심하게 난도질했기 때문이다.

순식간에 링은 피바다가 되었고, 상대 조직에서는 칼을 숨긴 것이 아니냐고 따졌지만, 살쾡이의 몸 구석구석을 살펴도 칼은 전혀 발견되지 않았다.

살쾡이는 약간의 유흥거리라면 사람들이 보는 앞에서 두꺼운 송판을 맨손으로 찢어발겨 버렸다.

이걸 두 눈으로 직접 확인한 사람들은 벌어진 입을 다물 줄을 몰랐다.

그리고 나중에서야 살쾡이가 고대 전설에 언급되는 차르타니 유파의 사람이라는 것을 알게 되었다.

그 뒤로 살쾡이의 모습을 보고 비웃는 사람은 아무도 없었다.

그리고 살쾡이가 상대 선수와 싸울 때의 모습이 흡사 살쾡이(고양이과 동물)가 먹이를 사냥할 때 손을 휘두르는 것과 비슷하다고 해서 다음부터 그를 살쾡이라고 불렀다.

살쾡이는 사람들이 자신을 뭐라고 부르던 전혀 상관하지 않았다.

그보다 돈과 부작용 없는 약물 제조에만 열을 올렸다.

그렇게 악명을 쌓은 살쾡이는 돈이 필요할 때만 정글에서 사바세계로 나왔다.

살쾡이는 다른 선수들에 비해서 그리 많은 시합을 뛰지는 않았지만 손속이 워낙 잔인해서 이 바닥에서는 그를 모르는 사람이 없었다.

참고로 살쾡이도 부작용을 겪었다.

원래 살쾡이는 혁수처럼 키가 컸다. 하지만 약물 시술을 받고 난 뒤 온몸이 뒤틀리는 고통과 함께 지금과 같은 왜소한 체형으로 변해 버렸다.

그래서 살쾡이는 키가 큰 사람을 무척 싫어했다.

살쾡이는 혁수를 최대한 잔인하게 해치움으로써 다시금 사람들의 뇌리에 자신에 대한 공포심을 심어 놓기로 했다.

"나를 원망하지 말거라."

싸악—

살쾡이는 그 별명에 걸맞게 진짜 살쾡이가 먹이를 낚아채듯 그렇게 손을 놀려 혁수의 가슴에 오선지를 그려 놓았다.

최소한 살쾡이는 그렇게 했다고 믿었다.

"흐흐흐, 맛이 어떠냐? 많이 아프… 헛! 이게 어떻게 된 거지?"

분명 가슴에 시뻘건 피를 토하는 오선지가 그려져 있어야 하는데 혁수는 처음 보았던 그 볼품없는 모습 그대로였다.

"이럴 수가 분명 느낌이 났었는데? 내가 오랜만이다 보니, 실수를 했나?"

살쾡이는 너무 오랜만의 시합이라 자신의 감각이 무디어졌다고 생각했다.

"좋다. 이번에는 확실하게 끝장을 내주 마."

살쾡이의 손이 다시금 바람을 찢으며 혁수의 가슴팍을 노려 왔다.

"흥, 누굴 허수아비로 아나."

혁수가 급히 상체를 뒤로 젖혔다.

싸악—

살쾡이의 손이 허공만을 갈랐다.

살쾡이는 의외라는 표정으로 혁수를 바라보았다.

"호오, 보기와 달리 제법 실력이 있단 말인가? 하지만 이것도 피해 낼 수 있을까?"

살쾡이가 좀 전과는 비교도 할 수 없을 정도로 빠르게 오른 손을 휘둘렀다.

싸아악—

단지 상체를 뒤로 젖히는 것만으로는 도저히 피할 수 없다고 판단한 혁수는 몸을 뒤로 날려 살쾡이의 공격을 피했다.

"흥."

혁수가 몸을 뒤로 날리는 순간, 살쾡이는 이미 그럴 줄 알았다는 듯, 혁수의 품으로 몸을 날렸다. 그리고 동시에 왼손으로 혁수의 옆구리를 가격했다.

채앵—

이번에는 공격이 제대로 들어갔다.

"흐흐흐, 맛이 어떠… 큭! 이게 어떻게 된 거지?"

벌어진 살 틈 사이로 피를 콸콸콸 흘리며 하얀 뼈를 들어내야 할 혁수는 아무렇지 않다는 듯 서 있고, 오히려 자신은 쇳덩어리라도 친 것처럼 손이 아파 오는 것이 아닌가.

자신의 손, 정확하게는 특수 약물로 강화된 뾰족하고도 날카로운 손톱이 뽑아질 것처럼 아파 왔다.

"설마 네놈도 약물 같은 걸로 강해진 놈이냐?"

몸에 근육이 하나도 없는 걸로 봐서는 절대 육체를 단련해서 그렇게 만든 것은 아닐 것이다.

살쾡이는 혁수가 자신과 비슷한 방법으로 강해졌다고 오해했다.

살쾡이의 질문에 굳이 대답해 줄 의무는 없었다.

그보다 이제껏 만난 상대 중 가장 재빠른 움직임을 보여 주는 살쾡이와 대결하고 있다는 사실에 가슴이 미친 듯이 뛰었다.

'조금만, 조금만 더 보여 줘. 그러면 그 날쌘 움직임을 내 것으로 만들 수 있을 것 같으니까. 어서 더 보여 달란 말이야.'

혁수가 아무런 말이 없자 무시당했다고 생각한 살쾡이는 공격의 강도를 좀 더 높이기로 했다.

"흐흐흐, 너를 정글의 짐승이라고 생각하며 상대해 주마. 영광으로 알아라. 이제껏 내가 이 수준으로 상대한 녀석은 네가 처음이다. 이얍!"

살쾡이가 혁수의 주변을 원을 그리며 달리기 시작했다.

처음에는 '조금 빠르네.' 하는 정도였는데, 시간이 지날수록 점점 빨라지더니 나중에는 눈이 뱅그르르 돌아갈 정도가 되었다.

"뭐야? 발에 모터라도 달았나?"

혁수는 어떻게든 살쾡이의 움직임을 놓치지 않으려고 애를 썼다.

한데 그러면 그럴수록 머리가 뱅글뱅글 돌면서 현기증이 날 것만 같았다.

혁수의 몸이 살짝 비틀거렸다.

살쾡이가 그것을 놓치지 않고 혁수의 품을 파고들어 왔다.

"기다렸다!"

현기증이 나는 것은 사실이었지만 몸을 비틀거릴 정도는 아니었다.

하지만 언제까지 살쾡이가 자신의 주변을 빙글빙글 돌도

록 내버려 둘 수는 없었다.

그래서 일부러 살짝 틈을 보여 준 것이다.

살쾡이 같은 상대를 또 언제 만날지 모를 일이다.

되도록 오래 싸우고 싶다는 생각에 약간 아픈 수준으로 힘을 조절하여 주먹을 뻗었다.

혁수의 주먹이 살쾡이의 얼굴에 닿으려고 할쯤, 살쾡이가 혁수의 시야에서 사라져 버렸다.

"어라?"

살쾡이는 혁수의 얕은수를 이미 알고 있었다는 듯 혁수가 주먹을 날리자, 그 자리에서 급정지를 한 후, 링 바닥에 닿을 것처럼 몸을 바짝 숙였다.

바닥에 납작 엎드린 개구리 자세를 취한 살쾡이는 그 자세 그대로 몸을 뒤틀어 360도 회전 킥을 날렸다.

터엉—

살쾡이의 360도 회전 킥은 혁수의 복사뼈를 가격했다.

"끄윽."

복사뼈를 공격당한 것은 혁수였지만 고통에 신음하는 사람은 이번에도 살쾡이였다.

"이놈의 몸은 도대체……."

오른쪽 다리를 절뚝거리며 뒤로 물러서는 살쾡이.

그는 도저히 믿을 수 없다는 표정으로 혁수를 쳐다보았다.

혁수 역시 대단하다는 표정으로 살쾡이를 쳐다보았다.

눈으로 쫓기 힘들 정도의 빠른 움직임도 대단했지만 상대의 허실을 간파하고 오히려 그것을 역이용하는 살쾡이의 모습은 존경스럽기까지 했다.

'아, 바로 저건데.'

무식하게 몸으로 상대의 공격을 막는 것이 아닌, 방금 살쾡이가 보여 준 것처럼 상대의 움직임을 미리 간파하여 그것을 역이용하는 것.

바로 이것이 혁수가 진정으로 원하던 것이었다.

'저게 진짜 폼 나는 건데.'

혁수는 방금 전의 살쾡이의 공격을 몇 번이고 되씹었다.

'어디서 저런 괴물 같은 놈이.'

살쾡이는 혁수를 보며 진저리를 쳤다.

살쾡이 역시 몸이 단단하기로는 둘째가라면 서러운 사람이었다.

각목으로 맞아도 아무렇지 않은 사람이 살쾡이였다.

그런데 그런 살쾡이가 공격에 성공을 하고도 다리를 쩔뚝이고 있는 것이다.

살쾡이가 아니 다른 사람이었다면 최소한 뼈에 금이 갔을 것이다.

'이대로는 안 되겠어. 우선 녀석을 지치게 만든 후에…… 하지만 지금의 이 다리로는……'

잠시간 고민을 하던 살쾡이는 굳어진 얼굴로 호흡을 골랐다.

'쩝. 이렇게 되면 아까와 같은 공격은 없는 건가?'

다른 사람 같으면 살쾡이의 다리를 봉쇄했다고 좋아했겠

지만, 살쾡이의 공격을 더 보고 싶었던 혁수는 입맛만 다셨다.

"이얍!"

살쾡이가 기합을 지르며 먼저 공격에 들어왔다.

혁수는 그래 봤자 조금 전만 하겠냐는 생각에 살쾡이의 공격을 얕잡아 봤다.

그런데.

"헛!"

생각 이상의 움직임이었다.

과연 저것이 하체를 쓰지 않고 상체만을 이용한 공격인가?

하는 생각이 들 정도로 빠르고 화려한 공격이었다.

손톱을 바짝 세운 살쾡이가 폭우처럼 공격을 퍼부었다.

"웃!"

혁수는 이번에야말로 살쾡이의 속도를 체득하고 말겠다고 굳게 다짐했다.

보는 사람으로 하여금 눈을 어디에 둬야 할지 모를 정도로 화려하면서도 빠르게 공격하는 살쾡이.

그리고 그런 살쾡이의 공격을 요리조리 피해 내는 혁수.

두 사람이 짜고 한다고 해도 저렇게는 못할 것 같았다.

관중들은 영화에서나 볼 법한 두 사람의 움직임에 혀를 내두를 수밖에 없었다.

한쪽은 공격하고 한쪽은 피하는 공세가 한참 동안 이어졌다.

별다른 접점 없는 두 사람의 공방에 자칫 지루해질 수도 있었지만 관중들은 전혀 지루하다는 생각을 하지 못했다.

그러던 와중에 살쾡이가 갑자기 뒤로 물러났다.

"후아, 후아― 후~ 아―"

깊게 호흡을 하며 숨을 돌리는 살쾡이.

"지금까지는 링에서의 싸움을 보여 줬다만, 이제부터는 정글에서의 전투를 보여 주마."

'정글의 전투? 뭔 말이야?'

살쾡이의 말을 선뜻 이해하지 못한 혁수는 고개를 갸웃거렸다.

몇 차례 호흡을 고른 살쾡이가 진짜 살쾡이라도 된 듯 손으로 땅을 짚고 슬금슬금 움직이는 것이 아닌가.

게다가 동물 소리까지 냈다.

"캬오~"

"뭐, 뭐하는 거야?"

타악―

살쾡이가 네발로 링을 박차 올랐다.

"헛!"

검은 물체가 확― 하고 얼굴 앞에 나타나자 혁수는 본능적으로 깜짝 놀라고 말았다.

"이게!"

검은 물체가 살쾡이임을 알고 주먹을 뻗었다.

하지만 혁수의 주먹은 허공을 뚫었을 뿐이다.

"어디로 간 거지?"

"우키카— 우키카—"

혁수가 주먹을 날리는 순간 백 텀블링으로 그것을 피한 살쾡이가 구부정하게 양손을 치켜들더니, 야생 원숭이 흉내를 내기 시작했다.

"뭐야 이거? 지금 장난하는 거야?"

하다 하다 안 되니까 이제는 별 쇼를 다한다고 생각했다.

이쯤 되면 이제는 끝내는 것이 좋겠다고 생각한 혁수가 인정사정 봐주지 않고 주먹을 날렸다.

휘익—

한데 이번에도 허공에 헛손질하는 격이었다.

이번에는 개구리 자세로 몸을 피하는 것은 물론, 개구리 소리를 내며 폴짝폴짝 뛰기까지 했다.

"개굴~ 개굴~"

"이게 진짜!"

마치 자신을 가지고 장난을 치는 듯한 살쾡이의 이상한 동물 흉내에 짜증이 났다.

게다가 그 이상한 행동으로 주먹들을 이리저리 피해 내는데, 그게 더욱 짜증나게 만들었다.

혁수는 씩씩거리며 마구잡이로 주먹을 휘둘렀지만 살쾡이는 단 한 방도 맞지 않았다.

"내가 지금 뭐하고 있는 거야?"

회의감에 빠진 혁수는 더 이상 주먹을 휘두르지 않고 살쾡이를 노려보기만 했다.

'흐흐흐, 드디어 지쳤구나.'

동물 흉내를 내며 일부러 혁수를 자극한 것이 주효했음이 들어났다.

살쾡이는 보다 확실하게 일을 처리하기 위해서 야생 원숭이 흉내를 내면서 혁수 주변을 텀블링을 하며 원을 그리듯 빙글 빙글 돌았다.

"이게 진짜! 보자보자 하니까!"

순간 울컥하고 치솟아 올랐지만 쉽사리 주먹을 뻗을 수가 없었다.

이미 자신의 주먹이 통하지 않는다는 것을 깨달았기 때문이다.

Chapter 8.
진정한 자각

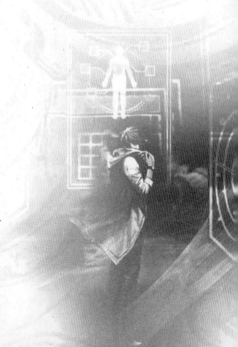

"젠장!"

짜증이 난 혁수가 무심코 등 뒤로 팔꿈치를 휘둘렀다.

퍼억!

"크윽."

"어라? 뭐지?"

혁수는 너무 화가 나서 별생각 없이 한 행동이었는데, 눈
먼 주먹, 아닌, 눈먼 팔꿈치가 뒤쪽을 돌고 있던 살쾡이의
얼굴을 가격한 것이다.

볼이 터질 듯이 부풀어 오른 살쾡이는 도저히 믿을 수 없
다는 표정으로 혁수를 쳐다보았다.

지금의 사태를 믿기 힘든 건 혁수도 마찬가지였다.

'뭐지? 정말 우연히 저렇게 된 건가?'

처음에는 살쾡이가 재수가 없어서 무심코 휘두른 팔꿈치

에 맞았다는 생각이 들었다.

'아니야. 그건 아니야. 분명 팔꿈치를 휘두르기 전에 어떤 느낌 같은 것이 있었어.'

그랬다.

팔꿈치를 휘두르기 전에 왠지 그곳에 살쾡이가 있을 것 같은 느낌이 들었었다.

하지만 그 느낌을 믿고 팔꿈치를 휘두른 것은 아니었다.

가뜩이나 화가 난 상황이라 가만히 있으면 더 울화가 치밀 것 같아서 그냥 '애라 모르겠다.' 하는 심정으로 팔꿈치를 휘둘렀던 것이다.

'뭐가 어떻게 된 거지?'

분명 단순한 우연이 아니었다.

여기에는 무언가가 있었다.

하지만 '그게 뭐다.' 라고 딱 꼬집어 말하고 싶어도 그럴 수가 없었다.

머릿속이 안개가 낀 것처럼 희미하게 형체만 보이고 명확하게 그것이 뭔지는 보이지 않고 있었다.

그래서 더욱 답답했다.

그렇게 혁수는 골머리를 감싸고 한참 동안 고민했다.

그리고 결국 답을 얻어 낼 수가 있었다.

"아! 바로 그거야! 육감! 바로 그거였어!"

등 뒤에 위치해 보이지도 않던 살쾡이의 위치를 정확하게 파악한 것은 육감, 혹은 식스센스라고 부르는 초감각이 아니면 달리 설명할 길이 없었다.

혁수는 흑곰들과의 싸움을 통해서 민첩 스텟이 오르지 않아도 수련을 통해서 명중률과 회피율을 올릴 수 있다고 생각했다.

실제로도 실전을 많이 경험하자 명중률과 회피율이 상승했다.

이것이 혁수의 착각을 불러일으킨 것이다.

민첩 스텟의 변화가 없는 이상 명중률과 회피율은 절대 변하지 않는다.

그럼 그동안은 어떻게 된 것이냐?

이것을 설명하기 위해서는 혁수가 잘못 알고 있는 것에 대해서 정확하게 알 필요가 있다.

혁수는 정신과 지혜 스텟이 마법과 관련이 있다는 사실에, 이 두 스텟이 두뇌 능력과 관계가 있다고 생각했다.

하지만 이것은 반만 맞는 말이었다.

두뇌 능력과 관계가 있는 것은 지혜 스텟이었고, 정신 스텟은 두뇌 능력과 관계가 없었다.

정신 스텟은 초감각적 지각 능력. 흔히 우리가 초능력이라고 부르는 것과 관계가 있었다.

그렇다고 이 초능력이 우리가 흔히 생각하는, 염동력이나 텔레파시 등을 말하는 것은 아니다.

그보다는 말 그대로의 의미.

육감, 혹은 식스센스라고 부르는, 눈으로 보지 않아도 상대의 움직임을 파악할 수 있는 그런 초감각을 말하는 것이다.

초감각이 발달한 사람은 눈을 감고 있어도 상대가 어떻게 움직이는지 알 수가 있었다.(혁수가 등 뒤에 있던 살쾡이의 움직임을 정확하게 포착한 것처럼.)

문제는 혁수가 이 초감각을 그동안 자각하지 못하고 있었다는 것이다.

그렇다고 초감각이 발동되지 않았던 것은 아니었다.

혁수가 자신이 가진 초감각을 자각하지 못하는 동안 혁수의 몸이 무의식적으로 초감각을 이용하고 있었다.

쉽게 말해 적이 어떻게 움직이고 있고, 어디로 공격해 올지를 초감각이 미리 알려 주면, 혁수가 아닌 혁수의 몸이 무의식적으로 그것을 받아들여 그에 맞게 적절한 반응을 보인 것이다.

혁수가 자각하지 못하는 동안 초감각은 이러저런 실전을 통하면서 그 숙련도가 점점 상승하고 있었다.

그리고 이것이 실전을 통해서 민첩 스텟이 상승하는 효과를 주고 있다는 착각을 불러일으킨 것이다.

참고로, 이 초감각 때문에 일전에 흑곰 부하들이 발산하던 살기를 더욱 민감하게 느꼈던 것이다.

그동안 초감각에 대한 자각이 없던 혁수는 살쾡이 덕분에 초감각에 대한 자각을 하게 된 것이다.

초감각에 대해서 자각을 하게 되자, 그때부터 초감각이 보내오는 주변에 대한 수많은 느낌들이 거대한 해일처럼 몰려들었다.

등 뒤에 있는 관중들과 그 관중들 사이를 날아다니고 있는 파리의 움직임까지 생생하게 느껴졌다.

마치 영화 '스파이더맨'에서 주인공 '피터 파커'가 거미 센서로 주변의 움직임을 인식하던 것과 비슷하다고 할까?

아니, 혁수는 그보다 더했다.

그렇게 한꺼번에 너무 많은 느낌이 들어오자 오히려 더 혼란스럽고 고통스러웠다.

수백 명의 사람들이 한꺼번에 귀에 대고 시끄럽게 떠드는 것처럼 주변의 수많은 움직임들이 한꺼번에 다 느껴지자 머리가 깨질 듯 아파 왔다.

혹시 이대로 머리가 터져 버리는 것은 아닐까 걱정을 하던 찰나, 지혜 스텟의 능력이 빛을 발했다.

슈퍼컴퓨터가 엄청난 양의 정보를 놀랄 만큼 빠른 속도로, 그것도 한꺼번에 처리하듯, 혁수의 가공할 두뇌가 이 모든 것을 깔끔하게 정리를 해 준 것이다.

이때부터 시합장의 모든 것들이 일목요연하게 느껴졌고, 더 이상 혼란스럽거나 고통스럽지 않았다.

'우와~ 이거 죽이는데. 좋았어. 그럼, 이제부터 저 살쾡이 녀석을 확실하게 정리해 볼까?'

이제 더 이상 살쾡이의 짜증나는 동물 흉내 쇼를 보지 않아도 되었다.

혁수가 아직도 고통스러워하고 있는 살쾡이에게 성큼성큼 다가갔다.

"좋은 걸 알게 해 준 답례로 한 방에 보내 주마."

후웅—

혁수의 주먹이 바람을 가르며 살쾡이의 면상으로 날아들었다.

그때까지도 얼굴을 부여잡고 가만히 있던 살쾡이가 특유의 재빠른 몸놀림으로 주먹을 피해 냈다.

하지만 이것은 처음부터 미끼였다.

살쾡이의 움직임을 간파하고 있던 혁수는 살쾡이가 도망치려고 하는 그 지점을 향해서 2차 공격을 가하고 있었다.

"헉!"

마치 자신의 움직임을 꿰뚫어 보고 있는 듯한 혁수의 공격에 살쾡이는 어리둥절하면서도 안타까운 심정이었다.

혁수의 체력을 모르는 살쾡이는 조금만 더 했으면 혁수가 지쳐 쓰러졌을 거라고 생각했다.

"젠장, 조금만 더 하면 되는데… 하는 수 없지."

이렇게 되면 맞대응밖에 다른 방법이 없었다.

혁수가 아무리 단단한 몸을 가지고 있다고 해도 자신이 죽기 살기로 공격한다면 분명 승산이 있을 거라고 생각하고 뾰족한 손톱을 날카롭게 세워서 번개보다 빠르게 휘둘렀다.

치지징— 치지징—

"끄윽."

살쾡이는 손톱뿐만이 아니라 손가락뼈까지 부러질 것처럼 아팠지만 끝까지 참고 계속해서 휘둘렀다.

그사이 혁수의 왼손 훅이 살쾡이의 옆구리를 강타했다.

퍼억.

"커억!"

갈비뼈가 부러지며 숨쉬기가 어려워진 살쾡이.

혁수가 그런 살쾡이를 봐주지 않고 오른손 훅을 또 날렸다.

퍼억.

눈이 완전히 뒤집어진 살쾡이는 입에 거품을 물고 스르륵 미끄러지듯 바닥으로 쓰러졌다.

땡땡땡땡땡~

살쾡이가 기절을 하자 링 밖에서 링을 주시하고 있던 주심이 종을 울려 시합이 끝났음을 알렸다.

상대 조직원들이 올라와 기절한 살쾡이를 싣고 나갔다.

관중들은 살쾡이의 패배를 믿지 못하겠다는 듯 실려 나가는 살쾡이에게서 눈을 떼지 못했다.

"에이씨—"

관중들이 가지고 있던 전표를 찢으며 욕을 하기 시작했다.

관중들은 종잇조각으로 변한 전표를 시합장 안에다가 집어 던지며 건물 밖으로 나갔다.

혁수의 승리에 환호하는 사람은 쟈칼과 똥방뚜이, 이 두 사람뿐이었다.

혁수는 이후로도 3번이나 시합을 가졌다.

이것은 쟈칼의 강요가 아니었다.

초감각을 보다 능숙하게 다루기 위해 혁수가 원해서 한 시합들이었다.

그리고 살쾡이의 뾰족하고도 날카로운 손톱 공격을 받고

도 아무런 부상을 입지 않았다고 해서 이때부터 혁수를 아이언이라고 불렀다.

그렇게 태국에서 할 일을 모두 끝마친 혁수는 한국으로 돌아갈 준비를 하고 있었다.

"당신이 그 소문 자자한 아이언인가?"

인상이 험악한 사내들이 호텔 방 안으로 들어왔다.

"당신들 뭐야? 내 방은 또 어떻게 들어온 거야?"

"당신과 할 말이 있어서 왔다."

"아니, 할 말이 있으면 사전에 약속을 잡고 오던가. 이게 무슨 짓이야?! 당신들 도대체 누구야?"

"우리? 이런 사람들이지."

사내가 품 안으로 손을 집어넣었다.

'설마, 총인가?'

설사 진짜 총이라고 해도 걱정되는 것은 아니었지만, 그렇다고 경계심을 놓고 있을 수는 없었다.

"아아, 그렇게 경계할 필요는 없어."

그러면서 사내는 총이 아닌 사진 한 장을 품에서 꺼내 혁수에게 내밀었다.

"앗! 똥방뚜이!"

똥방뚜이가 붙잡혀 있는 사진이었다.

"너희들 똥방뚜이에게 무슨 짓을 한 거야?!"

"아아, 그렇게 흥분하지 마. 이 녀석은 그저 너와 대화를 나누기 위한 담보물이니까."

"그게 무슨 뜻이지?"

"혹시, 너에 대한 소문을 들어 보았나?"

"나에 대한 소문?"

태국 뒷골목에는 혁수가 무에타이 최고 고수라는 소문이 급속하게 번지고 있다.

심지어 코브라도 상대가 되지 못한다고 떠들고 다니는 사람이 있을 정도였다.

이것은 자신의 조직을 3대 조직 맨 위로 올리려고 혈안이 된 쟈칼의 소행이었다.

다른 때 같으면 그냥 헛소리로 치부해 버렸겠지만, 코브라의 유일한 상대로 지목되던 살쾡이가 혁수에게 패한 것이 알려지면서 마냥 헛소문이라고 가볍게 웃어넘길 수가 없게 된 것이다.

특히 혁수가 외국인이라는 점이 큰 문제로 작용했다.

"그러니까. 그 코브란가 뭔가 하는 작자가 똥방뚜이를 인질로 잡고 나와 한판 해보려고 한다고?"

"결론적으로 말하면 그렇다."

"좋아. 하겠다."

혁수는 잠깐의 생각도 하지 않고 바로 승낙했다.

이전부터 똥방뚜이를 비롯해 사람들이 그렇게 대단하다고 떠들어 되던 코브라라는 인물이 어떤 인물인지 궁금했다. 또한 자신을 상대로 인질을 잡고 협박을 한다는 것도 도저히 참을 수가 없었다.

시합장은 늘 그렇듯 마하낙 시장에 위치한 허름한 건물이었다.

혁수가 시합장에 도착하자 코브라의 부하들이 똥방뚜이를 풀어 주었다.

어차피 혁수가 목적이었지 다리를 쓰지 못하는 똥방뚜이는 그들의 관심 밖이었다.

"괜찮아?"

"임. 왜 왔어?"

"왜 오긴, 친구가 붙잡혀 있는데 당연히 와야지."

"임."

참고로 살쾡이와의 시합에서 똥방뚜이가 진심 어린 마음으로 자신을 걱정해 주는 모습을 보고 살짝 감동을 받은 혁수가 똥방뚜이에게 친구로 지내자고 했다.

알고 보니, 똥방뚜이가 혁수보다 3살이나 많았지만, 그런 것은 가볍게 무시하기로 했다.

각설하고 똥방뚜이는 어떻게든 혁수를 설득하려고 했다.

자신 때문에 이런 위험한 시합을 한다는 사실에 가슴이 아팠다.

살쾡이와의 시합을 통해서 혁수가 얼마나 대단하지는 잘 알고 있었다.

하지만 상대가 상대이다 보니, 걱정하지 않을 수가 없었다.

똥방뚜이는 어떻게든 혁수를 설득하기 위해서 이말 저말을 다했다.

혁수는 전혀 아랑곳하지 않았다.

오히려 똥방뚜이에게 자기 대신 돈을 걸어 달라고 말하며 천천히 링으로 올라섰다.

혁수를 처음 본 코브라는 적잖이 실망한 눈치이다.

"그 몸으로 살쾡이를 이겼단 말인가?"

살쾡이의 시합을 몇 번 본 적이 있는 코브라는 도저히 이해가 되지 않는다는 듯 고개를 갸웃거렸다.

코브라의 몸을 위아래로 천천히 훑어본 혁수가 천천히 입을 열었다.

"그러는 너야말로 진짜 코브라가 맞는 거야? 사람들이 하도 코브라, 코브라 하기에 난 또 삼두육비의 괴물이라도 되는 줄 알았더니 보통 사람이랑 똑같잖아."

그렇지 않아도 똥방뚜이를 인질로 잡고 자신을 협박한 것 때문에 심기가 편치 않는데, 보자마자 저런 소리를 하니 혁수도 더 이상 가만히 있을 수가 없었다.

혁수의 이죽거림에 코브라의 입가가 씰룩거렸다.

"크크크, 감히 나한테 도발을 걸다니. 배짱 하나는 마음에 드는군. 하지만 그놈의 주둥이도 사람을 봐 가면서 놀려야지. 자칫하면 황천으로 가는 수가 있다."

"그래? 그럼 먼저 가서 기다려. 난 한 500년 후에 갈 테니까."

"이놈이!"

계속되는 혁수의 이죽거림에 코브라가 더 이상 참지 못하고 먼저 공격에 나섰다.

"타합!"

코브라가 탄환 같은 속도로 혁수를 향해서 돌진해 갔다.

터엉—

코브라는 혁수의 얼굴을 향해서 점핑 니킥을 날렸다. 하나 코브라의 움직임을 미리 간파하고 있던 혁수는 기다렸다는 듯 코브라의 공격을 피해 버렸다.

그렇게 목표를 잃은 코브라는 혁수를 지나, 링 기둥을 박아 버렸다.

"호오— 이 정도 공격은 가볍게 피한다 이건가? 하긴 이 정도도 안 되면 살쾡이를 이겼을 리 없지."

코브라가 뒤돌아보지 않고 백 텀블링을 하여 혁수를 공격했다.

하지만 이 역시도 혁수는 가볍게 피해 버렸다.

그 뒤로도 코브라가 제법 빠른 발차기를 몇 번 날렸지만 혁수는 이미 알고 있었기에 쉽게 피해 냈다.

'좋았어. 이제 육감을 다루는데, 완벽해졌어. 이 육감만 있으면 코브라고 뭐고 상대가 안 되지.'

혁수는 슬슬 몸이 풀리자 본격적으로 반격에 나서려고 했다.

혁수가 막 반격에 나서려고 할 때, 우연히 코브라와 눈이 마주쳤다. 한데, 코브라가 혁수를 향해서 싱긋 웃는 것이 아닌가?

혁수는 코브라의 그 웃음을 무시하려고 했지만 묘하게 자꾸만 신경이 쓰였다.

코브라의 웃음은 단순한 웃음이 아니라 나는 지금 네 속을 완전히 꿰뚫고 있다고 말하는 듯해서 더욱 신경이 쓰였다.

'뭐 그래 봤자지만.'

혁수는 코브라의 웃음을 애써 무시하며 공격에 나섰다.

한데 어찌 된 일인지 맞추려는 코브라의 몸은 맞추지 않고 계속 허공만 가르는 것이다.

'어라? 이거 이상한데?'

상대의 모든 움직임을 꿰뚫고 있는 상황에서 이것은 도저히 말이 안 되는 일이었다.

"뭐야 이거?"

혁수가 당황하고 있는 사이에 코브라의 반격이 시작되었다.

'로우 킥이군.'

코브라의 공격을 간파한 혁수는 저걸 몸을 막을까? 아니면 그냥 보란 듯이 피할까? 하고 잠시 고민했다.

그러다가 코브라가 자신의 공격을 모두 피했듯이 자신도 보란 듯이 피해 주기로 했다.

코브라가 킥을 날리는 순간 혁수는 여유롭게 다리를 들어 로우 킥을 피했다.

아니, 그러려고 했지만 그럴 수가 없었다.

"헛!"

들어온 공격은 로우 킥이 아닌 머리를 노리고 들어오는 하이 킥이었기 때문이다.

깜짝 놀란 혁수가 급히 머리를 뒤로 젖혀서 코브라의 하이 킥을 아슬아슬하게 피했다.

"뭐야? 이게 어떻게 된 거야?"

'또 온다.'

혁수가 상황 파악을 하기도 전에 코브라의 공격이 이어졌다.

이번에는 상대를 보고 돌면서 손등으로 치는 오른쪽 백스핀 블로우였다.

혁수는 팔을 올려 백스핀 블로우를 막는 동시에 코브라의 품으로 뛰어들어 가 턱에 주먹을 한 방 날려 줄 생각이었다.

한데 이번에도 혁수의 예상은 빗나가 버렸다.

코브라가 몸을 돌리기는 했는데 백스핀 블로우를 쓴 것이 아니라, 뒤돌려 차기를 한 것이다.

"헉!"

혁수는 급하게 몸을 숙였다.

휘웅—

코브라의 다리가 허공을 갈랐다.

코브라가 어떤 공격을 해 오든 몸으로 막으면 그만이다.

하지만 그전에 코브라가 어떻게 자신의 움직임을 간파하고 있는지부터 파악하는 것이 우선이었다.

'설마, 내 육감이 틀린 건가?'

하지만 분명 살쾡이와 다른 세 선수들에게는 정확하게 통했다.

'그럼, 코브라는 그들과 비교해서 뭐가 다른 거지?'

아무리 생각해도 알 수가 없었다.

그러다가 문득 이런 생각이 들었다.

'설마, 저 녀석도 육감을 사용하는 건 아닐까?'

육감이라는 것 자체가 혁수의 전유물은 아니었다.

사람들은 누구나 육감을 가지고 있었고, 그중에서도 유별나게 육감이 좋은 사람이 있었다.

하지만 코브라가 육감을 사용하고 있다고 확신을 하기는 조금 애매했다.

혁수야 게임 캐릭터 능력 덕분이지만 일반인이 격투기 시합에서, 그것도 시합 내내 육감을 사용하는 것은 사실상 불가능한 일이었다.

'흐흐흐, 혼돈스럽지? 어떻게 '개안'을 했는지 모르겠지만 그 정도로는 어림도 없다.'

그랬다.

코브라 역시 혁수의 짐작대로 육감을 사용할 줄 알았다.

그리고 그는 그것을 '개안'이라고 불렀는데, 이것은 그의 유파에 전해 내려오는 오랜 비기였다.

개안은 아무나 할 수 있는 것이 아니었다.

태어날 때부터 개안의 능력을 가지고 있어야 했다. (유난히 육감이 뛰어난 사람을 뜻함.)

코브라가 속한 유파는 어려서부터 개안의 자질을 지닌 아이들을 데려다가 개안 능력을 더욱 강화시키는 수련을 시켰다.

그 수련이란, 천으로 눈을 가려 앞이 보이지 않는 아이들에게 단검을 던지거나, 한번 스치면 죽고 마는 맹독이 묻은 단검을 손이 제대로 보이지 않을 정도로 빠르게 휘둘러서 피하게 하는 등의 방법들이었다.

사람은 위기 상황에 빠지면 평소 이상의 능력을 발휘한다.

코브라의 유파는 이점에 착안하여 아이들의 목숨을 담보로 하여 개안 능력을 키워 주었다.

이 위험한 수련법에 의해서 수많은 아이들이 희생이 되었고, 마지막까지 살아남아 개안의 능력을 극대화시킨 사람이 바로 지금의 코브라였다.

코브라는 혁수와 몇 번 손을 섞어 보자마자 혁수가 자신과 같은 개안의 능력자임을 알아봤다.

개안의 능력자와 겨눌 때 가장 좋은 방법은 느낌에 대한 확신을 가지지 못하게 하는 것이다.

즉, 상대방이 간파하고 있는 그 공격이 아닌 전혀 다른 공격을 계속해서 함으로써, 상대방이 스스로의 능력을 의심하게 하고 결국에는 개안으로 본 것을 믿지 못하게 만드는 것이다.

혁수가 만약 태국인이었다면 경우에 따라서 개안의 능력을 키워 줄 용의도 있었다.

하지만 혁수는 외국인이었다.

코브라가 그토록 증오하는 외국인.

그렇기에 더더욱 개안의 능력을 못쓰게 만들어야 했다.

'이쯤했으면 더 이상 개안을 못쓰겠지? 그럼, 이제 본격적으로 움직여 볼까?'

지금까지는 개안에 대한 불신감을 심어 주기 위해서 혁수의 움직임에 맞추어 놀아 준 것이었다.

원래라면 더 빠른 공격이 가능했다.

하지만 그렇게 하면 시합이 너무 금방 끝나기 때문에 그러지 않았다.

우선 혁수가 개안에 대한 불신을 품게 만들어야 했기에 혁수의 움직임에 맞춰 공격을 했다.

즉, 이제껏 혁수가 코브라의 공격을 아슬아슬하게 피했던 것은 혁수의 힘이 아니라 코브라가 그 수준으로 맞추어 주었기에 가능했던 것이다.

"이제 그만 끝내자."

코브라의 진짜 공격이 시작되었다.

그때까지도 혁수는 반신반의했다.

과연 코브라가 정말로 육감을 사용하고 있는 건지 아닌지 확신을 할 수가 없었다.

"웃!"

코브라가 목을 붙잡고 니킥을 쓰려는 것을 간파한 혁수가 사이드 스텝으로 몸을 피했다.

그러자 코브라가 애초부터 그렇게 나올 줄 알았다는 듯 혁수가 피한 방향으로 백스핀 블로우를 사용했다.

혁수는 코브라가 정말 육감의 소유자인지 알기 위해서 시간을 끌어야 한다는 생각에 피하려고 했지만 이번에는 피할 수가 없었다.

지금과는 비교할 수 없을 정도로 빠르게 움직이는 코브라의 공격 속도에 그대로 당해 버리고 말았다.

퍼억!

"끄윽."

코브라의 백스핀 블로우가 혁수의 얼굴을 강타했지만 짤막한 신음을 토해 낸 것은 혁수가 아닌 코브라였다.

"과연 이래서 아이언이라고 부르는 건가?"

다른 사람이었다면 뼈에 금이 갔을 테지만 코브라의 손은 퉁퉁 붓기만 하고 뼈에는 별 이상이 없었다.

유파의 수련은 개안에 대한 수련만 있는 것이 아니었다.

아무리 개안의 능력으로 상대의 움직임을 간파했다고 해도 상대가 월등히 더 빠르면 개안의 능력으로 피하려고 해도 그때는 너무 늦은 후였다.

그래서 유파는 육체 수련 역시 가혹하리만큼 혹독하게 시켰다.

코브라가 지금의 자리에 오른 것은 개안의 능력 덕분만은 아니었다.

코브라는 셀 수 없을 만큼 뼈가 부러지고 난 후에야 지금의 자리에 올랐다.

"몸이 그렇게 단단하다면 다른 수를 쓰는 수밖에."

코브라의 손이 번개보다 빨리 움직여 혁수의 목을 감았다.

이번에는 혁수가 피할 수 없을 만큼 빨랐다.

"와아아아!"

코브라의 손에 잡힌 이상 혁수는 이제 끝났다고 생각한 관중들이 환호성을 질렀다.

"어."

혁수는 급하게 코브라의 손을 뿌리치려고 했지만 몸이 따라 주지를 못했다.

'젠장, 아무리 육감이 있다고 해도, 몸이 따라 주지 못하면 쓸모가 없잖아.'

살쾡이와 싸울 때도 어렴풋이 느끼고 있었다.

육감으로 아무리 상대의 움직임을 미리 간파한다고 해도 코브라나 살쾡이처럼 초고속으로 움직이는 상대에게는 통하지 않는다는 것을.

민첩 스텟이 오르지 않는 이상 이건 달리 해결할 방법이 없었다.

혁수의 목을 붙잡은 코브라가 예전에 쿵따이가 그랬던 것처럼 혁수에게 니킥을 날렸다.

하지만 코브라는 쿵따이와 달리 배가 아닌 혁수의 머리를 노렸다.

아무리 단단한 몸을 가지고 있는 혁수라고 해도 머리에 직접적인 충격을 받으며 결국 쓰러지고 말 것이다.

코브라는 그렇게 생각하고 계속해서 니킥을 날렸다.

퍽— 퍽— 퍽—

코브라의 무릎과 혁수의 머리가 부딪히는 소리가 시합장에 울려 퍼졌다.

관중들은 코브라의 승리를 믿어 의심치 않았다.

아니나 다를까, 곧이어 혁수의 머리에서 붉은 피가 흘러나오기 시작했다.

"오오! 역시 우리들의 챔피언 코브라야! 아이언의 머리를 저렇게 박살을 내놓다니."

"달래 파괴자라고 불리겠어? 난 처음부터 코브라가 이길 줄 알고 있었다고."

관중들은 사실상 시합이 끝났다고 생각했다.

한데…….

"크윽."

승리감으로 도취되어 있을 줄 알았던 코브라의 인상이 보기 흉하게 일그러져 있는 것을 뒤늦게 발견하고는 뭔가가 잘못되었다는 것을 깨닫게 되었다.

"코, 코브라?"

"아니 챔피언이 왜 저러지?"

"글쎄, 코브라가 이제껏 저런 표정을 지은 적이 없었는데……."

"어이, 다들 저길 봐."

한 관중이 코브라의 무릎을 가리켰다.

처음에는 혁수의 머리에서 흘러나온 피가 코브라의 무릎에 묻은 거라고 생각했다. 한데, 자세히 살펴보니, 혁수의 머리에서 흘러나온 피가 아니라, 코브라의 무릎에서 흘러나온 피임을 알게 되었다.

"저, 저게 어떻게 된 거야?"

"뭐야 그럼? 아이언의 머리가 박살이 난 것이 아니라, 코브라의 무릎이 박살이 난 거란 말이야?"

"그럴 리가 없어. 지금 링 위에 있는 것은 우리들의 챔피

언 코브라라고. 코브라는… 코브라는 절대 패하지 않는다
고…….”

관중들은 눈앞의 광경이 믿기지 않는다는 표정을 하며 울
먹이기 시작했다.

그들에게 있어서 코브라는 단순한 무에타이 선수가 아니
었다.

자신들의 정신적 지주이며 절대적 자긍심이자, 영원한 자
랑거리였다.

그런 코브라가 패한다는 것은 꿈에도 생각해 본 적이 없
었고, 그런 일은 절대 있을 수도 없었다.

“코브라… 부디…….”

“챔피언, 당신은 우리의 자랑스러운 챔피언이야. 제
발…….”

코브라는 관중들의 기대에 부흥이라도 하듯 피가 흘러나
오는 무릎을 절대 멈추지 않았다.

퍽!

코브라의 찢어진 무릎이 혁수의 머리에 부딪힐 때마다 시
합장을 울리는 둔탁한 소리와 함께, 붉은 피가 시합장에 뿌
려졌다.

지독한 통증이 따를 텐데도 코브라는 절대 멈추지 않았
다.

“나는…….”

퍽!

“태국의 자랑이며…….”

퍽!

"태국의 긍지이다."

퍽!

"나는 챔피언이다."

퍽!

"절대, 절대 쓰러지지 않는다."

퍽!

"설사, 나의 무릎이 더 이상 쓰지 못하게 되더라도. 절대, 절대……."

퍽!

"나는 저들의 영원한 우상 코브라다! 링 위에서 죽는 한이 있어도 절대 쓰러지지 않는다!"

퍽!

코브라는 이 말을 주문처럼 중얼거리며 계속해서 혁수의 머리에 니킥을 날렸다.

이미 코브라의 무릎은 너덜너덜하게 변한 지 오래였지만 코브라는 절대 니킥을 멈추지 않았다.

마치 자신이 니킥을 멈추며 자신을 바라보고 있는 관중들의 심장이 멈추기라도 한다는 듯, 절대 멈추지 않았다.

"코브라……."

코브라의 중얼거림과 그런 코브라를 숨죽이고 바라보는 관중들의 모습을 지켜본 혁수는 가슴속에서 무언가가 울컥하는 것을 느꼈다.

똥방뚜이를 인질로 잡은 것 때문에 첫인상이 좋지 않았지만 지독한 고통 속에서도 니킥을 멈추지 않는 코브라의 모습을 보고 있자니 묘한 감동과 함께, 존경심마저 일었다.

사실 엄밀하게 말하면 이번 시합은 코브라가 이긴 것이나 다름이 없었다.

자신이 코브라와 같은 처지였다면 지금의 코브라처럼 행동할 엄두가 나지 않았다.

그저 운 좋게 게임 캐릭터의 능력을 지니게 되었고, 그걸 이용해서 이겼을 뿐이다.

시합에 임하는 의지나 진짜 싸움 실력은 코브라의 발끝에도 미치지 못하고 있음을 뼈저리게 느끼게 되었다.

"코브라… 네가 이겼다. 네가 진짜 챔피언이다."

무릎이 박살 나서 어쩌면 더 이상 선수 생활을 할 수 없을지도 모르는 코브라와 별다른 데미지를 입은 것 같지 않은 혁수.

누가 봐도 이번 시합은 혁수의 승리였다.

한데 그 혁수가 갑자기 항복 선언을 하자 이제껏 숨죽이며 코브라를 응원하던 관중석이 술렁거렸다.

"이 더러운 외국 놈! 끝까지 나를 우롱하는구나! 이 코브라가 그렇게 하찮게 보였더냐?!"

혁수가 자신을 동정, 혹은 조롱한다고 오해한 코브라는 더욱 이를 바득바득 갈았다.

이미 무릎이 박살이 나서 제대로 걸을 수도 없는 상황이었지만 다리를 쩔뚝이면서까지 혁수에게 덤벼들었다.

코브라는 다리를 절뚝이며 가만히 서 있는 혁수의 뒤로

다가갔다.

그리고 왼손 팔뚝으로 혁수의 목을 졸랐다.

그리고 오른손 손목으로 혁수의 목을 조르고 있는 왼손 손목을 눌렀다.

다른 사람 같으면 코브라의 우악스러운 팔 힘에 금방 얼굴이 새파랗게 질렸겠지만 혁수는 아무렇지도 않았다.

그보다 이렇게까지 하는 코브라가 안쓰러웠다.

"나는 챔피언이다! 누가 감히 챔피언을 동정한단 말이냐! 난 코브라란 말이다. 동정은 네가 하는 것이 아니라, 내가 너에게 하는 것이다. 이 챔피언 코브라가 말이다!"

코브라의 발악에 가까운 외침을 듣는 순간, 왠지 모르겠지만 가슴이 미어질 듯 아파 왔다.

혁수가 힘없이 말했다.

"이제… 그만 끝내자. 코브라. 그래, 네가 진짜 챔피언이다. 그리고 편히 쉬어라."

혁수가 뒤통수로 코브라의 얼굴을 들이받았다.

퍼억!

코가 완전히 내려앉은 코브라는 코피를 줄줄줄 흘리며 링 바닥으로 쿵 하고 쓰러졌다.

박살 난 무릎이 너무 아파서인지, 아니면 끝까지 자신을 응원해 준 관중들에게 미안해서인지, 아니면 적이 혁수에게 동정을 받는 것이 너무나도 부끄러워서인지, 코브라의 두 눈에는 하염없이 눈물이 흐르고 있었다.

이제껏 지독한 고통을 참아 오던 코브라는 링에 쓰러지면서 결국 정신을 잃고 말았다.

그리고 정신을 잃기 직전, 지금까지 있었던 일들이 주마 등처럼 스쳐 지나가는 것을 보았다.

집이 너무 가난해서 돈을 받고 유파의 사범에게 팔려 가던 때.

형제처럼 지내던 동기들이 수련이라는 이름으로 죽어 가던 그때.

그리고 자신의 피땀 어린 노력이 드디어 인정받게 되었다고 좋아하던 6년 전의 그 순간도 떠올랐다.

6년 전 이종 격투기 열풍이 전 세계적으로 불면서 미국의 거대 기업이 이종 격투기 세계 대회를 주최했다.

우승 상금 300만 달러라는 어마어마한 돈과 함께 세계 제일의 파이터라는 영예가 주어지는 그 대회에 코브라도 출전하게 되어 있었다.

하지만 결국에는 출전하지 못하게 되었다.

당시 22세의 나이로 태국 무에타이 챔피언의 자리에 등극한 코브라는 강력한 우승 후보였다.

그래서 다들 코브라에 대한 관심이 대단했다.

그렇게 세계의 관심이 집중되자, 수많은 사람들이 코브라를 귀찮게 했다.

그런 관심이 부담스러웠던 코브라는 세계 대회가 열리기 전까지 언론과 사람들을 피해 다녔다.

한데, 미국인 몇 명이 코브라가 있는 곳을 어떻게 알고 찾아왔다.

그 미국인은 코브라와 한 번 겨루어 보고 싶다고 말했다.

코브라는 그 미국인을 상대하지 않으려고 했지만 미국인은 너무나도 끈질겼다.

미국인은 끝까지 코브라가 상대해 주지 않자 입에 담기 힘든 욕으로 코브라를 자극했고, 결국 참지 못한 코브라가 그 미국인을 상대해 주었다.

그 미국인도 제법 수련을 한 것처럼 보였지만 개안을 사용하는 코브라의 상대는 되지 못했다.

결국 그 미국인은 손 한 번 쓰지 못하고 코브라에게 패하고 말았다.

자신이 코브라의 털끝도 건드리지 못한 것이 몹시도 분했던 그 미국인은 울컥하는 마음에 누군가가 마시다만 콜라병을 집어 들었다.

콜라병을 깬 미국인은 뒤돌아서 있던 코브라의 등을 찌르려고 했다.

이미 이것을 간파한 코브라는 그것을 가볍게 피해며 그 미국인의 옆구리에 강력한 미들 킥을 날려 주었다.

다시는 자신을 귀찮게 하지 말라는 일종의 경고였다.

한데 재수 없게도 코브라의 미들 킥에 부러진 갈비뼈가 심장을 찌르고 만 것이다.

코브라가 있던 곳은 무척이나 외진 곳으로 제대로 된 의료진도 없었다. 결국 그 미국인은 그 자리에서 몇 분을 헐떡이다가 그렇게 죽고 말았다.

비록 정당방위였지만 문제의 소지가 있었다.

그리고 무엇보다 그 미국인의 신분이 문제였다.

그 미국인은 이번 세계 대회를 주최하는 세계적인 기업 제록슨 사 회장의 둘째 아들이었던 것이다.

미국 경제는 물론 세계 경제마저 좌지우지 한다는 초거대 기업 제록슨.

미국 대통령도 허리를 굽힌다는 바로 그 제론슨 사의 회장 아들이었던 것이다.

이 일로 코브라는 세계 대회 출전이 정지된 것은 물론 그 어떤 정식 시합에도 절대 나갈 수가 없게 되었다.

그나마 코브라가 목숨을 부지한 이유는 코브라가 죽게 되면 범인이 누구라는 것을 세상 모든 사람이 알게 된다는 것이었다.

한순간에 모든 것을 잃어버린 코브라는 이때부터 외국이라면 치를 떨며 증오했다.

그리고 지금은 조직에서 주관하는 도박 시합에만 겨우 얼굴을 비추고 있었다.

그러면서도 태국의 자랑스러운 챔피언이라는 긍지만큼은 절대 버리지 않았다.

코브라는 그동안 압도적인 실력으로 매 시합을 승리로 장식해 왔다.

오늘, 혁수와 싸우기 전까지는 말이다.

코브라가 쓰러지자 관중석은 물론 조직원들까지 난리가 났다.

코브라는 절대 쓰러져서도 안 되었고, 패해서도 안 되

었다.

코브라의 패배는 단순히 코브라 개인의 패배가 아닌 태국인 모두의 패배였다.

그렇기에 관중들은 코브라의 패배를 쉽사리 받아들일 수가 없었다.

관중들은 크나큰 충격에 빠져들었고, 이번 시합을 주선했던 조직들도 당황하기는 마찬가지였다.

그들도 설마 코브라가 패할 줄은 꿈에도 생각하지 못했기 때문이다.

이번 일을 제대로 수습하지 못하면, 추후 어떤 일이 벌어질지 알 수 없었다.

가장 먼저 정신을 차린 쟈칼이 사태 수습에 나섰다.

쟈칼은 서둘러서 다른 조직의 보스들과 협의를 보았다.

비록 코브라가 쓰러지기는 했지만 그전에 혁수가 먼저 항복 선언을 했다. 이것은 분명한 사실이었다.

그러니 이번 시합은 코브라의 승리였다.

단, 거기까지였다.

시합의 내용은 절대 외부로 발설해서는 안 되었다.

이번 시합을 주관한 3대 조직은 물론, 관중들 역시 그 점에 합의를 보았다.

코브라는 자신들의 영원한 우상이며 챔피언으로 남아 있어야 했다.

그것이 모든 태국인의 한결같은 생각이었다.

이런 생각은 이번 시합이 벌어지도록 일조한 쟈칼도 마찬가지였다.

쟈칼은 설마 혁수가 코브라를 이길 거라고는 전혀 생각하지 못했다.

그는 그저 자신이 데리고 있는 선수가 코브라와 겨룰 정도라는 것을 세상에 알려 조직의 명성을 높이고 싶었을 뿐이지, 국민 영웅인 코브라에게 패배를 안겨 주려는 것이 아니었다.

이날의 시합은 결국 이렇게 정리가 되었다.

시합을 구경하지 못한 사람들은 시합 내용이 무척 궁금했지만 시합을 보았던 사람들은 자세한 언급을 회피한 채 언제나 그렇듯 코브라가 압도적인 실력으로 승리했다고만 말했다.

"임. 이제 정말 가는 거야?"

"그래. 이제 진짜 다 끝났으니 한국으로 돌아가야지. 똥방뚜이 그동안 수고 많았어."

"수고는 무슨, 오히려 나 때문에 임이 고생이 많았지."

"고생이라니, 다 내가 원해서 한 것들인데. 그보다 똥방뚜이 나 믿지?"

"어? 그럼, 당연히 믿지. 근데 그건 왜?"

"그럼, 잠깐만 참아."

말을 마친 혁수가 무방비 상태로 있던 똥방뚜이의 오른쪽 다리에 강력한 킥을 선사했다.

빠각—

똥방뚜이의 다리가 너무나도 쉽게 부서졌다.

"커억! 임? 왜?!"

똥방뚜이는 너무나도 고통스러웠다.

다리뼈가 부러져 고통스러운 것도 있었지만 혁수의 갑작스런 행동이 이해가 되지 않아 가슴이 더욱 아팠다.

"똥방뚜이, 조금만 참아. 그리고 이거 마셔. 어서!"

똥방뚜이는 혁수가 내미는 붉은 액체가 들어 있는 병에 선뜻 손을 내밀지 못했다.

오로지 머릿속에는 혁수가 자신에게 왜 이러나 하는 원망 어린 생각뿐이었다.

"어서! 빨리!"

혁수의 호통에 움찔한 똥방뚜이가 얼떨결에 붉은 액체를 받아 마셨다.

똥방뚜이는 이게 혹시 독약은 아닐까 하는 생각에 눈을 질끈 감고 마셨다.

토마토 주스를 진하게 만든 것 같은 맛이 났다.

그리고 어느 순간.

"어라?"

몸이 상쾌해지면서 왠지 힘이 불끈 솟는 것 같았다.

그리고 더 이상 고통스럽지도 않았다.

"똥방뚜이, 한 번 걸어 봐."

"뭐? 하지만 내 다리는… 어라? 이, 이게 어떻게 된 거야, 임?"

뭐라고 설명할까?

게임에서 쓰는 체력 포션이라고 솔직하게 말할까?

"아, 우리 집안 대대로 내려오는 비전 물약이야."

"아! 그렇구나. 이제야 알겠어. 임이 왜 그렇게 강한지. 그 비전 물약을 마시면서 수련을 해 뼈가 그렇게 단단한 것이었구나."

여전히 자기 마음대로 해석해 버리는 똥방뚜이.

"그나저나 미리 말이라도 해 주지. 난 또 내가 나도 모르는 사이에 임에게 큰 잘못이라도 한 줄 알았잖아."

"처음에는 말하려고 했는데, 그렇게 말해 봤자 안 믿을 것 같아서 속전속결로 처리하기로 했어. 미안."

"아냐. 임의 말이 맞아. 사실대로 말해 줬다고 해도, 임의 말대로 안 믿었을 거야."

혁수 역시도 처음에는 체력 포션에 대한 확신이 없었다.

부러진 뼈나 찢어진 살은 회복이 되지만, 손상된 신경도 회복을 시켜 줄지 의문이었다.

그래서 남몰래 한국으로 워프 한 뒤, 유기견 센터로 찾아가 신경이 손상되어 다리를 절고 있는 개에게 먼저 실험을 했다.

실험이 성공하자 재빨리 태국으로 돌아와 똥방뚜이에게 사용하기로 한 것이다.

"아참, 이건 코브라에게 전해 줘."

혁수는 또 다른 체력 포션을 똥방뚜이에게 건네주었다.

"임! 임은 역시……."

똥방뚜이의 목소리가 가늘게 떨렸다.

똥방뚜이는 손상된 신경은 물론 부러진 뼈를 순식간에 고치는 기적 같은 약이 있다는 걸 이제껏 들은 적이 없었다. 그렇기에 무척이나 귀할 것이라고 생각한 것이다.

그런 귀한 약을 단지 한번 시합한 상대를 위해서 선뜻 내놓는 혁수가 너무나도 위대하고 존경스러워 보였다.

똥방뚜이 역시 여느 태국인처럼 코브라를 자신의 우상이며 영원한 챔피언이라고 생각하고 있었다. 그런 코브라의 무릎이 박살이 났을 때는 똥방뚜이의 가슴도 너무나도 아팠다.

얼핏 듣기로는 더 이상 선수 생활이 힘들다고 하던데, 혁수 덕분에 새로운 길이 열린 것이다.

똥방뚜이는 세상에 혁수 같은 사람이 또 있을까 하는 생각이 들었다.

"똥방뚜이, 내가 해 줄 수 있는 것은 여기까지야. 나머지는 네가 알아서 해야 돼."

"걱정 마. 임이 준 돈도 있고 다리도 이렇게 고쳤으니 예전처럼 사는 일은 없을 거야."

혁수는 내기 도박으로 번 돈 중 일부를 똥방뚜이에게 수고비로 주었다.

혁수에게는 얼마 안 되는 푼돈이었지만 똥방뚜이에게는 엄청난 거금이었다.

똥방뚜이가 포션을 흔들며 말했다.

"그리고 이거. 코브라한테 꼭! 전해 줄게."

"그래. 그럼, 이제 정말 마지막이네."

"나중에 태국으로 또 놀러 오면 되잖아. 그때는 내가 진짜 가이드 잘해 줄게."

"그래, 그럼 언제고 기회가 되면 그때 또 보자."

"그래. 임. 언제고……."

그렇게 혁수는 똥방뚜이와 헤어져 집으로 돌아가는 비행기에 몸을 실었다.

이렇다 할 짐이 없던 혁수는 금방 게이트로 나왔다.

부모님께 입국 날짜를 말씀드리기는 했지만 한참 일하시고 계실 시간이기에 마중 나오는 사람은 아무도 없었다.

그렇게 생각한 혁수는 가까운 화장실로 들어가 집으로 워프 하려고 했다.

한데.

"혁수야! 혁수야! 여기야, 여기!"

되도록 안 봤으면 하는 면상이 저 멀리서 손을 흔들고 있었다.

그랬다.

동수 녀석이었다.

'저 녀석이 어떻게 알고 온 거지?'

동수의 얼굴을 보는 순간 저절로 미간이 좁혀졌다.

"야, 그동안 내가 얼마나 걱정한 줄 아냐? 전화도 안 돼. 귓속말도 안 돼. 뭔 일 생긴 줄 알았다."

무척이나 걱정한 것처럼 말하는 동수에게 혁수가 억지웃음을 보여 주며 말했다.

"아 그게, 내가 그동안 좀 바빴거든."

"그래도 그렇지. 다른 사람은 몰라도 나한테는 연락을 했어야지. 우리가 어떤 사이냐? 세상에 둘도 없는 절친 아니냐. 절친."

동수가 혁수의 어깨에 팔을 올리며 괜히 친한 척을 했다.

'절친? 내가 한국에 없는 사이에 절친이라는 단어가, 절대 친구하고 싶지 않는 사이로 뜻이 바뀌었냐?'

동수의 얼굴을 보는 순간 그냥 이유 없이 한 대 패 주고 싶다는 욕구가 들었지만 그래도, 그래도 친구니까. 절친까지는 아니고 그냥 친구니까 하는 생각으로 꾸욱— 눌러 참았다.

"그, 그래 우리는 치… 친한 친구 사이지. 근데, 여긴 어떻게 알고 왔냐?"

"아, 하도 연락이 안 되서 혹시 무슨 일이라도 생긴 것 아닌가 걱정이 돼서 너희 집에 찾아갔지. 그랬더니 어머님이 말씀해 주시더라, 너 태국 갔다고. 자식, 갈 때 간다고 얘기 좀 하고 가지. 괜히 걱정했잖아."

"그, 그래?"

'이럴 때는 진짜 친구 같은데, 가끔 가다가 사람 염장을 지른단 말이야.'

"그나저나 너 마음잡았다면서? 어머니가 무척 좋아하시더라. 근데 너…….."

"응? 왜?"

"어머니께 들으니 게임 아이템을 팔아서 태국 여행 비용을 마련했다고…….."

'역시, 그럼 그렇지. 네가 왜 공항까지 마중 나왔나 했다.'

동수가 무슨 말을 하려는지 짐작이 갔다.

사실상 자기 것이나 다름없는 게임 머니와 아이템을 팔아서 태국 여행을 다녀왔으니 자기한테도 뭔가를 해달라는 뜻이었다.

"알았어, 알았어. 내 조만간에 거하게 쏠게. 그럼 됐지?"

"험, 험. 아니, 내가 꼭 그런 걸 바라고 하는 소리는 아니고……."

'아니기는.'

사실 그렇지 않아도 동수에게 작은 선물이라도 하나 해줄까 하는 생각은 하고 있었다.

뭐 어찌 되었던 동수가 아니었으면 지금의 혁수도 없었을 테니까.

'그래, 어차피 돈이야 차고 넘칠 정도로 있는데, 그럴싸한 걸로 하나 해 주지 뭐.'

따지고 보면 동수도 그렇게 나쁜 놈은 아니었다.

그저 가끔 눈치 없이 사람 염장을 지르는 경우가 있지만, 그래도 본성은 착했다.

눈치가 없어서 그렇지 악의를 가지고 그러지는 않았다.

만약 그랬다면 혁수도 동수를 계속 만나지는 않았을 것이다.

원래는 입국 절차를 마치고 가까운 화장실로 들어가 집으로 쓩— 하고 이동할 계획이었지만 동수 때문에 그럴 수가 없게 되었다.

결국 혁수와 동수는 택시를 잡아탔다.

"야, 근데 너, 오랜만에 봐서 그런가? 조금 변한 것 같다."

"내가 변했다고? 어디가?"

"아니, 얼굴은 그대로인데, 뭐랄까? 풍기는 분위기가 예전과 많이 다르다고 할까? 얼굴만 그대로지 마주 보고 있는 느낌은 전혀 딴사람 같아."

"그래? 어떻게 변했는데?"

"그게 전에는 공부밖에 모르는 범생이 같은 느낌이었다고 할까? 그 왜 순딩이 같은 느낌 있잖아. 어딘지 모르게 어벙해 보이는…….'"

빠직.

'이게 진짜! 그냥 콱!'

주먹이 절로 불끈 쥐어졌다.

"근데 지금은 전체적으로 날카롭고 강렬하다는 느낌이 든다고 할까? 왜 그런 사람들 있잖아. 타고난 카리스마로 좌중을 압도하는 사람들."

"오, 지금 내가 그렇게 보인다고?"

"아니, 그 정도는 아닌데, 대충 그 비슷한 느낌이랄까?"

'이게 지금 사람 간보나?'

진짜 친구만 아니면 딱 한 대! 두 대도 세 대도 아닌, 딱 한 대만 치고 싶은 것이 혁수의 간절한 바람이었다.

이런 혁수의 속마음을 눈치채지 못한 동수는 그 뒤로도 입을 쉼 없이 놀렸다.

게임 머니랑 아이템을 전부 얼마에 팔았냐?

역시 7강 세트 아이템이 가장 비싸게 팔리지 않았냐?

태국 어디를 가 봤냐?

태국 여행은 재미있었냐? 등등, 입에 모터를 단 것처럼 쉬지 않고 떠들어 댔다.

혁수는 진저리를 치면서 최대한 간단하게 대꾸해 주었다.

'어휴, 이 자식은 어떻게 된 게. 게임에서나 현실에서나 입이 쉬게 놔두지를 않냐?'

혁수는 게임에서 사냥을 할 때면 오로지 사냥에만 집중하는 스타일인데, 동수는 사냥만 계속하면 지겨워서 잠이 든다며 채팅을 주야장천 하는 스타일이었다.

이런 동수 때문에 혁수의 채팅창은 언제나 동수가 보낸 귓속말로 도배가 되다시피 했다.

'가만, 그리고 보니, 처음 능력을 각성했을 때 이 자식 때문에 머리가 터질 뻔했잖아!'

아닌 게 아니라, 시도 때도 없이 동수가 보낸 귓속말이 머리에서 계속 울려서 정말 머리가 터져 죽는 줄 알았다.

만약 동수의 캐릭터인 '심장박동수'를 블랙리스트에 올리지 않았다면 정말 어떻게 됐을지 모를 일이었다.

참고로 블랙리스트는 유저들이 공통으로 사용하는 채팅창을 욕설이나 기타 다른 것으로 도배하면 그 해당 유저의 글만 보이지 않도록 설정하는 메뉴이다.

'잠깐! 가만가만, 내가 지금 뭔가 중요한 것을 잊고 있는 것 같은데… 그게 뭐지?'

뭔가 생각이 날 듯 말 듯하며 코끝이 간질간질했다.

번쩍.

한참을 고민하던 혁수의 머리에 무언가가 번쩍하고 떠올랐다.

"아! 맞다!"

혁수가 갑자기 무릎을 탁! 치며 크게 외치자 옆에서 한참 떠들던 동수와 택시 기사가 화들짝 놀랐다.

"야야, 갑자기 왜 그래? 뭐가 맞는데?"

"응? 아, 아무것도 아냐."

동수는 그 아무것도 아닌 게 뭐냐고 계속 말해 달라고 칭얼거렸지만 혁수는 피곤하다고 입을 봉해 버렸다.

집에 도착한 혁수는 피곤하다는 핑계로 동수를 돌려보냈다.

물론 조만간에 거하게 쏘겠다는 말로 동수를 달래야 했지만.

후다다닥.

자신의 방으로 뛰어들어 온 혁수는 한차례 호흡을 골랐다.

"후~ 그러니까, 귓속말이 되면, 경매 창도 부를 수 있을지도 모른다는 거잖아?"

'드림 월드'에는 경매 NPC가 따로 있는 것이 아니라, 유저가 어디서든 경매 창을 불러서 아이템을 구입하거나 판매할 수 있었다.

이 경매 창은 마을에서 멀리 떨어져 있는 사냥터나 한번 들어가면 쉽게 나올 수 없는 던전에서 아주 유용했다.

체력 포션이나 마나 포션이 떨어지면 유저들은 경매 창을 통해서 포션을 구입했다.

그리고 이것을 악용하는 유저들도 제법 많았다.

무슨 말인고 하니, 잡화점 NPC가 파는 포션보다 더 비싸게 팔았기 때문이다.

포션이 당장 급한 유저들은 어쩔 수 없이 원래 가격보다 비싼 값에 포션을 살 수밖에 없었다.

이 때문에 한동안 양심을 저버린 상행위라며 유저들 간에 다툼도 제법 많았다.

뭐, 결국은 파는 것은 파는 사람 마음이고, 그게 마음에 안 들면 안 사면 그만이라고 결론이 났지만…….

"역시, 이것도 되는 거였어. 귓속말이 올 때부터 눈치를 챘어야 했는데."

경매 창은 게임 정보 창이나 스킬 창, 그리고 아이템 창처럼 '오르페' 한 캐릭터에게 종속된 것이 아닌 '드림 월드' 모든 유저가 사용하는 것이었다.

그래서 혁수는 다른 것은 다되어도 경매 창은 안 될 거라고 지레짐작하여 처음부터 소환을 하지 않았다.

하지만 그런 의미로 보면 동수가 보낸 귓속말도 오지 않았어야 했다.

그런데 동수가 보낸 귓속말은 아무 문제없이 왔다.

문제는 혁수가 동수에게, 그러니까 드림 월드의 동수 캐릭터 '심장박동수'에게 귓속말을 못 보낸다는 것이다.

경매 창도 이와 똑같았다.

경매 창에 있는 물건을 사는 것은 되었다.

그런데 경매 창에 물건을 판매하려고 아이템을 등록하는 것은 안 되었다.

이것은 유저들 간에 물건을 주고받을 수 있는 우편 시스템도 마찬가지였다.

다른 유저에게서 아이템을 받는 것은 되어도 다른 유저에게 아이템을 전달하는 것은 되지 않았다.

"흠, 그러니까, 내가 드림 월드에 간섭은 못 한다 이건가?"

뭐 간단히 정리하면 이런 의미였다.

"아, 이걸 좀 더 빨리 알았어야 했는데. 그랬다면 지금쯤… 어라? 생각해 보니까 지금이랑 크게 달라질 건 없네?"

막상 생각해 보니, 정말로 지금이랑 크게 달라질 것이 없었다.

'드림 월드'에서 통용되는 아이템들 중에서 현실에서 쓸 만한 것은 포션 정도?

갑옷이나 무기 종류는 현실에서 장식용으로나 쓸까, 실제로는 주변의 이목 때문에 쓸 수가 없었다.

"가만 액세서리는 쓸 수 있지 않나?"

그리고 보니, 액세서리가 있었다.

'드림 월드'의 액세서리는 모두 세 가지로, 반지와 팔찌, 그리고 목걸이가 있었다.

반지는 2개까지 착용이 가능했고, 팔찌 역시 2개까지 착용이 가능했다.

그리고 목걸이는 1개만 착용이 가능했다.

"잠깐! 액세서리에 민첩 붙은 것도 있잖아! 아 진짜, 경매 창을 조금만 더 빨리 알았어도……."

혁수는 정말 자신이 바보가 아닌가 하는 생각이 들었다.

혁수의 아이템 창에도 액세서리는 있었다.

하지만 쓸 수가 없었다.

이유는 간단했다.

그 액세서리는 모두 체법사인 오르페를 위한 것이었기 때문이다.

정신과 지혜 그리고 체력만 붙어 있었다.

마법사에게 필요 없는 민첩은 붙어 있지 않았다.

그래서 쓰지를 않았다.

혁수는 그동안 힘에 취해서 다른 것은 돌아볼 생각도 하지 않았던 자신을 반성하며, 혹시 자신이 또 놓치고 있는 것은 없는지 곰곰이 생각해 보았다.

한 달 후.

일본 도쿄 신주쿠의 보석 전문점.

"안녕히 가세요. 다음에도 또 이용해 주십시오."

"예, 수고하세요."

모자를 푹 눌러쓴 채 가게 주인의 깍듯한 인사를 받으며 나오는 사람은 혁수이다.

"휘유~ 역시 현찰이 좋다니까. 그나저나 오늘은 또 얼마나 올랐을까?"

혁수는 휴대폰을 꺼내 오늘의 환율을 알아보았다.

"앗싸, 오늘도 올랐다. 이 정도면 생각 이상으로 많이 올랐으니까, 내일 중으로 엔화를 처분해야겠다."

동수에게 한턱 거하게 쏘고 선물도 하나 안겨 주는 등, 이러저런 일들을 처리하고 일본에 온 지도 벌써 24일째이다.

아니 왔다고 하는 표현은 정확한 표현이 아니었다.

혁수는 단지 골드를 팔기 위해 잠깐 일본에 들리는 것뿐이었다.

태국으로 여행을 갔을 당시 한화를 바트로 바꾸면서 말로만 듣던 환율 차라는 것을 경험했다.

같은 물건을 팔아도 환율을 잘만 이용하면 더 이익을 볼수 있다는 것을 체감한 혁수는 한국이 아닌 일본에서 금화를 팔기로 마음먹었다.

혁수가 일본에서 금화를 팔기로 한 것은 단순히 환율 때문만은 아니었다.

아무리 금화를 소량으로 판매한다고 해도, 꼬리가 길면 언젠가 밟히기 마련이다.

아무래도 한국 내에서 팔다가 문제가 생기는 것보다 바다건너 일본에서 팔면 문제가 생겨도 대처하기 더 쉽지 않을까 하는 생각에 일본에서 금화를 팔게 된 것이다.

그래서 혁수는 부모님께는 재수 학원을 다닌다고 거짓말을 하고 도쿄 외각에 싸구려 원룸을 구했다.

혁수는 사람들의 시선을 피해 원룸과 한국의 집을 마음껏 오가고 있었다.

그리고 사람들에게 보여 주기 위한 근육을 만들기 시작했다.

이제는 몸에 살도 붙고 근육도 생겨서 그런지 제법 봐줄 만 하다는 이야기를 종종 들었다.

혁수는 '룰루랄라' 거리며 원룸으로 돌아가고 있었다.

"꺄악! 살려 주세요! 누가 좀 도와주세요!"

여성의 다급한 목소리가 들렸다.

"어? 뭐지?"

혁수는 가던 걸음을 멈추고 소리가 들린 곳으로 고개를 돌렸다.

"뭐야 저놈들!"

한 여성이 두 명의 남성에 의해서 승합차로 끌려가는 모습이 보였다.

놀란 혁수가 그곳으로 번개처럼 달려갔다.

그런데 주변의 반응이 이상했다.

"어라? 왜 아무도 신경을 안 쓰지?"

다급하게 움직이고 있는 사람은 혁수 혼자였다.

주변의 다른 사람들은 그저 힐끔 쳐다보기만 할 뿐 크게 신경을 쓰지 않고 있었다.

너무 이상하다는 생각에 지나가는 사람을 붙잡고 물어보았다.

"저기, 저거 납치 아닙니까? 경찰에 신고해야 되는 거 아닙니까?"

혁수의 말에 사내가 한심하다는 표정으로 말했다.

"너 외국에서 살다 왔냐? 저기 카메라 안 보여? 촬영이잖아. 진짜인 것처럼 찍는 게 요즘 유행이라서 버스고 지하철이고 할 것 없이 저런 식으로 찍는 거 몰라? AV한 번도 안 봤어? 도대체 어느 나라 사람이야? 중국? 한국?"

"아… 예."

사내의 말에 무안하다는 듯 머리를 긁적이는 혁수.

'AV? 아, 일본 포르노. 그럼 저게… 아, 그런 거구나.'

혁수도 남자인지라, 알 건 다 알았다.

혁수는 그제야 사람들이 왜 그렇게 무신경하게 반응하는지 알 수 있었다.

"까딱했다가 망신당할 뻔했네."

혁수는 그렇게 생각하고 다시금 원룸 방향으로 발길을 돌렸다.

그런데.

"제발! 누가 좀 도와주세요. 제발 살려 주세요. 이 사람들이 절 납치하려고 해요."

또다시 여성의 비명 소리가 들려왔다.

한데, 이번에는 일본어가 아닌 한국어였다.

"어라? 한국… 사람?"

짜고 하는 촬영이 아닐지도 모른다는 생각에 현장으로 다시 발길을 돌렸다.

그리고 납치 직전의 여성에게 한국말로 물었다.

"한국 사람입니까?"

"예! 제발 저 좀 살려 주세요. 이 사람들이……."

"이거 촬영 아니죠?"

"아니에요! 도대체 이게 어딜 봐서! 어서 도와주세요! 제발요!"

더 이상 망설일 이유가 없었다.

혁수가 그렇게 정의감이 투철하다고 볼 수는 없지만 그렇다고 눈앞에서 벌어지는 일을 모른 척할 정도는 아니었다.

물론 혁수가 이렇게 나설 수 있는 것은 전적으로 게임 캐릭터 능력을 믿고 그러는 거지만.

"이 자식들이 촬영으로 속이고 백주 대낮에 부녀자를 납치해?!"

혁수는 주변 사람들 모두 들으라고 일부러 큰소리로 외쳤다.

이것이 실제 납치 사건임을 알려서 누군가가 경찰에 신고해 주기를 바라고 그런 것이다.

"넌 뭐야?"

갑작스런 혁수의 난입에 여성을 승합차로 끌고 가려던 두 사내 중 한 명이 혁수에게 다가왔다.

"영웅 행세라도 하고 싶은가 본데, 아서라. 그러다가 크게 혼난다. 여기서 망신당하지 말고 그냥 가던 길이나 조용히 가라. 알겠냐?"

"흥, 웃기고 있네."

혁수가 코웃음을 쳤다.

"허, 이게 웃어? 가뜩이나 시간 없어서 그냥 보내 주려고 했더니 안 되겠네."

부응—

사내는 분명 혁수를 향해서 주먹을 휘둘렀지만, 사내의 주먹은 사내의 바람과 달리 무심하게 허공만 갈랐다.

"어쭈? 피해?"

조금 흥분한 듯한 사내가 손발을 다 사용해 혁수를 공격했지만 혁수는 그 모든 공격을 가볍게 피해 버렸다.

그러자 점점 더 화가 난 사내가 품에서 무언가를 꺼내었다.

"그래, 좀 한다 이거지? 그럼, 이것도 피하나 보자!"

팔을 치켜들었던 사내가 팔을 아래로 휘둘렀다.

휘익—

탁, 탁.

그러자 사내가 들고 있던 것이 쑤욱— 하고 늘어났다.

사내가 들고 있던 것은 3단봉이었다.

휘웅— 휘웅—

3단봉이 바람을 찢으며 우에서 좌로, 좌에서 우로 빠르게 움직였지만 혁수는 그마저도 아무것도 아니라는 듯 가볍게 피해 냈다.

'바로 이거거든.'

한 달 만에 갖는 실전이라서 그런지 조금 흥분되었다.

게다가 경매 창을 통해서 구입한 민첩 액세서리를 차고 처음으로 경험하는 실전이라서 더 그런지도 몰랐다.

'드림 월드'의 일반 액세서리는 생명력이나 마나양, 혹은 생명력 회복 속도나 마나 회복 속도를 상승시켜 준다.

그리고 레어 액세서리는 여기에 스탯이 추가로 붙는다.

보통은 힘과 체력, 혹은 힘과 정신.

이런 식으로 두 개씩 스탯이 붙는데, 간혹 지금 혁수가 착용하고 있는 액세서리 같인 민첩, 민첩이 붙는 경우가 있었다.

이것은 정말 구하기 힘든 것으로 그만큼 가격도 비쌌다.

이왕 구하는 거 좋은 걸로 구하자는 생각에 혁수는 가지고 있는 골드를 아끼지 않고 이 민첩, 민첩 액세서리를 구입했다.

이 때문에 가지고 있는 골드가 바닥이 났지만 혁수는 전혀 걱정이 되지 않았다.

'드림 월드'의 우편 시스템을 이용해서 현 거래를 했기 때문이다.

'드림 월드'의 우편 시스템은 두 가지이다.

첫 번째는 보통 우편이라는 것으로 각 마을에 설치되어 있는 우체통을 이용해서 편지나 기타 아이템을 주고받는 것이다.

우편으로 보낼 수 있는 아이템은 그 종류가 무엇이 되었던지 간에 한 번에 하나밖에 보낼 수 없었다.

대신 골드에는 제한이 없었다.

이 보통 우편은 이용 요금이 10골드밖에 되지 않는다.

두 번째는 특급 우편이라는 것이다.

동수가 혁수에게 7강 세트 아이템을 보내 주었던 우편 방식으로, 해당 유저가 어디에 있던지 곧바로 해당 유저에게 보내 주는 우편이다.

우체통을 통하지 않고 바로 이용할 수 있다는 장점 때문에 많은 유저가 사용하고 있지만 그만큼 이용 요금이 컸다.

한 번 이용할 때마다 300골드가 소모되었다.

편리하다고 여러 번 사용하다 보면, 거지 되는 것은 한순간이었다.

혁수는 창고용으로 쓰려고 만들어 놓았던 부 캐릭터들을 이용해 현금 거래를 했다.

그리고 그렇게 구입한 골드는 '오르페'에게 특급 우편으로 보내었다.

현금으로 게임 상의 골드를 사고 그 골드를 현실화시켜서 다시 현금으로 만들고 그 현금으로 다시 골드를 사는 것을 계속하다 보니, 어느새 혁수의 손에는 5,678만 1,378골드라는 어마어마한 골드가 모이게 되었다.

다다익선.

많은 면 많을수록 좋다는 생각에 혁수는 시간만 나면 현거래를 하여 골드를 계속해서 늘리고 있었다.

각설하고 액세서리 덕분에 민첩 스텟이 35 상승한 혁수는 육감을 사용하지 않아도 상대의 공격을 보는 순간 순식간에 다 피해 낼 정도가 되었다.

아니, 상대의 공격이 너무 느리게 느껴져 하품이 나올 정도였다.

'이야, 민첩이 오르니까, 웬만한 공격은 이제 애들 장난보다 못하게 보이네. 그럼, 이제 슬슬 정리를 해 볼까?'

생각 같아서는 팔다리를 완전히 박살 내고 싶었지만 혁수의 난입 이후 주변 사람들이 가던 길을 멈추고 지켜보고 있어서 그럴 수가 없었다.

아무리 일본이라지만 사람들의 불필요한 관심은 사절이었다.

특히 현재 혁수는 밀입국 상태였다.

되도록 빨리, 그리고 큰 주목을 받지 않는 정도로 끝내는 게 좋았다.

혁수는 3단봉을 휘두르는 사내의 오른 팔목과 어깨를 붙잡았다.

그리고 사내의 어깨에 가볍게 힘을 주었다.

툭.

두둑—

순식간에 사내의 어깨가 빠지면서 팔이 덜렁덜렁거렸다.

"끄윽."

3단봉을 손에서 놓친 사내가 탈구된 어깨를 만지며 신음 성을 토해 냈다.

이것을 본 또 다른 사내가 여자를 놓아주고 혁수에게 달려왔다.

혁수는 재빨리 그 사내의 품으로 들어가 사내의 팔을 잡았다.

그리고 사내의 달려오는 힘을 역이용해 깨끗한 업어치기를 먹여 주었다.

쿵.

콘크리트 바닥에 그대로 내리꽂힌 사내는 뇌진탕을 일으켰는지 머리를 붙잡고 일어날 생각을 하지 못했다.

"히익."

카메라를 들고 있던 사내가 겁을 먹고 도망가려고 했다.

"어딜."

혁수는 도망치는 사내의 발을 살짝 걸었다.

쿵.

사내가 넘어지며 카메라가 부서졌다.

"와아아아—"

혁수가 건장한 사내 3명을 너무나도 간단하게 제압하자 구경하던 사람들이 환호성을 질렀다.

그리고 자기들끼리 '이것도 촬영인가?' 하며 수근거렸다.

모자를 푹 눌러쓴 혁수는 주변의 시선을 무시한 채 승합차 안으로 끌려들어 간 여자를 밖으로 빼냈다.

그리고 여자에게 물었다.

"괜찮아요?"

"예."

'으으—'

혁수는 여자의 얼굴을 보는 순간 자신도 모르게 눈살을 찌푸렸다.

여자의 얼굴은 눈물에 콧물도 모자라 침으로 범벅이 된 상태였다.

게다가 눈물에 마스카라가 번져서 더욱 보기가 흉했다.

방금 납치당할 뻔했기에 얼굴이 그렇게 된 것은 충분히

이해가 갔지만 그래도 보기 흉한 것은 보기 흉한 것이었다.

삑—삑—

"거기 뭡니까?!"

자전거를 타고 순찰 중이던 순경이 호루라기를 불며 달려오고 있었다.

"앗! 안 돼요."

갑자기 여자가 혁수의 손을 잡고 달리기 시작했다.

"아니 왜?"

혁수는 얼떨결에 여자를 따라 달리기 시작했다.

'뭐지? 왜 도망가는 거야? 설마, 이 여자도 나처럼 밀입국했나? 아니면 수배잔가?'

그런 게 아니라면 달리 도망갈 이유가 없었다.

그렇게 한참을 달려서 인적이 드문 골목으로 들어갔다.

"하악 하악, 이쯤 왔으면 못 쫓아오겠죠?"

'아니 그러니까 왜 도망 왔냐고?'

"저기 왜 도망친 거죠?"

혁수의 표정을 보고 혁수의 말뜻을 이해한 여자가 손사래 치며 말했다.

"아니에요. 문제가 있어서 그런 게 아니라, 괜히 시끄럽게 만들기 싫어서 도망친 거예요. 절대 이상하게 생각하지 마세요."

"아… 예."

그리 설득력 있는 말은 아니지만 어차피 혁수도 지금은 경찰 앞에 떳떳하게 나설 수 있는 입장은 아니니까, 대충 그러려니 하고 가볍게 넘겼다.

혁수는 이쯤했으면 자기 할 일을 다했다고 생각하고 원룸으로 돌아가려고 했다.

"그럼 전 이만."

"잠깐만요. 저기… 연락처 좀."

"연락처는 왜요?"

"나중에라도 보답을 하려고……."

"아, 됐어요. 보답은 무슨, 당연히 할 일을 한 것뿐인데."

"아니에요. 그쪽이 아니었으면 무슨 꼴을 당했을지 모를 일인데, 이렇게 넘길 수는 없죠. 나중에 꼭 보답할 테니까. 연락처 좀 알려 주세요."

혁수는 자꾸 됐다고 했지만 여자가 너무나도 끈질겼다.

결국 여자의 지독한 고집에 혁수가 두 손 두 발을 들 수밖에 없었다.

'뭐, 전화가 와도 안 받으면 되니까.'

이렇게 생각하고 휴대폰 번호를 알려 주었다.

그러자 곧바로 자기 휴대폰으로 전화를 거는 것이 아닌가.

"그게 제 번호니까, 다음에 전화 오면 꼭 받으세요. 그때 꼭! 보답할게요."

여자가 그렇게 인사를 하며 돌아섰다.

"잠깐만요."

혁수의 부름에 여자가 돌아섰다.

"왜요? 무슨 하실 말씀이라도?"

"이거 쓰고 가요."

혁수가 쓰고 있던 모자를 여자에게 씌워 주었다.

그러자 여자가 한참 동안 혁수의 얼굴을 쳐다보다가, 또 다시 허리를 숙여 인사했다.

"정말, 정말 고맙습니다. 보답, 꼭! 할게요."

그렇게 말한 여자는 어디론가 급하게 달려갔다.

"그럼, 나도 이제 집에 돌아가 볼까?"

위기에 처한 사람을 구해 줬다는 생각에 왠지 모르게 뿌 듯해졌다.

처음에는 주변에 아무도 없어 여기서 바로 집으로 '귀환' 할까 생각을 했었다.

"에이, 안 되지. 숨겨진 카메라가 얼마나 많은 나라인데. 귀찮아도 원룸으로 돌아가서 이동하자."

그렇게 생각하고 골목을 벗어나려고 할 때.

혁수의 몸이 빛에 휩싸였다.

"어라? 뭐야 이거?"

혁수는 분명 귀환 스킬을 사용하지 않았는데 혁수의 몸이 서서히 투명해지더니, 완전히 사라져 버렸다.

Lv50.
오르페

★캐릭터 정보 창

캐릭터 명 : 오르페

레벨 : 50

생명력 : 2,110/2,110   마나 : 3,140/3,140

힘 : 46(10+36)   체력 : 77(41+36)

민첩 : 11   정신 : 116(50+66)

지혜 : 110(45+66)

공격력 : 28   방어력 : 72

원거리 공격력 : 10   명중률 : 10

회피율 : 10   마법 공격력 : 445

마법 방어력 : 83

현재 잔여 포인트 : 0

★오르페 스킬

★공통 스킬

◎ 귀환 (액티브 스킬)

: 캐릭터 생성시 기본적으로 주어지는 스킬. 지정된 마을로 이동할 수 있게 해 준다.

(드림 월드 안에서는 마을로 귀환할 때만 쓸 수 있는 스킬이지만, 현실에서는 좌표를 저장만 하면 그 어느 곳이든 갈 수가 있다.)

저장할 수 있는 좌표는 오직 하나이며, 더 이상 스킬의 레벨을 올릴 수 없다.

1시간의 쿨 타임을 가지며 마나는 소모하지 않는다.

―현재 저장된 위치 : 자신의 방.

◎ 1등급 스테미너 (패시브 스킬)

: 18레벨에 활성화되는 스킬로 캐릭터의 레벨이 6레벨씩 상승할 때마다 추가로 스킬 포인트를 투자할 수 있다. 스킬 레벨이 1씩 오를 때마다 힘과 체력 스텟이 6씩 영구히 증가한다.

―현재 스킬 Lv6 (힘 36증가, 체력 36증가)

◎ 철벽 수비 (패시브 스킬)

: 17레벨에 활성화되는 스킬로, 캐릭터의 레벨이 8씩 상승할 때마다 추가로 스킬 포인트를 1씩 투자할 수 있다. 스킬 레벨이 1씩 상승할 때마다 물리와 마법 방어력이 40씩 영구히 증가한다.

―현재 스킬 Lv1 (물리 방어력 40증가, 마법 방어력 40증가)

◎ 현자의 가르침 (패시브 스킬)

: 21레벨에 활성화되는 스킬로 캐릭터의 레벨이 7레벨씩 상승할 때마다 추가로 스킬 포인트를 투자할 수 있다. 스킬 레벨이 1씩 오를 때마다 정신과 지혜가 6씩 영구히 상승.

―현재 스킬 Lv5 (정신 30상승, 지혜 30상승)

◎ 현자의 일갈 (패시브 스킬)

: 21레벨에 활성화되는 스킬로 캐릭터의 레벨이 7레벨씩 상승할 때마다 추가로 스킬 포인트를 투자할 수 있다. 스킬 레벨이 1씩 오를 때마다 마법 공격력이 30씩 영구히 상승.

―현재 스킬 Lv5 (마법 공격력 150상승)

★마법사 전용 스킬.

◎ 구도자의 명상 (패시브 스킬)

: 18레벨에 활성화되는 스킬로 캐릭터의 레벨이 6레벨씩 상승할 때마다 추가로 스킬 포인트를 투자할 수 있다. 스킬 레벨이 1씩 오를 때마다 정신이 6씩 영구히 상승.

―현재 스킬 Lv6 (정신 36상승)

◎ 구도자의 깨달음(패시브 스킬)

: 18레벨에 활성화되는 스킬로 캐릭터의 레벨이 6레벨씩 상승할 때마다 추가로 스킬 포인트를 투자할 수 있다. 스킬 레벨이 1씩 오를 때마다 지혜가 6씩 영구히 상승.

―현재 스킬 Lv6 (지혜 36상승)

◎ 마나의 분노 (패시브 스킬)

: 21레벨에 활성화되는 스킬로 캐릭터의 레벨이 7레벨씩 상승할 때마다 추가로 스킬 포인트를 투자할 수 있다. 스킬 레벨이 1씩 오를 때마다 마법 공격력이 50씩 영구히 상승.

―현재 스킬 Lv5 (마법 공격력 250상승)

◎ 워프 (액티브 스킬)

: 레벨30에 활성화되는 스킬로 캐릭터의 레벨이 10레벨씩 상승할 때마다 추가로 스킬 포인트를 투자할 수 있다. 스킬 레벨이 1씩 오를 때마다 사용할 수 있는 워프 마법의 수가 하나씩 늘어난다. 마나 소모량은 증가하지 않는다.

파티원(파티 총 인원수는 8명)을 한 번에 이동시킬 수 있다.

30분의 쿨 타임이 있으며, 한 번 사용할 때마다 450마나를 소모한다.

―현재 스킬 Lv1 (저장된 위치 : 일본의 원룸)

◎ 화염구 (액티브 스킬)

: 10레벨에 활성화되는 스킬로 캐릭터의 레벨이 5레벨씩 상승할 때마다 추가로 스킬 포인트를 투자할 수 있다. 해당 스킬의 기본 마법 공격력은 120%이며, 소모되는 마나는 75이다.

스킬 레벨이 1씩 오를 때마다 기본 마법 공격력이 8%씩 증가하며, 소모되는 마나는 25씩 증가한다.

15%의 확률로 대상자에게 1초당 20생명력 감소의 지속 출혈 효과를 10초간 발동.(드림 월드에서는 화염으로 인한 지속 출혈 효과가 확률에 의해서 발동되지만, 현실에서는 거의 백퍼센트의 확률로 불이 난다. 다만 아르카이엔처럼 초월적인 존재에게는 통하지 않는다.)

해당 스킬의 쿨 타임은 6초이다.

Lv1 (마법 공격력 120% 소모마나 75)

Lv2 (마법 공격력 128% 소모마나 100)

—현재 스킬 Lv 2 (마법 공격력 128% 소모마나 100)

◎ 화염창 (액티브 스킬)

: 15레벨에 활성화되는 스킬로 캐릭터의 레벨이 6레벨씩 상승할 때마다 추가로 스킬 포인트를 투자할 수 있다. 해당 스킬의 기본 마법 공격력은 145%이며, 소모되는 마나는 92이다.

스킬 레벨이 1씩 오를 때마다 기본 마법 공격력이 8%씩 증가하며, 소모되는 마나는 25씩 증가한다.

15%의 확률로 대상자에게 1초당 45생명력 감소의 지속 출혈 효과를 10초간 발동.

해당 스킬의 쿨 타임은 10초이다.

ㅡ현재 스킬 Lv 3 (마법 공격력 161% 소모마나 142)

◎ 화염 장벽 (액티브 스킬)

: 22레벨에 활성화되는 스킬로 캐릭터의 레벨이 7레벨씩 상승할 때마다 추가로 스킬 포인트를 투자할 수 있다. 해당 스킬의 기본 마법 공격력은 65%이며, 소모되는 마나는 125이다.

스킬 레벨이 1씩 오를 때마다 기본 마법 공격력의 10%씩 증가하며, 소모되는 마나는 35씩 증가한다.

90%의 확률로 주변 10미터 내의 모든 대상자에게 1초당 50생명력 감소의 지속 출혈 효과를 10초간 발동.

해당 스킬의 쿨 타임은 35초이다.

(범위 공격 스킬인 화염 장벽은 소모되는 마나에 비해서 마법 공격력이 너무 낮아 마나 관리 차원에서 아르카이엔에게 쓰지 않았다.

원래 화염 장벽은 최소 마법사가 두 명 이상인 그룹에서 지속 출혈 효과를 노리고 몬스터들을 한곳으로 몰아서 사냥할 때 주로 사용한다. 한때 이 화염 장벽 스킬 때문에 올 마법사 파티가 유행한 적도 있었다. 저 레벨 몬스터에게는 무척 유용하게 쓰이지만 레벨이 높은[생명력과 방어력이 높은] 몬스터에게는 큰 효과를 보지 못한다.)
—현재 스킬 Lv 2 (마법 공격력 75% 소모마나 160)

◎ 화염 폭발 (액티브 스킬)

: 30레벨에 활성화되는 스킬로 캐릭터의 레벨이 8레벨씩 상승할 때마다 추가로 스킬 포인트를 투자할 수 있다. 해당 스킬의 기본 마법 공격력은 165%이며, 소모되는 마나는 213이다.

스킬 레벨이 1씩 오를 때마다 기본 마법 공격력의 10%씩 증가하며, 소모되는 마나는 35씩 증가한다.

20%의 확률로 대상자에게 1초당 40생명력 감소의 지속 출혈 효과를 10초간 발동.

해당 스킬의 쿨 타임은 42초이다.

—현재 스킬 Lv 3 (마법 공격력 185% 소모마나 283)

◎ 얼음 결정 (액티브 스킬)

: 10레벨에 활성화되는 스킬로 캐릭터의 레벨이 5레벨씩 상승할 때마다 추가로 스킬 포인트를 투자할 수 있다. 해당 스킬의 기본 마법 공격력은 80%이며, 소모되는 마나는 80이다.

스킬 레벨이 1씩 오를 때마다 기본 마법 공격력의 8%씩 증가하며, 소모되는 마나는 25씩 증가한다.

30%의 확률로 대상자를 10초간 이동 불능 상태로 만든다.(드림 월드에서는 대상을 동결시키는 현상이 확률에 의

해서 발생하지만 현실에서는 거의 백퍼센트의 확률로 발생
한다.)

해당 스킬의 쿨 타임은 8초이다.

―현재 스킬 Lv 2 (마법 공격력 88% 소모마나 105)

◎ 눈의 꽃 (액티브 스킬)

: 15레벨에 활성화되는 스킬로 캐릭터의 레벨이 6레벨씩
상승할 때마다 추가로 스킬 포인트를 투자할 수 있다. 해
당 스킬의 기본 마법 공격력은 105%이며, 소모되는 마
나는 131이다.

스킬 레벨이 1씩 오를 때마다 기본 마법 공격력의 8%씩
증가하며, 소모되는 마나는 25씩 증가한다.

45%의 확률로 10미터 내의 대상자들을 10초간 이동 불
능 상태로 만든다.

해당 스킬의 쿨 타임은 25초이다.

―현재 스킬 Lv 3 (마법 공격력 121% 소모마나 181)

※드림 월드의 스킬 시스템은 모든 직업이 익힐 수 있는
공통 스킬과 자신의 직업만이 익힐 수 있는 직업 전용 스
킬로 나눠진다.

그리고 직업 전용 스킬은 하위 스킬을 먼저 활성화시켜야
만 상위 스킬을 익힐 수가 있도록 되어 있다. 그것도 최
소 2레벨 이상을 올려야 한다.

즉, 화염 폭발이라는 스킬을 활성화하기 위해서는 하위 스
킬인 화염 장벽의 스킬 레벨을 최소 2레벨로 올려야 한다

는 뜻이다.

그렇다고 모든 직업 전용 스킬이 그런 것은 아니다.

마법사의 워프나 사제의 부활 같은 스킬은 하위 스킬이
존재하지 않기에 해당 스킬이 원하는 캐릭터 레벨만 달성
하면 얼마든지 활성화시킬 수가 있다.

참고로 공통 스킬 역시 '워프'나 '부활' 처럼 하위 스킬의
개념이 없다.

〈『더블네임』 제2권에서 계속〉

더블네임

1판 1쇄 찍음 2011년 2월 8일
1판 1쇄 펴냄 2011년 2월 10일

지은이 | 허풍선
펴낸이 | 정 필
펴낸곳 | 도서출판 뿔미디어

기획 | 이주현, 한성재
편집책임 | 이재권
편집 | 장상수, 심재영, 조주영, 주종숙, 이진선
관리, 영업 | 김기환, 김미영

본문, 표지 인쇄 | 광문인쇄소
제본 | 성보제책사

출판등록 | 2002년 9월 11일 (제1081-1-132호)
주소 | 부천시 원미구 상3동 533-3 아트프라자 503호 (우)420-861
전화 | 032)651-6513 / 팩스 032)651-6094
E-mail | BBULMEDIA@paran.com
홈페이지 | www.bbulmedia.com

값 8,000원

ISBN 978-89-6359-886-4 04810
ISBN 978-89-6359-885-7 04810 (세트)

http://www.bbulmedia.com